우리 모두는 어린이였다

우리 모두는 어린이였다

ⓒ 김지은 외, 2024

2024년 9월 30일 처음 펴냄
　　　　11월 22일 초판 2쇄 찍음

글쓴이 | 공진하, 김윤일, 김중미, 김지은, 김희진, 배경내, 변진경, 서정홍, 서한영교, 소복이, 장희숙, 현유림
편집부장 | 이진주
편집 | 서경, 공현
출판자문위원 | 이상대, 박진환
디자인 | 이수정, 박대성
표지 그림 | 소복이
제작 | 세종 PNP

펴낸이 | 김기언
펴낸곳 | 교육공동체 벗
사무국 | 최승훈, 이진주, 설원민, 서경, 공현
출판등록 | 제2011-000022호(2011년 1월 14일)
주소 | (03971) 서울시 마포구 성미산로1길 30 2층
전화 | 02-332-0712
전송 | 0505-115-0712
홈페이지 | communebut.com

ISBN 978-89-6880-188-4 03810

김지은 외 씀

고인돌어린이책벗

차례

3부 | 어린이와 함께 사는 사회

우리는 누구나 어린이를 상상할 수 있다고 믿는다. 한때는 어린이였기 때문이다. 그러나 우리가 상상하지 않는 곳에 상상해 본 적 없는 방식으로 현실의 어린이가 있다. 사람들은 "이런 곳에도 어린이가 있었어?"라거나 "어린이가 어떻게 이렇게 있을 수가 있어?"라고 놀라며 묻는다. 잠시 깊은 한숨을 쉰 다음 어쩔 줄 모르겠다며 고개를 설레설레 젓는다. 그러나 그 놀란 상태에서 빠져나와 안정을 되찾기까지 긴 시간이 걸리지 않는 경우가 많다. 그동안 관습적으로 상상해 왔던 틀 안으로 현실의 어린이를 재빠르게 집어넣고 조금 전까지 상상하던 어린이를 다시 상상하면 된다. 현실의 어린이를 등지면 간단하다.

어린이가 운다. 울음이 터진다는 것은 어떤 문제가 발생했다는 뜻이다. 어려서 펑펑 울어 보지 않고 자란 사람은 없기에 사람들은 울음의 원인을 알 수 있을 것 같다고 장담한다. 골치 아픈 어

른의 인생에 비하면 아이의 울음은 얼마나 낮은 난이도인가. 분주한 답변자들은 대부분 문제를 정성껏 읽지 않는다. 그러니까 정답이 제출될 리 없다. 어린이의 흐느낌은 달콤한 상자 안에 밀봉되곤 한다. 아이는 어깨를 들먹거리며 겨우 울음을 그친다. 아이가 울음을 그치면 문제 해결로 간주된다.

이 책은 현실의 어린이와 손잡고 틀을 비틀며 상자에서 걸어 나오려는 사람들의 이야기다. 책의 문을 여는 소복이의 만화는 "열 살의 나"라는 공통의 어린이를 불러낸다. 이 만화를 읽고 "울일과 안 울 일이 뭔지 모르겠던" 그 무렵의 기분을 기억했다면 준비는 충분하다. 1부는 '어린이라는 사상'을 다룬다. 입양원 봉사자인 장희숙의 글, 〈주기만 하는 사랑은 없다〉는 우리들의 아이를 기르는 '협동의 바느질'이야말로 희생이 아니라 행복의 시작임을 보여 준다. 특수 교사이자 동화 작가인 공진하는 어린이를 이야기할 때는 장애를 잊지 말고, 장애를 말할 때는 어린이를 잊지 말라고 강조한다. 자신이 어린이인데도 "애처럼 굴면 안 된다"는 말을 듣고 자라야 하는 장애 어린이의 감정과 어른인데도 "어린애 같은"이라는 굴레에 가둬지는 장애 어른의 분노를 나란히 짚는다. '장애'와 '어린이'라는 낱말은 우리 사회가 한 덩어리가 되어 쏟아붓고 있는 혐오의 앞뒷면이다. 이 차별적 언어를 걷어 내야 공동체의 미래가 있다. 서한영교의 〈품의 민주주의〉는 엔젤 산업으로 수익을 창출하는 이들이 앞세우는 천사 같은 어린이 이미지에 대해서 반문한다. 구매력, 계산가능한 세속적 교환 가치로 치환되고 있는 '천사 어린이' 상을 깨뜨려야 한다고 말한다. 어린이, 장애인, 이주민, 비인간 존재들이 함께하는 너른 품의 민주주의를 제안한다.

책은 자연스럽게 2부 '우리는 어린이를 품고 산다'로 이어진다. 배경내는 인권운동가로 활동하게 된 배경에 한때 어린이였던 시절에 대한 기억이 있음을 고백한다. "어린 사람을 깔보거나 내려다보는 세상의 기준을 흔들려는 인권교육을 하면서 어린 사람과 동급이 되지 않으려" 애쓰던 모순적 경험도 털어놓는다. 배경내의 질문에서 특히 인상적인 부분은 어린이의 사랑을 확신하는 우리들의 행위 이면에 어린 사람에 대한 혐오가 담겨 있는 것은 아닌가 하는 성찰이다. 초등 교사 현유림의 글 〈"당신의 잘못이 아니에요"〉는 어린 시절 교실에서 체벌, 촌지, 빈곤과 소외의 경험을 통과한 어린이가 어떻게 교실로 돌아와 선생님이 되었는지를 기록한 글이다. 과거 통제의 경험을 소통의 교육으로 전환시키기 위한 시도와 그 과정의 갈등이 담겨 있다. 무서운 교사가 되고 싶지 않은 선생님은 어떤 교사가 되어야 할 것인가. 여러 두려움 속에서도 어린이 앞으로 향하는 현장 교사의 고민은 교실 붕괴의 위기를 염려하는 이 시점에 더욱 귀 기울여 들어야 할 이야기다. 김윤일은 어린이의 몸과 놀이를 살아갈 근거로서 이해한다. 안전할 수 없는 세상에서 어린이가 살아남기 위해서는 위험과 위협에 대한 이해가 필수적이다. 무조건적인 보호가 답이 아닌 상황에서 놀이를 통해 몸의 구조와 반응을 이해하고 감각과 감성을 키워 나가는 방법을 안내한다.

3부는 '어린이와 함께 사는 사회'에 대한 고민을 다룬다. 15년간 기자로 일하며 어린이의 비극을 현장에서 취재해 온 변진경은 〈말랑한 어린이, 딱딱한 세상〉을 통해 자신은 마지막 '어린이 전성기'에 태어난 사람이라고 말한다. 그리고 그토록 많던 아이들이 소멸을 염려할 정도로 사라지는 이유를 다각도로 파고든다. 계속되는 어린이의 죽음에는 어린이의 고통을 함께 책임지지도 나눠지려고도 하지 않았던 어른이 있었다는 사실을 아프게 반성한다. 그리고 앞으로도 어린이의 웃음을 듣고 싶다면 다양성에 길이 있다는 귀중한 당부를 남긴다. 변호사 김희진은 〈아동인권이 모두의 인권인 이유〉에서 어린이가 경험하는 삶의 질은 양육자의 노동 환경, 여성의 사회적 지위, 빈곤에 대한 사회 정책적 변화 없이 달라질 수 없다고 강조한다. 보호주의로 포장된 통제 및 감시의 부활, 장애 아동 통합교육의 후퇴, 형사미성년자 연령 하향 요구 등 공동체의 공포에 기반한 접근에 대한 우려는 지금 각별히 새겨들어야 할 부분이다. 《괭이부리말 아이들》의 작가로 1988년부터 기찻길옆공부방을 운영해 온 김중미는 무한 경쟁 사회에 내몰린 어린이들이 "각자가 불행하다고 생각하면서 하루하루를 살아가게 될까 두렵다"고 말한다. 돌봄은 그저 안전하게 보호하는 것이 아니라 어린이가 스스로 생동하게 하는 것이다. 따라서 이렇게 "민주주의가 훼손되고 공화가 깨진" 사회일수록 '즐기면서 하는 힘'과 함께하는 기쁨을 꼭 알려 주어야 한다고 말한다. 아동청소년 문학 평론가인 김지은은 〈무슨 일이 있으면 책으로 달려와!〉에서 그 즐거움의 다리가 되어 줄 책과 어린이의 관계를 어떻게 회복시킬 것인가를 이야기한다. 어린이와 책 사이에 바리케이드를 치고 금서를 쌓아 가로막으려는 퇴행적 시도에 맞서 책과 함께하는 어린이의 자유 지대를 넓히는 방안을 생각해 보는 글이다.

이 책을 닫는 글은 산골 농부 서정홍 시인의 편지다. "옥수수처럼 쑥쑥 자라는" 어린이를 떠올릴 수 있도록 더 든든한 밭이 되려면 어른이 무엇을 해야 하는지 돌아보게 한다. 그리고 우리 어린이들이 "우리도 한때 어린이였다"고 회상할 때쯤, 이만큼은 골고루 환해졌다고 말할 수 있는 미래의 모습을 그린다.

누구나 어린이를 생각하기를 바란다. 어린이를 말하는 사람이 더 많아지기를, 어린이에 대한 담론이 더 늘어나기를 기대한다. 그러면 어린이를 진짜로 생각하는 사람도 늘어날 테고 현실의 어린이가 상상의 어린이처럼 행복한 날도 조금은 더 앞당겨질 테니까 말이다. 이 책이 그 생각에 의미 있는 도움이 되었으면 좋겠다.

2024년 9월

저자들을 대신하여 김지은

열며

엄마는 열 살에

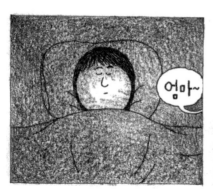

나는 열 살에

소복이 (만화가)

열살에

안경을 쓰기 시작했어.

어지러운지 걸어 다녀 봐.

너희 할아버지는 화가 많이 났어.

겁이 나서 잘 안 보인다는 말을 늦게 했는데,

그 사이 눈이 많이 나빠졌거든.

나는
열 살에

처음으로 길을 혼자 걸어 보았어.

무섭지도 않고

심심하지도 않고

태어나 처음 느끼는   새로운 기분이었어.

엄마는 열 살에 자전거를 탈 줄 알았어.

달려오는 트럭 앞에

끼익—

바퀴가 낀 적이 있는데,

너 얼굴이 왜 그래?

혼날까 봐

말하지 않았어.

16

나는 열살에 두발 자전거를 처음 탔어.

출발~

나만 두발 자전거 못 타는 건 괜찮았어.

난 잘타고 싶은 마음이 없었으니까.

봐!

타고 싶으면

이렇게 한 번에 타잖아.

엄마는 열살에 동생이 미웠어.

남자라는 이유로

너무 쉽게 사는 것 같았거든.

팡팡

가끔 시비를
걸어

크게 싸우기도 했지.

19

엄마는 열살에 공부를 열심히 했어.

공부는 별로 재미가 없었는데

공부를 잘하면 행복해하는
우리 엄마를 볼수 있었어.

그 때
사랑받는 느낌이
들었거든.

그게 슬픈 일인지

그때는 잘 몰랐어.

열 살 때
제일 무서웠던 건
우리 엄마, 아빠의
부부 싸움이었어.

큰 소리가
문 밖까지
들려서

문을 열기가
무서웠어.

그런데

세상엔 더 무서운 게 많더라.

나는
귀신이
제일 무서워.

문 뒤에 있을 수도 있고,

천장에 붙어 있을 수도 있고,

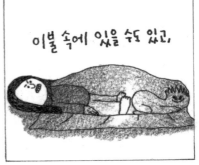

이불 속에 있을 수도 있고,

나를 따라다닐 수도
있잖아.

세상에 귀신보다
더 무서운 건 없겠지?

엄마가 열 살에 좋아한 아이는

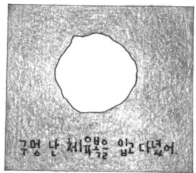

구멍 난 체육복을 입고 다녔어.

그게 귀여웠거든.

난 고양이가 귀여워.

지렁이도 너무 귀여워.

귀여운 것 하나만 키우면 안 돼?

엄마가 열 살에
목욕탕에 갔는데
목욕을 다 끝낸 친구가 한 시간 넘게
엄마를 기다려 준 적이 있어.

제일 좋아했던 친구는
재밌는 친구가 아니라
마음을 내어 준 친구였어.

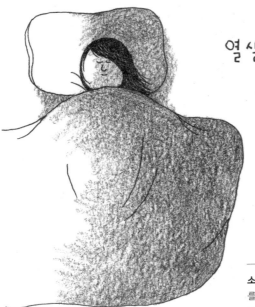

열 살에…

소복이 우리 집 어린이를 관찰하며 만화를 그린다. 어린이를 통해 볼 수 있는 것들에 늘 감사한 마음이다. 쓰고 그린 책으로는 《엄마와 성당에》, 《왜 우니?》, 《이백오 상담소》, 《구백구 상담소》, 《엄마 말고 이모가 해주는 이야기》, 《애쓰지 말고, 어쨌든 해결 1, 2》, 《소년의 마음》이 있다.

1부

어린이라는 사상

주기만 하는
사랑은 없다

조건 없는 사랑의 관계에서 오는 치유에 대하여

장희숙(《민들레》 편집장, 입양원 봉사자)

서로를 기다리며

담벼락엔 개나리가 피기 시작했는데, 겨울 다 지나 감기가 오려나. 목이 칼칼하고 기침이 나더니 콧물까지 흐른다. '주말까진 나아야 하는데…….' 일요일 아침, 눈뜨자마자 흠흠 목을 가다듬어 본다. 기침은 멈췄는데 코맹맹이 소리가 사라지지 않는다. 거푸 뜨거운 물을 마시며 시계를 본다. '6시 전까진 반드시! 괜찮아져야 한다!'

시간까지 재 가며 유난을 떠는 이유가 있다. 매주 일요일 저녁, 입양원에 아기들을 돌보러 가는데 감기에 걸리면 출입 금지다. 면역력 약한 신생아도 있고, 그러잖아도 약을 달고 사는 아기들이 많아서다. 그깟 감기 때문에 일주일 중 가장 기다리는 시간을 놓치는 건 애석한 일이다. 일요일 저녁 6시부터 8시까지, 나는 이 시간을 기다리고 아기들은 나를 기다린다. 정확히는 내가 아니라 젖은 기저귀를 갈아 주고 입에 젖병을 물려 줄 어떤 손길을 기다린다는 게 더 적절한 표현일 테다.

일요일 오후에 약속을 잡았다가도 5시쯤 되면 허둥대며 자리를 뜨는 나를 보고 친구들은 묻는다. "자원봉사인데, 좀 늦어도 되는 거 아냐?" 물론 그렇다. 하지만 혹여 울음바다가 되어 있을지 모를 상황을 떠올리면 절로 맘이 급해진다. 그래서 일요일엔 되도록 아프지 말아야 하고, 다른 일정도 안 생겨야 한다. 물론 뜻대로 되지 않는다는 걸 알면서도 부질없는 다짐을 하는 건, 이 시간만큼은 아기들에게 충실히 복무하리라는 나 자신과의 약속 때문이다.

입양원은 서울 시내가 내려다보이는 북악산 기슭에 있다. 숲으로 둘러싸여 산행이나 산책을 하는 이들이 자주 지나다니고, 밤이면 멀리 한양도성 성곽이 반짝여서 야경 코스로도 알려진 곳이다. 이 동네로 이사를 와 근처를 지나던 어느 날, '성가정입양원'이라 붙은 팻말을 보았다. 지인이 여기서 봉사 활동을 한다는 말을 들은 게 생각났다. '아, 그 입양원! 보육원하고는 다른 건가?' 궁금함에 건물 가까이 가 보았다. 위층의 열린 창틈으로 아기 울음소리가 흘러나왔다. 엇박자로 섞인 여럿의 목소리였다. 내부 사정은 모르지만 뭔가 다급하고 분주한 상황이 느껴졌다. 아기들을 달래 줄 손길이 부족한가 보다, 짐작하며 발길을 돌렸지만 날카로운 아기들의 울음소리가 마음을 파고들었다.

집에 돌아와 홈페이지에서 후원 신청을 하고 이따금 드나들며 소식을 살펴보았다. 어느 날, 홈페이지에 자원봉사자 모집 공고가 올라왔다. 일주일 내내, 매일 아침 8시부터 저녁 8시까지 두 시간씩 끊어서 봉사자를 구하고 있었다. 일말의 망설임도 없이 신청서를 써 내려갔다. 이유는 모르겠다. 봉사 활동을 하기로 '결심'했다기보다 당연한 일을 챙기듯 자연스러운 행동이었다. 목요일 저녁 시간을 선택했다가 직장 일로 종종 빠지게 되어, 출근 전날인 일요일 저녁으로 시간을 바꾸었다. 일주일의 마지막 날, 마지막 타임이었다.

입양 대기 아동 일시 보호소인 이곳엔 신생아부터 36개월까지의 아기들이 머무른다. 열다섯 명 남짓한 아기들이 여기서 새로운 '부모'를 기다린다. 기다림의 시간은 짧게는 두세 달, 길게는 삼사년이다. 여기는 일시 보호소이므로 만 3세까지 기다려도 입양 부모를 만나지 못하는 아이들은 보육원으로 간다. 그런 일이 없게 하려고 입양원 관계자 모두 애를 쓰시지만 대개는 월령대가 낮은 아이를 입양하려는 추세가 예전부터 변하지 않고 있다. 1989년 김수환 추기경이 '우리 아기 우리 손으로'라는 슬로건으로 세운 이곳에서 35년간 3천여 명의 아기들이 새 부모를 만나 집으로 갔다.

매달 두어 명의 아기가 들어오고, 두어 명의 아기가 새로운 부모를 만나서 떠난다. 신생아부터 12개월 전까지의 아기가 영아방에, 돌 지난 아기부터 36개월까지의 어린이가 유아방에서 생활한다. 어린 월령대일수록 손이 더 필요하지 않을까 싶어서 나는 영아방 봉사를 신청했다. 두 시간 동안 교육을 받고 '이모'라고 불리는 자원봉사자가 되었다.

두 시간짜리 이모

아기들을 만나는 날이면 현관 입구에서 손을 소독하고, 마스크를 쓰고, 2층 봉사자실로 올라가 옷을 갈아입는다. 찜질방 옷처럼 생긴 분홍색의 반소매 티, 반바지다. 3층으로 올라가는 계단에서부터 우는 소리가 들리면 발걸음이 빨라진다. 서둘러 방에 들어서면 나를 보곤 좋아서 두 팔을 날개처럼 파닥거리는 아기들이 있다. 얼굴을 알아봐서가 아니라, 직관적으로 '분홍색 옷을 입은 사람'을 반가워하는 듯하다. 안아 달라고 떼를 쓰던 차에 들어가면, 필사적으로 나를 향해 기어 오는 아기도 있다. 누가 결승점(이모의 무릎)에 먼저 도착할 것인가! 아기들은 혼신의 힘을 다해 분홍색 옷을 향해 돌진한다.

10평 남짓한 방에는 디귿 자 모양으로 돌아가며 이름표 붙은 침대가 쭉 놓여 있는데, 자는 시간을 빼곤 대개 바닥에 내려와 함께 지낸다. 보육사 선생님이 교대로 24시간 아기들을 돌보고 아침부터 저녁까지 봉사자들이 두 시간 단위로 돌아가며 함께한다. 누워서 버둥대는 아기, 배밀이하는 아기, 기기 시작한 아기가 같이 지내는 공간에선 잠시도 한눈을 팔 수 없다. 이 아이를 달래면서 저 아이를 살펴야 한다. 본디 육아는 '멀티 플레이'가 필요한 영역인데, 십수 명의 아기를 동시에 돌보다 보면 그 난도가 점점 높아진다.

두 시간 동안 하는 일은 기저귀 갈기, 수유하기, 놀아 주기, 울면 달래 주기, 졸리면 재우기, 이유식 먹이기 같은 것들이다. 다만 이 일들이 순차적으로가 아니라 동시다발적으로 여러 명에게서 요구되므로 고도의 집중력과 순발력이 필요하다. 게다가 수유 같은 건 1:1로 할 수밖에 없어서 두어 명의 수유 시간이 겹치면 다른 아기들 돌볼 손길이 확 부족해진다. 15~20분 동안 한 아이를 안고 분유를 먹이다 보면 누가 눈앞에서 울고 있어도 안아 주기가 어렵다. 아파서 계속 안겨 있으려는 아기나 내려놓기만 하면 우는 신생아가 있어서 손이 부족할 땐 수녀님들이 오셔서 함께 아기들을 돌봐 주신다.

역시나 어른들을 제일 당황시키는 건 동시에 여러 명이 우는 상황이다. 한 명이 울기 시작하면 '파도를 타듯' 아기들 사이에 울음의 물결이 출렁일 때가 있다. 멀쩡하게 잘 놀다가 남이 우는 걸 보면 자기도 따라서 우는 시늉을 하는 아기도 있다. 이 당황스러운 순간을 이해하고 싶어서 자료를 찾아봤더니 유아심리학에서는 이 행동을 '아기들끼리 언어를 공유하는 것'이라고 설명했다. 그 이유에는 여러 가설이 있는데 제일 마음에 드는 건 '공감으로서의 울음' 설이었다. 아기들이 따라서 우는 건 타인을 모방하는 '거울 뉴런'을 작동시켜 서로의 처지에 공감하고 동료를 어려움에서 구출하기 위한 집단행동이라는 것이다. 이 원리를 이해한 후에는 아기들 울음소리가 '파도를 타도' 예전처럼 당황하지 않고 '아하, 동료의 어려움에 공감하는 중이군' 하면서 조금 더 차분히 대처할 수 있게 되었다.

아무도 울지 않고 잘 노는 시간도 있다. 그때는 개월 수가 조금 높은 여러 명을 범보 의자에 쪼르르 앉혀 놓고 책을 읽어 주거나 까꿍 놀이를 하면서 논다. 장난감이 많지만 되도록 스킨십과 눈맞춤으로 놀아 주고 싶어서 짝짜꿍도 하고, 손을 당겨 하이파이브도 하고, 목소리 톤을 높여 가며 노래도 불러 준다. 아직 누워서 버둥거리는 아기들은 두어 명을 눕혀 놓고 차례로 '쭉쭉이 마사지'를 해 준다. 마사지를 받을 때면 아기들은 버둥거림을 멈추고 온몸의 힘을 뺀 채로 아주 만족스러운 표정을 짓는다. 스킨십 못지않게 아기들이 좋아하는 건 '눈 맞춤'이다. 침대에 누워 있는 아기에게 다가가 "까꿍!" 하고 얼굴을 들이밀면 잇몸을 드러내며 활짝 웃는다. 갑자기 나타난 사람 얼굴을 반가워하는 게 완연히 느껴진다. 눈을 마주치면 기다렸다는 듯이 폭풍 옹알이를 하는 아기도 있다. "아이고, 그랬구나아, 하고 싶은 말이 많았구나아." 입술을 달싹이며 내는 소리에 장단을 맞춰 주면 신이 나서 아기의 옹알이는 더욱 커진다. 한 명씩 오래 눈을 마주치며 놀아 줄 기회가 많지 않기에 이때다 싶어 오버를 하다 보면, 일상에선 전혀 발견할 수 없는 새로운 자아가 튀어나온다.

물론 기본적 욕구를 채우기 바빠서 놀아 줄 새도 없이 허둥대다 끝나는 날도 있다. 아기들의 일과에 따라 그 시간대에 오는 이모들의 역할은 조금씩 달라진다. 우연이었지만 저녁 마지막 타임을 택하길 잘했다는 생각이 들 때가 많다. 가장 손길이 필요한 시간인 거 같아서다. 오후 7시부터 씻고 잠잘 준비를 시작하는데 배고프고 졸린 아기들이 점점 늘어나면서 이때부터 울음바다가 시작된다. 칭얼대기 시작하는 아기들을 보육사 선생님이 한 명씩 욕실로 데려가 씻겨서 나온다.

씻는 순서는 더 급한 순으로 정해진다. 졸려서 눈을 비비며 울음을 터트린 아기, 똥을 싼 아기에게 목욕 우선권이 주어진다. 배고파서 우는 아기도 얼른 씻겨서 수유하며 재워야 하니 먼저다.

"우는 아이 젖 준다"는 속담이 와닿는 순간이다. 어쩔 수 없이 맹렬하게 우는 녀석을 먼저 안아 주고, 먼저 젖병을 물리게 된다. 그래서 여간해선 울지 않는 순둥이들에게 미안할 때가 많다. 구석에서 혼자서 놀다가 눈만 마주쳐도 방긋 웃는 아기들은 수유 시간이 되어도 울음을 터트리는 대신 "아오! 에에~" 같은 탄성으로 배고픔을 알린다.

저녁 7시 반쯤 되면 조도를 낮추고 조용한 음악을 들려주며 한 명씩 재우는데, 아기들마다 잠드는 방식이 다르다. 보육사 선생님들은 아기들이 저마다 어떤 자세로 잠드는 걸 좋아하는지 잘 안다. "얘는 바운서에 눕혀서 흔들어 주세요." "얘는 옆으로 누이고 등을 토닥여 주세요." 한 아기가 크게 울면 이미 잠든 아기들도 깨기 때문에 요청에 신속히 움직여야 한다. 다른 봉사자가 빠지거나 하면 손이 모자라 서너 명을 동시에 재워야 할 때도 있다. 입으로 "쉬쉬~" 백색 소음을 내면서 한 명을 품에 안고 엉덩이를 토닥이면서, 다리를 '쩍벌' 하고 양쪽 발로 요람을 하나씩 흔들어야 하는 경우다. 그 와중에 기어 와서 무릎을 파고드는 아기가 있을 땐 넷도 감당해야 한다. 8시가 되었다고 잠이 들락 말락 하는 아기를 딱 내려놓고 나올 순 없으니 봉사 시간을 넘길 때도 종종 있다.

그래도 마지막 한 명까지 재우고, 조용히 뒤꿈치를 들고 나오는 날이면 마음 깊숙한 곳에서부터 뿌듯함이 밀려온다. 하지만

'평화로운 취침'에 실패하는 날도 있다. 아기들이 쉽사리 잠들지 못하는 날엔 울고 있어도 그냥 나오는 수밖에 없다. 한 명이라도 더 재우려고 동동거리다 보면 보육사 선생님들이 시계를 가리키며 그만 가 보시라 손짓을 한다. 그런 날은 작전에 실패한 군인처럼 풀 죽어 집으로 돌아온다. 문득 이런 질문이 떠올랐다. 겨우 두 시간짜리 이모인 내가 작은 것 하나에 기뻐하고 아쉬워하며, 이렇게나 아기 돌보는 일에 마음을 쏟는 이유가 뭘까.

작은 마음속에 응어리가 지지 않게

20대 중반, 고향 친구 몇몇과 청소년 야학을 열었던 적이 있다. 임대 아파트 단지 안에 있는 복지관에 문의했더니 교실을 빌려주고 중학생 아홉 명을 연결해 주었다. 기초생활수급자 등의 이유로 조그마한 평수에 영구 임대로 들어온 가정의 아이들이었다. 엄마, 아빠가 다 있는 아이는 한 명도 없었다. 알코올 의존증인 아빠와 살거나, 병을 앓고 있는 엄마와 살거나, 부모님이 안 계셔서 할머니와 살거나 했다.

학원 다닐 형편이 안 되는 아이들의 학습 보충을 위해 시작한 야학인데, 책을 펴는 날은 얼마 되지 않았다. 학교 급식이 하루 식사의 전부였던 아이들은 수업을 시작하기도 전에 "배고파요"를 달고 살았다. 수업이고 뭐고 일단 밥을 먹여야 했다. 교사라고 모인 네 명 모두 갓 대학을 졸업했거나, 제대 후 휴학 중인 터라 주머니 사정이 여의치 않았다. 매번 밥을 사 먹이는 게 감당이 안 돼서 10인분의 도시락을 싸다 날랐다.

날이 점점 추워지면서 한두 명씩 빠지기 시작하더니 한 달 만에, 꾸준히 나오는 아이가 다섯으로 줄었다. 남은 아이들이 "배고파요"만큼이나 많이 하는 말은 "추워요"였다. 겨울 방학을 앞둔 시기였는데 교복 위에 얇은 점퍼를 걸친 아이들의 입술엔 늘 퍼런 빛이 돌았다. 직장 생활을 하는 친구들에게 손을 벌리고 알바를 뛰어서 돈을 모았다. 옷 가게에 같이 가서 패딩 점퍼를 한 벌씩 사 주었더니, 커다란 쇼핑백을 들고 가게를 나서며 한 아이가 말했다. "와, 태어나서 이런 적 처음이에요!" 가게에 가서 이것저것 입어 보고 맘에 드는 옷을 사서 나오는 이 경험이 난생처음이라는 거다.

거북이 등껍질처럼 갈라진 손등을 보곤 목욕탕에 데리고 갔다. 어디 놀러 가 본 적이 없다는 아이들 말에 놀이동산에 가고, 휴양림에 가고, 눈썰매장에 갔다. 아무도 찾아오지 않는 졸업식장에 꽃다발을 사 들고 가고, 몸이 불편한 할머니를 대신해 담임 선생님 면담도 했다. 중학생 나이에 '난생처음'인 게 왜 이리 많을까. 누구를 향한 것인지 모를 야속함이 올라왔다. 무늬만 야학이었지, 아이들에게 필요한 것을 주다 보니 나도 모르는 사이 중학생들의 부모 노릇을 하고 있었다.

주기만 하는 사랑은 없다

아이들을 좋아해 교사가 되려던 나는 그들을 만나며 '부모 없는' 아이들에 관심을 갖게 됐다. 부모의 영향력이 절대적인 한국 사회에서 부모의 울타리 없이 살아간다는 것이 얼마나 서럽고 어려운 일인지 절절하게 느꼈다. 아이들은 친구들과 어울리고 싶은데 돈이 없어서 전단지 알바를 하고 있다고, 꿈이 뭔진 모르겠고 암튼 빨리 돈 벌어서 할머니 허리 수술을 시켜 드리고 싶다고 했다. 음악에 재능이 있어 선생님이 성악을 권했는데 돈 많이 들어서 시작도 안 할 거라고도 했다. "돈이 없어서 못 해요" 이런 얘기를 아이들은 웃으면서 했다.

아이들이 느끼는 한계는 돈보다도 부모 역할의 부재에서 온 것 같았다. 친구들과 어울리지 못하는 상황, 자신이 앞으로 하고 싶은 일에 대해 의논할 사람이 없는 거다. 아이들 곁에 있으면서 이런 말이 불쑥불쑥 올라왔다. '너무 불공평하잖아.' 자신이 선택한 적 없는 부모 때문에 너무 많은 제약과 너무 큰 불리함을 겪어야 하는 인생이었다. 폭행과 절도로 구치소에 수감된 청소년을 만났을 적엔 내가 다 눈물이 날 만큼 억울했다. 아이는 자신의 행실을 걱정하는 어른들에게 쏘아붙였다. "나 태어났을 때 쓰레기통 옆에 버려져 있었대요. 고아원에서 크다가 열세 살 때부터 술집에서 마담 언니 시다바리를 했어요. 이런 내가 멀쩡하게 잘 살면 그것도 이상하지 않아요?" 툭툭 뱉어 낸 그 문장은 말이라기보다 마음속 응어리였다. 누구나 다른 환경에서 태어나지만, 그렇다고 당연히 불행해야 하는 건 아니다. 아이에게 어떤 말이든 해 주고 싶었지만, 감히 아이의 인생을 상상도 못 해 본 내가 그럴 자격이 있을까 싶어 속으로만 삼켰다.

얼마 지나지 않아 대안학교 교사가 되었고, 훌륭한 학부모님들을 많이 만났다. 공교육을 벗어나 아이에게 새로운 교육을 제공해 줄 만큼 경제적 여유와 마음의 여유를 함께 가지고 있는 학부모님들을 보며 묘한 기분이 들었다. 잉여감이랄까. 저렇게 좋은 부모님을 둔 아이들 곁에서 내 역할은 무엇일지 자꾸 질문이 올라왔다. 기숙 학교였는데, 방학 후 아이들이 집에 가고 나면 학교 곳곳엔 비싼 운동화가 나뒹굴었다. 새 학기가 되면 그 운동화의 주인은 새 운동화를 신고 나타났으므로, 헌 운동화는 영영 주인을 찾지 못했다. 현관에 먼지가 쌓이도록 방치되었다가 끝내 마대 속으로 들어가 창고 옆에 쌓이고야 마는 브랜드 운동화를 보며 나는 야학에서 만난 K를 생각했다.

저녁 무렵 교통사고가 났다는 전화를 받고 달려갔더니 응급실 침대에 입술이 터진 K가 걸터앉아 있었다. 운전자가 다짜고짜 보호자냐면서 내게 소리를 질렀다. '부모님 없는 거 알고 무시하나' 싶어 주먹을 불끈 쥐며 전투태세를 갖추었는데, 자초지종을 들어 보니 그럴 입장이 아니었다. 골목에서 돌아 나오는 자동차에 아이가 일부러 뛰어들었다고 했다. 깜짝 놀라 아이를 다그치니 고개를 숙인 채 웅얼거렸다. "나이키 운동화 살라고……."

달리는 차에 살짝 부딪히면 운전자들이 치료비라며 몇만 원씩 쥐어 준다는 친구의 말을 듣고 따라 했다가 콘크리트 바닥에 얼굴을 제대로 갈았다는 거다. 놀란 운전자가 피 흘리며 도망가는 아이를 붙잡아 병원에 데려왔다고 했다. 고개를 푹 숙인 K는 앞니가 부러져 있었고, 보상으로 받은 치료비는 삼촌이 가져갔다. 앞니를 치료하지 못한 K는 고개를 숙이고 입을 가리면서 더 내성적인 아이가 되었다. 대안학교 아이들에게 K 이야기를 들려주며 나의 불편한 마음을 전하자 심각하게 듣고 있던 한 아이가 이런 의견을 냈다. "이번 주까지 주인 다 찾아가게 하고, 그래도 남는 운동화는 깨끗이 빨아서 아프리카 어린이들한테 보내면 어때요?" 아이들과 학교 운동장 구석에 커다란 대야를 꺼내 놓고 수십 켤레의 운동화를 빠는데, 나이키 운동화가 나올 때마다 K 얼굴이 떠올랐다.

교사로 있으면서 자주 생각했다. 나는 가르치는 사람일까, 돌보는 사람일까. '성장을 북돋는 모든 행위'라는 점에서 교육과 돌봄은 선명히 구분할 수 없는 경계에 있다. 하지만 확실히 내 마음이 기우는 건 후자 쪽이었다. 재능을 따진다면 그것도 교육보단 돌봄인 듯했다. 잘하는 게 없는 아이, 자꾸만 뒤로 숨으려는 아이, 마음에 상처가 있는 아이들에게 마음이 갔고 그들을 조금 더 밝은 세계로 이끌어 내는 일에 공을 들였다. 공교롭게도 자폐 아이, 청력을 잃어 가는 아이, 한쪽 팔이 없는 아이, 다리를 저는 아이가 우리 반 학생으로 인연처럼 찾아왔다. 그 아이들의 몸과 마음을 돌보면서 나는 수업을 훌륭하게 해냈을 때와는 비교할 수 없는 성취감 같은 걸 느꼈다.

우리는 단단한 가족주의가 만들어 낸 불평등 사회를 산다. 부모가 있고 없고, 혹은 부모의 경제력이 있고 없고에 따라 아이가 만날 수 있는 인생의 기회는 천차만별이다. 저출생 운운하며 아이 낳길 권하면서, 태어난 아이들조차 제대로 돌보지 못하는 사회다. 부모 있는 아이도 자라기 힘든 세상인데, 울타리 없는 아이들의 인생은 어떨까.

2023년 기준으로 보호자 없는 아동이 2,800여 명인데* 그중 새로운 부모에게 입양되는 아이는 230여 명이다**. 보육원에서 자라다가 만 18세가 되어 혼자 사회에 서야 하는 자립준비청년은 1,200여 명이다.*** 5,000여 명의 자립준비청년을 대상으로 한 설문 조사에서 절반 가까이가 '극단적 선택'을 생각한 적이 있다고 답했다. 청년의 평균 4.4배에 달하는 수치다.**** 이런 현실을 보며

---

* 보호자가 없거나 보호자로부터 이탈된 아동, 또는 아동학대를 피해서 보호 기관에 머무는 보호대상아동의 수. [보건복지부(2024), 〈보호대상아동 현황보고〉] 참조.
** 보건복지부(2024), 〈가정위탁국내입양현황〉.
*** 보육원 퇴소 후 5년간 자립을 위한 정부 지원을 받는 청년의 수. [사회복지시설정보시스템(2019년~2021년); 행복e음(2022년~2023년)] 자료 참조.
**** "자립준비청년의 위태로운 마음 건강… "자살 생각 해봤다" 청년 평균의 4.4배", 〈경향신문〉, 2024년 6월 26일.

내가 할 수 있는 게 무엇일지 생각했다. 부모가 되어 주진 못하더라도, 각자 다르게 태어난 환경을 똑같은 조건으로 만들진 못하더라도, 적어도 그들의 마음속에 억울함이 응어리지지 않게 하는 데는 힘을 보탤 수 있지 않을까. 부모 없는 자신도 나름 살아갈 만한 세상이라고 신뢰를 갖게 하는 것. 자신들을 응원하고 지지하는 어른들이 많다는 것을 그들이 실감하고, 스스로 불행할 수밖에 없다고 단정 짓지 않았으면 좋겠다.

작년 가을, 모르는 번호로 전화가 걸려 왔다. 나이키 운동화가 갖고 싶어 자동차에 뛰어들었던 K였다! 고등학교 진학 후 연락이 드문드문하다 끊긴 터라 십수 년 만의 재회였다. 직장 다니고 결혼도 해서 잘 살고 있다며, 몇 달 뒤면 아빠가 되는데 아내의 출산을 앞두고 내 생각이 나서 어렵게 연락처를 찾았다고 했다. 그 시절에 '좋은 추억을 많이 만들어 주어서' 고맙다면서 이런 말을 덧붙였다. "저는 선생님을 엄마처럼 생각했던 거 같아요." 20대 중반이었던 내가 열 살 차이밖에 안 나는 중학생들에게 해 주었던 그 몇 가지 일을 '엄마' 역할로 생각했다는 말에 눈물이 핑 돌았다. 하긴 나도 당시에 그들의 부모가 된 거 같다고 느꼈으니, 우리의 마음은 같았다. 그렇다면 꼭 한집에 같이 살지 않아도 사회적 '부모'가 될 수 있겠구나, '부모 없는' 아이들의 마음속에 억울함이 응어리지지 않게 하는 일도 생각보다 어렵지 않을 수 있겠구나. K와 통화한 후 그런 생각이 들었다.

거대한 협동의 바느질

태어나자마자 부모와 헤어진 아기들을 돌보는 일도 그런 마음과 이어져 있다. 절대적인 도움을 줄 사람을 잃은, 절대적 도움이 필요한 존재들. 자기 처지를 모르니 지금은 억울함조차 없지만 나중에 어른이 되어서 영유아기를 떠올릴 그들의 마음을 생각해 본다. 이곳을 거쳐 간 입양아 중에 어린 시절이 궁금하다며 찾아오는 이들이 있다고 한다. 아기들이 여러 사람에게 돌봄 받는 모습을 보면서, 자신이 이렇게 사랑받고 자란 줄 몰랐다며 큰 위로를 받고 돌아간단다. 아마 그 돌봄의 장면에 등장하지 않는 더 많은 사람들이 아기를 사랑해 주고 있다는 걸 알았다면 더 큰 위로를 받았을 것이다.

아기들을 만나러 가면 빨간 벽돌집 입구에서 벨을 호출하고 기다려야 한다. 때로 호출이 길어질 때면, 문이 열리길 기다리며 주변을 둘러본다. 이 현관을 수없이 드나들었을 여러 사람의 마음이 읽힌다. 아기를 안고 들어왔다가 두고 나갔을 생모의 마음, 아기를 만나러 드나들다가 어느 날엔 짐을 싸서 함께 집으로 갔을 입양 부모의 마음, 교대로 출퇴근했을 보육사들의 마음, 아픈 아기들을 안고 병원을 오갔을 수녀님들의 마음.

자신의 24시간을 온전히 타인에게 맡긴 이 아기들을 지키기 위해 수백 명의 어른이 함께한다. 입양원 직원들은 물론이고 시간대

별로 드나드는 이모와 삼촌들이 일주일에 200명 가까이 된다. 이유식을 배달해 주고, 차 태워서 병원에 데려다주고, 날마다 산더미처럼 나오는 옷과 이불, 수건을 세탁하고 건조시켜 정리해 주는 어른들도 있다. 머리를 손질해 주고, 방문 진료를 해 주고, 백일상이나 돌상에 떡을 올려 주고, 사진을 찍어 주고, 집을 수리해 주고……. 한 인간이 성장하는 데 필요한 손길들이 많은 이들의 촘촘한 협력으로 채워진다.

두 시간의 봉사가 보잘것없어 보이다가도 한 아이를 둘러싼 이 돌봄이 거대한 '협동의 바느질' 같다는 생각이 들면 나도 위로를 받는다. '아기의 성장'이라는 커다란 조각보를 한 땀 한 땀 함께 만들어 가는 것. 온전히 부모 역할을 하진 못해도 아기의 행복을 진심으로 바라는 어른들이 함께 아기를 돌본다는 면에서 모두는 사회적 보호자라고도 할 수 있겠다.

아기들과 나는 어떤 관계라고 말할 수 있을까. '이모'라고 칭하지만 '조카'는 아니고, 건조하게 말하면 입양 대기 아동-자원봉사자 정도의 관계랄까. 뭐라 규정할 순 없지만 하나 확실한 건 있다. 우리는 빨리 헤어질수록 좋은 관계다. 불현듯 이별의 순간이 오더라도, 서운함을 감추고 힘껏 축하해 주어야 하는 사이다. 그래서 아기의 빈 침대가 보여도 섣불리 물어보지 못한다. 어느 날 침대가 비어 있다면 대개 두 가지 경우다. 입양 부모를 만나러 갔거나*, 아파서 입원을 했거나. 아기 침대에 새 이불 같은 것이 놓여 있으면,

입양 부모와 결연되었구나 짐작만 할 뿐이다. 반가운 마음에 "엄마한테 갔어요?" 했다가 "병원에 갔어요"라는 답이 돌아오면 속상하니까. 부모를 만나러 외박을 나갔다고 해도 성큼 드는 기쁜 마음을 빨리 내려놓게 된다. 아직 부모를 기다리고 있는 다른 아기들에게 미안해서다. 오는 봉사자마다 궁금해서 물어볼 텐데 나까지 꼬치꼬치 묻기가 좀 그래서, 빈 침대를 보면 '병원 말고 집에 간 거면 좋겠다'고 속으로만 생각한다. 가끔은 보육사 선생님이 먼저 "내일 ○○이가 엄마, 아빠한테 가요. 인사하세요" 하고 귀띔해 주실 때도 있다.

커다란 방에 함께 살고 있는 아기들에겐 자기 것과 남의 것, 그리고 함께 쓰는 물건이 정해져 있다. 이름표가 붙은 자기 침대가 있고, 머리맡엔 보드라운 촉감의 자기 인형이 하나씩 있고, 이름이 적힌 젖병이 있다. 옷이나 장난감, 그림책 같은 건 깨끗이 관리하며 서로 공유한다. 몸에 딱 맞는 옷을 찾아 입히기가 어려우니 가끔은 사이즈가 큰 옷을 한 번 걷어 입기도 하고, 작아서 배가 올챙이처럼 볼록하게 튀어나오는 옷을 입고 있을 때도 있다. 그 모습이 그렇게 귀여울 수가 없다.

좋아 보이는 것, 비싼 것을 입히고 싶은 건 다 어른들의 욕심

---

* 입양 부모와 아기가 결연되고 나면 두어 달 동안 면회, 외박 등으로 서로 적응기를 갖는다.

일 뿐, 아기들에겐 그런 게 전혀 중요하지 않다. 아기들은 그런 물건으로 자라지 않는다. 더구나 아기들은 제 옷이 어떤지, 제 장난감이 어떤지 알지도 못한다. 그저 많이 안아 주고, 많이 눈 맞춤해 주며, 듬뿍 사랑을 주는 사람이 제일 좋을 뿐이다. 이건 입양원 아기들뿐 아니라 부모와 자라는 아기들도 마찬가지일 거다. 아기들 자라는 모습을 보면서 인간의 성장에 정말 중요한 게 뭔지, 중요하지 않은 게 뭔지 그 알곡을 발견하게 됐다.

인간이 자라는 데 필요한 것은 오직 '사랑'이다. 상대에게 필요한 것을 주는 것이 사랑이라면 아기들에게 필요한 분유, 기저귀, 토닥임, 눈 맞춤, 다정한 말투, 그런 것들은 모두 사랑의 다른 말이다. 아기들을 만나러 갈 때 내 목표는 확실하다. 아기들이 조금이라도 빨리 울음을 그치고, 조금 더 빨리 배고픔을 채우고, 조금 더 빨리 젖은 기저귀를 갈 수 있기를. 한 번이라도 더 옹알이를 받아 주고, 한 번이라도 더 웃게 해 주며, 아무 관계도 아닌 이가 자신에게 쏟는 사랑을 확인할 수 있기를.

모든 어린 것들은 당연한 성취의 과정을 기뻐해 주는 이가 있어야 한다. 끙끙 용을 쓰다가 처음으로 뒤집기를 했을 때, 혼자 허리를 곧추세우고 앉았을 때, 빼꼼히 아랫니가 났을 때, 위태롭게 서서 흔들흔들하다가 첫발을 디뎠을 때. 그 당연한 것 같지만 당연하지 않은 일들에 환호하며 박수쳐 주는 사람이 있어야 한다. 핏덩이 같던 아기가 점점 사람의 모습(?)을 갖춰 가며 생의 과제를 하나하나 성취해 가는 장면을 함께 볼 수 있다는 건 내게도 영광스러운 일이다.

지친 몸으로 허리를 두들기며 돌아오는 날이면 종일 아기들을 돌보는 보육사 선생님들의 고단함은 어떨까, 어렴풋하게도 가늠이 되지 않는다. 이렇게나마 손을 보태는 이유는 아기들을 위한 것도 있지만, 보육사 선생님들을 위하고 싶은 마음도 크다. 아기가 행복하려면 아기를 돌보는 어른들의 마음도 편안해야 하니까. 작은 힘이나마 보태서 아기들의 주 양육자인 보육사 선생님들이 조금 덜 힘들었으면, 그래서 아기들 곁에 오래 있어 주셨으면 좋겠다.

아기들이 주는 선물

떨어져 있는 순간에도 자주 아기들 생각이 난다. 제일 생각이 많이 날 때는 화창한 날, 양육자와 야외에 나온 아기들을 볼 때다. 유아차 안전바에 한쪽 다리를 척 올리고서 편안하게 누워 있는 아기를 볼 때, 흐드러진 벚꽃 아래 부모 품에 안겨 사진을 찍는 아기들을 볼 때, 입양원 아기들도 이렇게 좋은 날, 밖에 나와 산책도 하고 꽃도 보고 나비도 보면서 세상 구경을 했으면 참 좋겠다는 생각이 든다.

그래서 기도를 한다. 가톨릭 신자는 아니지만 아기들을 만나기 전에 4층 소성당에 올라가 무릎을 꿇고 두 손을 모은다. 아기들이 어서 집으로 갈 수 있기를, 설령 인연을 만나지 못해 보육원으로 간다 해도 좋은 어른을 만나 의지하며 마음속 응어리 없이 자랄 수 있기를. 내가 할 수 있는 것은 세상의 어린 존재들에게 전해지지도 않을 기도와 응원을 힘껏 건네는 것, 그뿐이다.

인간은 누구나 행복을 바란다. 아는 것이 많아지고 갖고 싶은 게 많아질수록 그 조건은 복잡해지지만, 갓 태어난 아기의 행복은 그들의 눈동자만큼이나 말갛고 순수하다. 제때 먹고, 제때 잠들고, 제때 기저귀를 갈고, 따뜻한 품에 자주 안기며, 자주 눈 맞추기. 그것을 위해 최선을 다하는 나의 두 시간은 온전히 내 안의 기쁨을 찾는 시간이기도 하다. 돌봄의 힘은 누군가를 돌보다 보면 서로가 살아난다는 데 있다.

어른들처럼 복잡하지 않은 아기들의 거침없는 세계 또한 내게 커다란 대리 만족을 준다. 아기들은 눈치 보거나 배려하거나 양보하지 않는다. 남의 사정 봐주지 않고 울고픈 만큼 우는 그 당당함에는 일말의 타협도, 한 톨의 거짓도 없다. 내키는 대로 울다가도 번쩍 안아 올려 배에다 푸푸 바람을 넣으면, 눈물을 매단 채 뒤끝 없이 까르륵 웃는다. 오직 지금을 사는 아기들에겐 내일에 대한 걱정이 없다. 개월 수가 올라가는 아기를 보며 '어서 부모님을 만나야 할 텐데' 하는 건 어른들의 시름일 뿐이다. 아기들과 함께하는 두 시간 동안은 나도 치열하게 현존하느라 마음속에 담아 두었던 모든 걱정이 사라진다. 아기들의 '여기에서 지금을 살기'는 내게 무거운 인생의 짐을 내려놓는 방법을 일러 준다.

어둑한 저녁, 봉사를 마치고 입양원을 나서면 저 멀리 한양도성이 반짝거린다. 낮은 집들 사이로 자그마한 불빛도 희망처럼 깜빡인다. "우리들의 아기는 살아 있는 기도라네." 고정희의 시를 읊조리며 돌아오는 길, 내 마음은 벌써 다음 주 일요일을 기다린다. 품에 가득 찬 아기들의 보드라운 머릿결, 말랑한 볼살의 여운으로 며칠은 더 행복할 거다. 아기들에게 필요한 것을 주려고 왔는데, 외려 받아 가는 것이 너무 많다. 주기만 하는 사랑은 없다.

장희숙 대안학교 교사로 지내다 교육운동에 힘을 보태고자 교육 관련 책과 잡지를 만들고 있다. 아이들 곁에 있는 것을 좋아해서 틈틈이 청소년들과 글쓰기 수업을 하고, 동네 입양원에서 아기들을 돌본다. 공저로 《'어른아이'를 만드는 사회》, 《젠더 감수성을 기르는 교육》, 《재난의 시대, 교육의 방향을 다시 묻다》 등이 있다.

'어린이' 이야기에 끼워 넣고 싶은
내가 아는 어린이들

장애를 이야기할 때 '어린이'를 잊지 않기를,
어린이를 이야기할 때는 '장애'도 잊지 않기를

공진하(작가, 특수 교사)

울음을 참는 게 어른의 기준이라면

'어린이'라는 말을 들을 때마다 생각나는 얼굴이 있다. 초임 시절 유치원 어린이들을 가르칠 때 만난 S는 유치원에 오기 두어 달 전쯤에 시설에 입소했다. 그 전에는 부모님과 함께 지냈었다고 했다. 그 시절에는 장애 아동 양육에 필요한 국가의 지원은 거의 없고 시설에 대한 문제의식도 희미한 때여서 가정에서 양육하는 것을 포기하고 재활원 등에 맡기는 경우가 많았다. S는 일곱 살이 되어서 시설에 입소했는데 다른 어린이들과 견주면 비교적 늦게 입소한 편이었다. S는 뇌병변장애로 온몸의 강직이 심해서 갖고 싶은 것을 손으로 쥘 수도 없었고, 가고 싶은 곳으로 갈 수도 없었다. 눈빛만은 초롱초롱해서 하고 싶은 말이 가슴속에 가득 차 있는 것처럼 보였다. S는 카시트처럼 생긴 의자에 앉아서 골반과 가슴을 넓은 띠로 묶어야 겨우 앉은 자세를 유지할 수 있었는데 유치원에 오면 수시로 큰소리를 내며 온몸으로 울었고, 그때마다 아이의 팔다리는 뻣뻣하게 굳어서 안아 주기도 어려울 정도였다.

생활실에서도 S는 시도 때도 없이 울어 대는 걸로 유명했다. 갑자기 가족들과 떨어져 시설 생활을 하게 되었으니 그렇게 우는 것도 당연하다 싶었다. 하지만 울음소리는 너무 시끄러웠다. 긴 복도를 따라 나란히 붙어 있는 생활실 전체에 울리는 S의 울음소리는 피할 수도 없었고, 견디기도 어려웠다. 달래기도 하고 야단을 치기도 하면서 시간이 지나갔고, 다행히 우는 횟수가 조금씩 줄어들었다. 아무리 울어도 집으로 돌아갈 수 없다는 것을 깨달았기 때문이었을지도 모르겠다. 조금씩 시설 생활에도, 유치원 생활에도 적응을 하기 시작했다. 유치원 수업에도 열심히 참여했고 활짝 웃는 표정도 종종 보여 주었다. 그렇게 안정을 찾아 가면서 생각보다 알아듣는 말도 많고 총명한 아이라는 것도 알게 되었다. 아이를 자세히 관찰해 보니 입 모양으로 자기 생각을 어느 정도 표현할 수도 있었다. 자신의 몸 중에서 그나마 자기 의지를 가지고 움직일 수 있는 게 입과 혀 정도였던 것이다. 그래서 '예'라고 대답 해야 할 때는 입을 꼭 다물고, '아니요'라고 대답해야 할 때는 꼭 다문 입술 사이로 혀를 내밀기로 약속을 했다. 그렇게 의사소통 을 하게 되자 S는 색깔이나 그림 단어 카드의 이름을 하나씩 배 워 나갔고, 또래의 어린이들이 배우는 노래와 이야기들에 흥미를 보이기도 했다. 그러다가도 뭔가 수가 틀리면 온몸으로 우는 것은 여전했지만 처음보다는 달래기가 훨씬 수월했다.

그렇게 지내던 어느 날, 어린이날을 며칠 앞두고 있을 때였다. '어린이'와 '어른'이라는 단어를 설명하고 S에게 어린이인지, 어른 인지 물었는데 아주 단호한 표정으로 자기는 어른이라고 대답을 했다. 이 정도 단어를 헷갈려할 아이가 아닌데 이상하다 싶어서 여러 번 되풀이해서 물었다. 질문의 순서를 바꿔 보기도 하고 예 를 더 들어 보았지만 여전히 S는 자기가 어른이라고 굳게 다문 입 술로 주장했다. 왜 이렇게 대답을 하는지 몰라 고개를 갸웃거리 며 아이의 얼굴을 찬찬히 들여다보다가 문득 떠오르는 생각이 있 었다. S에게 물었다.

"엄마가 보고 싶어도 아이처럼 떼도 안 쓰고 울지도 않으니까 어른이라고 생각하는 거야?"

S는 내 질문에 환한 표정을 지으며 내 추측이 맞다고 알려 주 었다. S는 웃고 있었지만 나는 그럴 수가 없었다. 나를 비롯한 어

른들은 이 일곱 살짜리 어린이에게 무슨 짓을 하고 있는 건가 싶어서 뒤돌아서 오랫동안 가슴을 쳐야 했다.

어느 날 갑자기 왜 그래야 하는지 설명도 안 해 주고 가족과 헤어져 낯선 곳에서 지내야 한다면 그가 어린이든 어른이든 시도 때도 없이 울음이 터져 나오지 않았을까. 어른들도 가족과 헤어져야 하는 순간에 눈물을 흘린다. 게다가 S는 말로 자기 생각을 표현할 수 없었으니 온몸으로 우는 것 말고는 할 수 있는 일이 없었을 것이다. 그런데 소리를 지르며 우는 것은 어린애나 하는 일이라고 주변 어른들이 가르쳐 왔던 거다. 울음을 참는 게 어른의 기준이라면 S는 누구보다 어른스러운 아이가 맞다.

당시 나는 장애 아동 요양 시설 안에 있는 특수학교에 근무하고 있었는데 그 시설에서는 안에서 열리는 여러 행사 중에서도 어린이날 행사를 가장 크고 성대하게 치렀다. 각종 후원이 많이 들어오는 장애인의 날에는 오히려 평소와 다르지 않게 조용하게 보냈다. 하지만 어린이날에는 지역 사회와 후원자들, 입소 아동의 보호자들까지 모두 초대를 해서 축제를 열었다.

또래의 다른 어린이들과 견주면 시설에 입소한 어린이들은 많은 것을 누리지 못하고 지낸다. 그 차이가 가장 잘 드러나는 날이 바로 어린이날이다. 어린이날 행사를 크고 성대하게 치른 건 어린이날 하루만이라도 즐겁고 행복한 시간을 보낼 수 있게 해 주어야 한다는 기관장의 강력한 의지 덕분이었다. 직원의 입장에서는 행사를 준비하기 위한 초과 근무에 공휴일 출근까지 감수해야 할 것들이 많았다. 어린이들 입장에서도 하루 동안 펼쳐지는 즐거운 행사로 1년 내내 빼앗겨 온 어린이의 권리가 찾아지는 것은 아니었을 것이다. 지역 사회뿐 아니라 가족에게서도 분리되어 외딴 곳에 위치한 시설에 입소한 장애 어린이들의 삶 자체가 가혹했고 그것을 맛있는 음식이나 즐거운 놀이로 보상할 수는 없었을 것이다. 하지만 그때의 경험 덕분에 지금 내가 만나는 존재들에게서 '장애'가 아니라 '어린이'를 먼저 발견해야 한다는 것을 배웠고, 부족하더라도 어린이에게 필요한 경험을 최선을 다해 제공해야 한다는 사실을 잊지 않을 수 있었다.

'어린이'를 말할 때 우리가 이야기하지 않는 사람들

우리는 '장애를 가진 어린이'도 어린이라는 사실을 종종 잊는다. 많은 사람들은 '어린이'를 이야기할 때 머릿속에 장애를 가진 어린이를 함께 떠올리지 않는 것 같다. 포털 사이트에서 '어린이' 이미지를 검색해 보면 그 많은 이미지들 속에 장애가 보이지 않는다는 것을 쉽게 알 수 있다. 학교에서는 종종 그림이 들어간 현수막 등을 제작할 일이 있는데 그때마다 마땅한 그림을 찾기가 무척 어려웠다. '장애'로 검색하면 성인 장애인의 모습이 주로 나오고, '장애 어린이'로 검색하면 대부분 치료를 받는 모습이거나 누군가의 도움을 받는 모습이 나온다. 우리가 흔히 어린이를 생각할 때 떠올리는, 친구나 가족들과 밝게 웃으면서 놀고 있는 모습은 여간해서는 찾기가 어렵다.

얼마 전 학교에서 어린이들과 함께 P시에 있는 박물관을 방문했다. 개관한 지 얼마 안 된 박물관의 전체 시설은 장애를 가진 우리 학생들과 이용하기에 어려움이 없어 보였다. 휠체어로 박물관 안을 이용하기에도 좋았고, 엘리베이터 공간도 넉넉했다. 박물관 한쪽에는 어린이박물관도 따로 꾸며 놓았는데 눈으로만 봐야 하는 전시 공간과 달리 직접 만져 볼 수 있는 것들이 있어서 좋아 보였다. 신발을 벗고 들어가는 곳이니 잠시 휠체어에서 내려와 몸을 자유롭게 움직여 보는 것도 좋을 것 같았다. 하지만 휠체어에서 내려오면 혼자 몸을 가누지 못하는 학생들이 있어 걱정이 되었다. 어른들이 안고 전시 공간을 다닐 수도 있겠지만 아무래도 긴 시간을 그렇게 다니기에는 힘에 부칠 것 같았다. 휠체어를 탄 채로 안에 들어갈 수 있으면 좋겠다 싶었다. 요즘은 휠체어 바퀴 커버도 있으니까 휠체어 바퀴를 잘 닦은 후 커버를 씌우면 들어갈 수 있지 않을까 생각했다.

업무 담당자에게 휠체어를 탄 채로 전시장에 들어갈 수 있을지 물어보았다. 바닥이 더러워지지 않게 주의하겠다고 말했는데도 담당자는 어렵겠다고 했다. 처음에는 바닥이 푹신해서 휠체어를 밀 수 없을 거라고 했다가 바닥 매트 손상이 걱정된다고 하더니 나중에는 구조물들이 많아 학생들이 다칠 수 있다고 했다. 원래 이 공간은 미취학 유아를 위한 공간으로 만들어진 것이라며 공손하고 예의 바르게 휠체어를 탄 어린이들이 전시 공간에 들어가지 않았으면 좋겠다고 했다. 그 공간에서 학생들과 안전하고 유익하게 활동할 자신이 있었지만 아무리 설득해도 담당자는 생각을 바꾸지 않았다.

고민 끝에 체구가 작고 휠체어가 없어도 실내 활동을 할 수 있는 학생들만 어린이박물관을 이용하기로 했고, 다른 학생들은 입장을 포기했다. 아마 그 공간을 만든 사람들은 휠체어를 타거나 보조기를 착용하고 이동해야 하는 어린이들을 상상하지 못했을 것이다. 설사 골반과 가슴, 어깨를 단단하게 고정해 주지 않으면 목을 가누기도 어렵고 혼자 앉을 수도 없는 어린이를 상상했더라도 그런 어린이들은 어린이를 위해 만든 박물관의 그 공간보다는 병원이나 치료실, 복지관에 머무는 것이 더 안전하고 유익할 것이라고 생각했을 것이다. 혼자 걷지 못하고 앉지 못하더라도 어린이들을 위해 만들어 둔 공간에서 마음껏 만지고 뒹굴고 노는 것을 또래 어린이들만큼이나 좋아한다는 것을 상상하지 못했을 것이다.

공공 기관의 예약 안내 페이지에 휠체어 사용자는 미리 알려 달라고 적혀 있지는 않지만 나는 항상 우리가 특수학교이고 휠체어를 사용하는 학생들이 많다는 이야기를 먼저 알린다. 혹시라도 학생들과 함께 있는 자리에서 담당자의 난처해하는 모습, 못마땅한 표정이나 거절의 말을 듣고 싶지 않기 때문이다. 그 말을 듣고 말없이 돌아서는 모습도, 얼굴을 붉히며 언성을 높이는 모습도 학생들에게 보여 주고 싶지 않다.

그 박물관에서 그랬던 것처럼 종종 안전과 건강을 이유로 많은 곳에서 '친절한' 거절을 당한다. 가장 많이 거절을 당하는 곳이 놀이터와 키즈 카페, 그리고 유치원과 학교라는 공간이라는 게 무척 속상하다. 어린이들이 가장 좋아하는 곳, 어린이일 때만 갈 수 있는 그곳에서 거절을 당한다. 일부러 나쁜 의도를 가지고 그러진 않았을 것이다. 다른 몸을 가진 어린이, 다양한 장애를 가진 어린이를 상상하지 못하기 때문일 것이다. 내가 만나는 학생들은 '장애'와 '어린이'라는 두 가지 정체성을 함께 가지고 있지만 많은 사람들은 그가 어린이라는 사실보다는 장애를 가졌다는 것에 더 집중하는 것 같다.

'노 키즈 존'이라는 말은 우리 사회가 어린이를 그저 어른이 되기 전의 불완전한 존재로 바라본다는 사실을 잘 보여 준다. 어른이 되기 전에는, 그러니까 사회가 요구하는 규범을 완벽하게 습득한 것으로 여겨지는 어른이 되기 전에는 시민 사회의 구성원으로 받아들일 수 없다는 메시지를 보내고 있는 셈이다. 그저 나이를 먹고 어른이 되기만 하면 갑자기 성숙한 시민 사회의 구성원이 되는 것처럼 얘기하지만 꼭 그런 것은 아니다. 오히려 어른들이 보여 주는 세상이 더 엉망진창인 경우가 많은데도 언제나 어린이들에게만 너희는 어린이라서 안 된다고 한다. 그러니 어른들의 말을 잘 들으며 열심히 배우고 무럭무럭 자라라고, 그 다음에 어른들의 세계에 끼워 주겠다고 하는 것 같다.

그런데 장애를 가진 어린이들에게는 한 가지 과제가 더 주어진다. 어른이 되어야 하는 것은 물론이고, 장애를 '극복'해야 한다. 어른이 되지 않으면 시민 사회의 구성원으로 온전히 받아들여지지 않는다. 그리고 장애를 극복하지 않으면 어린이의 세계에도 온전히 받아들여지기 어렵다. 집 앞에 있는 놀이터에서도 장애를 가진 어린이는 마음껏 놀 수가 없다. 모두를 위한 통합놀이터에서는 함께 놀 수 있다고 하지만 통합놀이터의 수는 너무 적다. 키즈 카페도 그렇다. 보호자는 들어갈 수 없는, 그래서 어린이들만 들어갈 수 있는 시설은 어떤 보호자들의 마음에는 쏙 들겠지만, 누군가 곁에서 도와주어야 앉을 수 있고, 자신을 잘 아는 누군가가 있어야 자기의 요구 사항을 드러낼 수 있는 어린이들에게는 갈 수 없는 공간일 뿐이다.

그렇다면 장애를 가진 어린이들은 어디에서 어떻게 시간을 보내면서 자라고 있을까. 많은 어린이들이 결정적인 시기를 놓치지 않기 위해 수술과 재활을 하고, 또 치료실을 전전하며 시간을 보낸다. 조기 치료의 중요성이 강조될수록 보호자들의 초조한 마음도 커질 수밖에 없으니 자녀를 환영해 주지도 않는 놀이터나 키즈 카페 문제로 고민할 시간이 없다. 장애를 가진 어린이들의 놀이 공간에 대한 사회적 논의가 활발해지지 않는 까닭이기도 하다.

보호자들과 상담을 하다 보면 좀 더 일찍 발견을 했더라면, 좀 더 일찍 치료를 시작했더라면 좋았을 거라고 아쉬워하는 경우가 많다. 실제로 진료실이나 치료실에 찾아갔을 때도 좀 더 일찍 왔으면 좋았을 거라는 이야기를 많이 듣는다고 한다. 더 일찍 시작하지 못한 아쉬움은 이제라도 더 열심히, 더 많이 치료와 재활에 집중하는 것으로 채우려고 한다. 더 늦기 전에 수술을 받고 집중 치료를 받아야 한다고 한다. 그래서 입학을 미루기도 하고 학교생활에는 여기저기 빈 공간이 생긴다.

조기 교육과 조기 치료가 필요 없다는 말을 하려는 것은 아니다. 다만 장애는 노력만으로 지우거나 없앨 수 있는 것은 아니기 때문에 남들과 다른 몸, 다른 감각을 가진 어린이들이 이 세계에서 살아가는 법을 배울 수 있게 도와주면 좋겠다. 장애를 가진 어린이를 위한 재활 병원과 치료 기관이 필요한 것처럼 장애를 가진 어린이들을 위한 놀이터, 도서관, 박물관, 유치원, 학교가 필요하다. 그곳에서 장애를 가진 몸으로 세상을 탐색하고 친구들과 어울리며 자신의 꿈을 찾아 갈 수 있으면 좋겠다. 장애 어린이 전용 공간을 얘기하는 것이 아니다. 어린이를 위한 공간이라면 그곳은 마땅히 모든 어린이들이 이용할 수 있어야 한다.

최근 배리어 프리라는 단어를 자주 듣는다. 1974년 국제연합 장애인생활환경전문가회의에서 〈장벽 없는 건축 설계barrier free design〉에 관한 보고서가 나오면서 건축학 분야에서 사용되기 시작했는데, 2000년 이후에는 건축이나 도로, 공공시설 등과 같은 물리적 배리어 프리뿐 아니라 자격, 시험 등을 제한하는 제도적, 법률적 장벽을 비롯해 각종 차별과 편견, 나아가 장애인이나 노인에 대해 사회가 가지는 마음의 벽까지 허물자는 운동의 의미로 확대 사용되고 있다고 한다. 나는 이 배리어 프리가 어린이들의 세계에서부터 적용이 되면 좋겠다. 여전히 엘리베이터와 장애인 화장실이 없는 학교가 많고 휠체어를 이용하는 학생들이 자유롭게 이동할 수 없다는 이야기를 들으면 화가 난다. 스마트교육도 좋고 AI 교과서도 다 좋은데 그 전에 누구나 들어갈 수 있는 물리적, 사회적, 제도적 환경부터 갖추어 주면 좋겠다.

존재 그 자체로도 충분한

지금은 그렇지 않지만, 처음 교사가 되었을 때는 만만하고 쉽게 보이지 않으려고 애를 썼다. 수업 시간에는 딴짓을 하지 못하게, 내가 하라는 일은 뭐든 열심히 하는 학생들이 있는 반을 만들고 싶었기 때문이기도 했고 선배 교사들도 그렇게 알려 주었다. 하지만 내가 인상을 쓴다고 학생들의 행동이 달라지지는 않았다. 달라지는 건 학생들의 표정뿐이라는 걸 나중에야 알았다. 어느 날 우리 반에서 제법 말썽을 부리던 A가 화면에 나온 내 사진을 보더니 반사적으로 '쓰읍!' 하며 혀를 차는 흉내를 냈다. 밥을 삼키지 않고 뱉으려고 할 때마다, 공부 시간에 자리에서 일어서려고 할 때마다 내가 무심코 했던 행동을 A가 그대로 따라 한 것이다. 또 다른 선생님의 사진을 보고는 무서운 표정을 지으며 제 이름을 큰소리로 불렀다. A에게 다정하게 말을 걸어 주는 어른은 없어 보였다. 한숨을 쉬거나 혀를 차고 눈을 부라리는 어른들이 더 많은 것 같았다. A뿐 아니라 그 곁에서 같이 공부하는 학생들도 선생님의 무서운 인상을 늘 보고 있었을 거라고 생각하니 가슴이 철렁했다. 나를 꼭 닮은 A의 표정을 마주하고 나니 장애를 가진 어린이들이 그동안 숱하게 마주했을 어떤 표정들을 상상해 보게 되었다.

생각해 보면 내가 만나는 어린이들은 첫걸음마나 첫 발화의 순간에 받는 축하와 환영의 인사들을 장애가 없는 또래들보다 더 늦게 받았을 것이다. 그 전에는 슬퍼하고, 걱정하고, 불안해하고, 화를 내는 얼굴들을 훨씬 더 많이 보았을 것 같다. 또 자신을 처음 만나는 사람들의 낯설어하는 표정도 많이 만났을 것이다. 그런 생각을 한 뒤로는 어린이들을 처음 만나는 순간에는 무조건 최선을 다해 웃어 주기로 마음을 먹었다. 또 어린이가 하는 일은 가능하면 일단 격려하고 응원부터 해 주자고 마음먹었다.

솔직히 다짐을 잘 지키고 있는 것 같지는 않다. 특히 학생과 만나는 수업 시간에는 내내 그러기가 쉽지 않다. 일단 우리 반이 되고 나면 뭐라도 가르치고 싶은 마음이 커지기 마련이라 어린이에게 끈질기고 집요하게 뭐든 시키게 된다. 그러니 수업 시간에 보여 주는 내 모습은 그렇게 다정하고 친절한 얼굴은 아닐 것이다. 그래도 처음 만나는 순간에는 밝은 얼굴을 보여 주고 싶다. 아침 첫인사 때와 매시간 수업을 시작할 때는 누구보다 밝은 얼굴을 해 보자고 다짐한다. 그리고 우리 학교에 와서 나를 처음 만나는 어린이에게는 더욱더 밝은 얼굴을 보여 주어야지 생각한다.

초등학교 1학년 예비 소집을 하는 날에는 평소와 다르게 얼굴에 화장도 좀 하고, 옷도 밝은 색을 골라 입는다. 학교에 와서 처음 만나는 사람에게서 따뜻하고 편안한 느낌을 받기를 바라기 때문이다. 입 다물고 가만히 있으면 화가 난 것처럼 보인다는 얘기를 종종 듣는 편이니 평소보다 말도 더 많이 한다.

어느 해인가는 입학을 앞둔 보호자가 학교를 둘러보고 담당자와 상담을 하는 사이, 내 교실에서 다른 보호자와 아이가 잠깐 머무른 적이 있었다. 잠시 교실을 빌려준 셈이니 밀린 업무를 처리한다고 뭐라 할 사람은 없었지만 처음 온 곳에서 낯설어할 어린이가 신경이 쓰여서 장난감을 하나 건네며 말을 걸었다.

"와, 장난감 갖고 싶어서 손도 내밀고, 학교 잘 다니겠다!"

"아직은 혼자 앉지도 못해요. 입으로 음식을 안 먹어서 위루관*
으로 먹이는데 학교생활을 어떻게 할지 너무 걱정이에요."

보호자의 얼굴에는 근심이 가득했다. 이어서 출생부터 지금까
지 어떤 과정을 거쳤는지, 온 식구가 얼마나 이 아이에게 매달려
애를 쓰고 있는지를 이야기해 주셨다. 나는 이야기를 다 듣고 웃으
면서 고생하셨다고, 이제 학교 들어오면 지금보다 훨씬 더 잘 자랄
테니 너무 걱정 마시라고, 휠체어를 타고 위루관으로 음식을 먹어
도 소풍도 가고 공부도 할 수 있다고, 무엇보다 아이가 친구들이랑
선생님과 친해지면서 학교를 좋아하게 될 거라고 얘기해 주었다.
아이에게도 눈을 맞추고 학교는 재미있는 곳이니까 우리 3월에 반
갑게 만나자고 손바닥을 마주하며 인사를 했다.

다만 그게 전부였는데 제법 시간이 흐른 뒤에도 그 보호자는
나를 볼 때마다 허리를 깊이 숙여 인사를 했다. 덕분에 마음이 놓
였다고, 힘이 났다고 했다. 아직 대소변을 못 가려서, 밥을 못 먹
어서, 고개를 잘 못 가눠서 학교생활을 어떻게 할 수 있을까 걱정
하는 사람들만 만나다가 "그래도 괜찮다"는 말을 처음으로 들으
니 좋았다고 했다.

간호대학 교수이면서 다운증후군이 있는 아들을 키우는 최은
경 교수가 다른 저자들과 함께 쓴 《아름, 다운 증후군》이라는 책

---

* 음식물을 입으로 먹기 어려운 경우 위로 직접 영양을 공급하기 위해 연결한 관.

을 읽었다. 미국 유학 중에 자녀를 낳게 되었는데 출산 직후 자녀의 장애를 예상하며 불안한 마음으로 담당 의사를 만났을 때의 이야기가 인상적이었다. 최악의 선언을 예상하고 있던 산모에게 담당 의사가 건넨 첫마디는 아이가 태어난 것을 축하하는 말이었다고 한다. 자녀에 대한 불안한 마음을 가득 안고 있던 산모에게 전해진 뜻밖의 말은 남들과 다른 아이와 사는 일에 큰 힘이 되었다고 한다. 나중에 아이와 함께 한국에 돌아와 다른 보호자들을 만났는데 한국 사회에서는 그런 말을 듣는 경우가 매우 드물고, 축하의 말을 듣기는커녕 비관적인 말을 먼저 들어야 하는 경우가 훨씬 많다는 것도 알게 되었다고 했다. 그리고 많은 사람들은 그 순간을 아주 오랫동안 강력하게 기억하게 된다.

'아이에게 장애가 있어서 이런저런 어려움이 있습니다'라는 말과 '아이에게 장애가 있는데 이런저런 도움을 받을 수 있습니다'라는 말은 사실 관계 측면으로만 본다면 크게 다르지 않다. 하지만 그 말을 듣는 당사자의 입장에서는 차이가 크다.

왜 한국 사회에서는 장애를 가진 아이의 탄생을 축하한다는 말을 먼저 듣기가 어려울까. 우리 사회의 장애 인식 수준이 낮고 장애와 관련한 사회적 기반이 부족하기 때문일 것이다. 치료 기관도 부족하고, 학교에 가기도 어렵고, 지역 사회 지원도 부족한 게 현실인데 사실을 말한 게 뭐가 문제냐고 할지도 모르겠다. 하지만 그 첫 만남의 부정적인 경험이 장애를 가진 어린이들과 그 가족들을 더 힘들게 하는 건 아닐까. 새 생명의 탄생을 축하한다고, 남들과 달라도 괜찮다고, 아이만의 방식으로 성장하고, 기뻐하고, 행복할 수 있다고 얘기해 주었다면 아이는 슬프고 어두운 얼굴 대신 밝고 따듯한 얼굴을 더 자주 마주할 수 있었을 것이다.

환대받는 느낌

B는 학기 중간에 우리 반으로 전학을 왔다. 우리 반은 이미 정원이 꽉 차 있는 상황이라 전학생이 온다는 소식이 그리 달갑지 않았다. 관리자들에게는 정원을 초과하는 전학생이 웬 말이냐며 안 된다고 펄쩍 뛰기도 했다. 하지만 1학년 어린이와 함께 온 보호자와 학교를 둘러본 뒤 상담을 하고 나서는 더 이상 안 된다는 소리를 할 수가 없었다. "학교가 조금 멀지만 데리고 오기만 하세요! 즐겁게 학교생활을 할 수 있게 최선을 다하겠습니다!"라고 큰소리를 쳤다.

처음에 B는 집 근처 특수학교에 가려고 했다고 한다. 태어난 뒤로 늘 병원 중환자실과 응급실, 입원실을 내 집인 것처럼 드나들었던 터라 학교에 대해서 자세히 알아보지도 못했다고 한다. 어쩌면 학교에 가는 나이까지 아이가 살아 있을지 장담할 수 없었을지도 모르겠다. 그러니 특수학교도 장애 유형에 따라 다르다는 것까지는 알지 못했다. B가 가려고 했던 그 학교는 휠체어를 사용하는 학생들이 많이 다니는 학교가 아니었고, 이미 정원도 꽉 차 있었다. 교육청에서는 지역에 있는 학교의 특수학급에 배치를 해주었다. 그렇게 집에서 떨어진 다른 학교에 배치를 받았는데 입학식 날 학교에 가 보니 아직 엘리베이터도 설치가 안 되어 있었고 특수학급도 입학식장도 모두 계단을 올라가야 했다. 무엇보다 힘들었던 건 담임 교사와 다른 또래 아이들, 그리고 입학식장을 가득 채운 다른 보호자들의 낯설어하는 표정이었다고 했다.

그렇게 마음에 큰 상처를 입고 학교고 뭐고 다 그만두고 싶어서 등교 거부를 하고 있다가 주변 사람들의 설득으로 우리 학교를 둘러보기로 한 거였다. 집에서 제법 먼 거리라 망설였는데 학교 놀이 공간 한쪽에 있던 그네를 보는 순간 단번에 마음이 풀렸다고 했다. 휠체어를 탄 채로 이용할 수 있게 만든 기구였는데 이곳에서는 B가 환영을 받겠구나 싶었다고 했다. 겨우 그네 한 대에 풀린 그 마음이 그동안 얼마나 많은 곳에서, 얼마나 오랫동안 거부의 메시지를 받아 왔을까.

다행히 B는 전학을 와서 학교에 잘 다니고 있다. 여전히 사람이 많고 낯선 환경에 가면 무서워서 옆에 있는 사람을 움켜쥐고, 잘 걷다가도 갑자기 털썩 주저앉는 바람에 아직 휠체어를 타고 다닌다. 그래도 점점 더 건강해져서 결석하는 날이 줄어들었고 무엇보다 친구들과 선생님을 무척 좋아하는 어린이로 성장하고 있다.

보호자는 학교에서 지내는 B의 모습이 다른 곳에서와 너무 다르다고 늘 신기해하는데 그건 아마 이곳에서는 자신이 환영받고 있고, 모두가 자신을 좋아한다고 생각하기 때문일 것이다. 너무 먼 곳에서 통학을 하고 있어서 집 근처의 교육 기관을 알아보시라고 권하고 싶지만 예전의 경험에서 받은 상처가 크다는 것을 잘 알고 있어서 쉽게 입이 떨어지지 않는다. 아무쪼록 더 많은 곳에서 더 많은 사람들에게 환영의 인사를 받을 수 있기를 바랄 뿐이다.

점자로 된 그림책을 출판하는 출판사가 있는데 그 출판사에서 만든 그림책이 대형 서점에 진열되고 온라인 서점에서 클릭 몇 번으로 구입할 수 있게 되었을 때 시각장애를 가진 자녀의 보호자들이 매우 반가워했던 것도 비슷한 이유였다. 장애가 없는 자녀들에게 필요한 책을 사 줄 때처럼 점자 촉각 그림책을 쉽게 구입할 수 있다는 게 좋았다고, 자녀가 이 세계에서 환영받고 있다는 느낌을 받아서 기뻤다고 했다.

엘리베이터가 없는 초등학교, 함께 놀기 어려운 놀이터와 키즈카페들, 조금 다른 생김새를 갖거나 소리를 내거나 행동을 하는 어린이들에게 보이는 차갑고 불편한 시선들. 그 모든 것들이 "장애를 가진 어린이는 들어올 수 없습니다"라고 말하고 있다. 누구나 이해하기 쉬운 안내 문구 하나, 점자 스티커 하나, 계단의 턱을 없애는 경사판 하나로도 전할 수 있는 환영의 인사에 사회는 왜 그렇게 인색하게 구는 걸까. 잘 몰라서 그럴 것이다. 장애를 가진 어린이가 눈에 보이지 않기 때문이다. 보이지 않으니 준비하지 않고, 준비되지 않은 곳에서 거절당할까 봐 나가지 않고, 나가지 않으니 볼 수 없고, 볼 수 없으니 상상할 수 없는 악순환이 되풀이된다.

장애를 이야기할 때 '어린이'를 잊지 않기를,
어린이를 이야기할 때는 '장애'도 잊지 않기를

장애를 가진 어린이들은 종종 '어린이'를 부정적으로 묘사하며 동기 부여의 수단으로 삼는 말을 듣는다. '아직도 대소변을 못 가리면 어떻게 해', '똑바로 걸어야지', '그렇게 어린애처럼 굴면 어떻게 해' 같은 말들이 그렇다. 하지만 뇌병변장애 때문에 감각이나 근육을 조절하기가 어렵고, 운동 능력이 제한되어 있어서 화장실 이용이 어려운 건 어린이라서가 아니라 그저 다른 몸을 가졌기 때문이다. 지적 장애가 있어서 교과 학습이 어려운 것도 어리기 때문이 아니다. 장애 때문에 단어를 이해할 수 없고 기억할 수 없기 때문이다. 애초에 다른 발달 과정을 거치고 있는 것이다. 너무 예민하거나 둔한 감각 때문에 괴로움을 호소하는 것도 어리기 때문이 아니라 그저 남들과 다른 감각을 가졌기 때문이다. 다른 몸과 감각, 두뇌를 가진 채로 세상을 살아가는 법을 배워야 하는데 자꾸 너의 몸과 감각, 두뇌를 바꿔야 한다고 얘기하면서 어린애처럼 되면 안 된다고 한다. 이건 장애를 가진 어린이에게는 절대로 하지 말아야 하는 말이라고 생각한다. 어린이인 자신, 그리고 장애를 가진 자신 모두를 동시에 부정하는 말이기 때문이다. '어린이'라는 말이 누군가를 비난하고 무시하는 말이 되어서는 안 된다.

어린이라는 말을 비난처럼 사용하다 보니 장애를 가진 성인들에게도 "어린애 같은"이라는 표현을 흔하게 사용한다. 성인이 되고 나서 사고나 질병으로 장애를 갖게 된 사람들을 묘사할 때도 "한순간에 ○ 살짜리 어린아이가 되었다"는 표현을 쉽게 사용한다. 정신 연령은 지능의 발달 정도를 나이로 나타낸 것인데 직관적으로 쉽게 이해시키려는 의도겠지만 그렇게 단순한 표현은 필연적으로 복잡하고 심각한 문제를 동반한다.

지능은 한 가지 요소로만 측정되는 것이 아니다. 계산 능력이나 운동 기능의 발달 수준이 다섯 살 어린이의 평균 능력과 비슷하다고 해서 그 사람의 모든 삶이 다섯 살 어린이와 비슷해지는 것은 아니다. 또 사람을 하나의 기준으로 줄을 세워서 그걸 바탕으로 예측하고 평가해서도 안 될 것이다. 그런데 정신 연령이라는 말을 사용하면서 누군가를 단순하게 이름 붙이고 함부로 대한다. 그렇게 함부로 대하고 싶을 때만 정신 연령이라는 말을 가지고 오는 것 같기도 하다. 이해하기 쉬운 말로 얘기하는 것과 반

'어린이' 이야기에 끼워 넣고 싶은 내가 아는 어린이들

말을 하며 함부로 대하는 것은 전혀 다른 문제인데 많은 성인 장애인들은 사람들이 자신을 어린애 취급 한다고 분통을 터트린다.

최근에는 장애와 관련한 이야기들을 하는 곳이 훨씬 더 다양해졌다. 돌봄이나 탈시설 같은 주제도 이제 더 이상 낯설지 않다. 또 저출생이 심각한 사회 문제가 되면서 어린이들에 대한 이야기도 많아졌다. 그럼에도 불구하고 '장애 어린이'의 얘기는 여전히 많이 부족하다는 생각이 든다. 이 어린이들을 복지관이나 특수교육 기관에서만 만나지 않기를 바란다. 동네 놀이터에서, 집 앞에 있는 체육관이나 수영장, 피아노 학원, 미술 학원에서, 박물관과 도서관에서 만날 수 있기를 바란다. 그러려면 어린이와 함께하는 어른들이 더 노력해야 한다. 장애를 이야기할 때 '어린이'를 잊지 않기를, 어린이를 이야기할 때는 '장애'도 잊지 않기를 바란다. 장애를 가진 어린이 당사자들이 직접 얘기하기 어려우니 누구라도 잊지 말고 자꾸 이야기하면 좋겠다.

공진하 특수학교에서 어린이들을 가르치고 있다. 지역 사회에서 멋지게 살아가는 오랜 제자들의 안부를 들으며 그들의 어린 시절에 함께할 수 있었던 것을 인생의 큰 행운으로 생각한다. 장애를 가진 어린이가 주인공인 이야기, 장애/비장애 어린이가 함께 머리 맞대고 읽을 수 있는 이야기를 좋아한다. 《벽이》, 《내 이름은 이순덕》, 《도토리 사용 설명서》, 《우리 동네 택견 사부》 등의 어린이책에 글을 썼다.

품의 민주주의

경이를 잃어버린 세계에게

서한영교(작가, 노들장애인야학 교사)

"태아보험은 들었어요?"

아…… 태아에게도 보험을 드는구나. "요즘 안 드는 사람이 없어요." 태아보험이라는 말이 기괴하게 느껴지는 건 나뿐일까. "부모님들이 임신 선물로 많이 한대요." 보험은 상품이 확실한 거구나. "한번 알아보세요." 어떤 건가 싶어 보험 설계사에게 전화를 걸었다. 설계사는 "임신부터 출산, 성장 단계별 주요 위험에 대한 집중 보장 상품으로 조산, 유산, 임신중독증, 조산아, 저체중아, 심지어 산모의 우울증, 공황장애 등 정신질환도 보장"한다고 했다. 그리고 "다만 선천적 기형아는 가입이 안 돼요"라고 짧게 덧붙였다. 전화를 다급히 끊었다.

"다음 주에는 산전 기형아 검사가 있습니다"라는 말에 "검사가 필수인가요? 필수가 아니라면 기형아 검사는 받지 않겠어요"라고 단호하게 응답한 시각장애인-반려자와 함께 살고 있기 때문이었다.

데스 메탈의 발성법

보험 회사로부터 매달 1일에 문자가 왔다.

"온난화, 기상 이변, 환경 오염으로 천재지변과 각종 질병은 새로운 형태로 변화합니다. 그에 따라 보험 상품도 함께 출시되고, 보험 가입 조건도 매달 바뀌는 시대입니다. 그동안 미뤘던 우리 가족을 위한 보험, 망설임 없이 문의하고 상담 받으세요."

"미세 먼지, 대기 오염, 유해 화학 물질, 어린이집 학대, 교통 안전사고, 아동 성폭력…… 나와 우리 가족을 위협하는 사건·사고가 끊이지 않습니다. 위험한 아이의 미래를 지켜 줄 든든한 보험을 안내해 드립니다."

"전쟁, 물난리, 무역 적자, 경기 침체 등은 옛날에도 있어 왔고, 미래에도 항상 있을 것입니다. 현재를 어떻게 보낼지는 오로

지 내 몫입니다. 아이의 안전한 미래를 보호하기 위한 신상품, 안내해 드립니다. 문의 및 상담은 ○○손해생명 위험재무컨설턴트 김△△."

상담만 했을 뿐인데, 자꾸 위험하다고 연락이 온다. 세계는 온통 위험에 둘러싸여 있다고 했다. 소중한 가족의 미래를 위협하고 있다고 했다. 위험에서 아이를 보호하기 위해 부모가 미리 준비해야 한다고 했다. 납입 금액만큼 보장받는 든든한 미래가 있다고 했다. 그러니까, 미래는 납입 능력에 따라 보장/보상/보호받는다. 보험-위험 사회 속에 배치된 어린이는 지켜 내야 하는 애지중지와 고군분투가 된다. "아이라는 문제kinderfrage"(벡-게른스하임)가 된다. 단, 기형아는 제외다.

한 아이가 뛰어간다

하늘은 늘 회색이었다
(……)
한 세기가 무심코 웃고 있었다
- 최승자, 〈한 아이가〉 중에서

뛰어다니기 위해 태어난 것만 같은 어린이-반려자에게 "사랑해" 다음으로 가장 많이 한 말, "차, 조심해". 도시 공간의 최상

위 포식자 자동차를 중심으로 설계된 교통 체계에서 "차 조심해"라는 문장은 도시의 무의식이다. 신경성 불안이다. 모두가 앓고 있다. 보행자는 돈이 되지 않지만 차는 돈이 된다. 도로를 깔고, 교통 시설을 설치하고, 기름을 쓰고, 출력 높은 차들이 NEW를 달고 매달 출시되고, 이동과 유통을 전담한다. 확실한 돈이다. 교통사고 사망자 35%(국토교통부, 2024)는 보행 중 일어난다는 건 비밀이다. 심지어 어린이 장난감 사고 중 장난감 자동차에 의한 안전사고가 33%(국민안전처, 2016)로 가장 높다는 것도 비밀이다. 자동차중심주의motorization는 자동차에 빵빵한 특권적 지위를 부여하여, 지역 사회의 다양한 구성원들이 평등하게 도시 공간을 안전하게 보행할 권리를 빼앗으며 "차, 조심해"라는 강박적 문장에 시달리게 한다. 빵빵하게 보장되는 보험에 들면 "차, 조심해" 이 말을 좀 덜 하게 될까?

움츠림의 정치

위험재무컨설턴트, 안전재난문자, 미디어에서 보내 온 위험의 목록들이 길어질수록 움츠러들었다. 잠재적 공포를 합리적 계약을 통해 제거하고 안전한 생존 조건을 도모하라는 홉스의 리바이어던은 아직도 건재하다. 위험 요소가 해소되지 않는 세계를 객관화하고, 현실 세계로 고정하여, 각개전투의 방어 활동에 매진하게 한다. 아이를 하나 낳았을 뿐인데, 세계 앞에 이토록 움츠러드는 건, 마술 같다. 삶 자체가 위기에 빠져 있다는 공포를 공표함으로써 사회적 공간에서 움츠리게 하고, 기거할 장소를 협소하게 만들며, 몸의 이동성을 제한하게 만드는 '움츠림의 정치'가 전개된다.

① 노 키즈 존 : "합리적 이유 없이 특정한 사람을 배제하는 것은 차별행위"(국가인권위원회, 2017)이고 "아동의 배제는 그들이 시민으로 발전함에 있어 중대한 영향을 미친다"(유엔 아동권리위원회, 2013).

② 키즈 카페 : "가만히 있어라, 조용히 있어라, 돌아다니지 말라는 잔소리를 안 해도 되는 곳은 여기뿐이야. 그래서 맨날 와."(엄마 M)

③ 대형 쇼핑몰 : 쇼핑몰에 마련된 수유실에 갔을 때. 다른 공공 수유실과는 비교할 수 없을 정도로 깔끔하고, 향기롭고, 귀여운 기구들이 마련되어 있었을 때. 누구에게 돈을 쓰게 할 것인지, 분명하게 보여 주던 그 쾌적함. '돈'을 낸 '고객님'으로 '서비스'를 받고 있다는 자본주의의 쾌적함.

혐오에 움츠러들고, 시장으로 쫓겨나고, 고객으로만 대접받는 사회적 신체의 공간. 몸을 쪼그리게 하는 감응의 구석에는 어린이들도 함께 있다. 학교 쉬는 시간을 보내는 장소, 교실 90.4%. 삼각 김밥에 컵라면을 먹으며 방과 후 시간을 때우고 있는 편의점 구석의 20.8%의 어린이들.(전교조, 2024) 3~9세 어린이들의 하루 평균 미디어 사용 시간 185.9분.(언론진흥재단, 2024) 운동장에서 교실 구석으로. 놀이터에서 편의점 구석으로. 골목에서 스마트폰 구석으로. 점차 구석으로, 구석으로, 구속의 지리학.

구속의 지리학

그러니까, 구석으로 몰아넣는 구속의 지리학은 유난히 돌봄의 영역과 직렬로 연동된다. 특정한 집단을 분리하여 보이지 않는 구석으로 몰아넣는 것을 '당연시'하는 담론을 생산하는 권력의 이름은 '시설화'다. 노인-요양원, 장애인-거주시설, 탈가정청소년-쉼터, 미혼모-보호소, 돌봄의 사회적 배치를 '시설화'하는 돌봄 권력의 통치술은 '어린이라는 세계'에서도 작동한다. 편의점 구석, 교실 구석, 학원 구석, 방구석으로 '돌봄-구속의 일상화'는 점점 구석으로 내몬다.

구석의 문법들은 핑계를 만든다. 시간이 많이 들어가니까. 돈이 들어가기만 하니까. 위험하게 자꾸 돌아다니니까. "하지 마라"는 구속의 문장을 만든다. 뛰면 안 된다. 돌아다니면 안 된다. 시끄럽게 굴어서는 안 된다. 민폐 끼쳐서는 안 된다. "조심하라"는 목록을 만든다. 차를 조심해. 낯선 사람 조심해. 바이러스를 조심해. "유념하라"는 잔소리를 만든다. 어른들 말 잘 듣고, 선생님 말 잘 듣고, 착하게, 알지? 그리고, 무엇보다 경고한다. 처벌받을 수 있음을, 보상받지 못할 수 있음을, 강제 진압 될 수 있음을. 마침내, 이 문장에 도착한다. "가만히 있으라." 2014년 4월 16일 이후, 어디서 많이 들어 본 문장이다.

> 여자의 자궁은 바다를 향해 열려 있었다.
> (오염된 바다)
> 열려진 자궁으로부터 병약하고 창백한 아이들이
> 바다의 햇빛이 눈이 부셔 비틀거리며 쏟아져 나왔다.
> - 최승자, 〈겨울바다에 갔었다〉 중에서

이 시대의 사랑

'위험'으로부터 보호받고 있다고 가정된 미지수 어린이들은 공포-통치-사랑으로 기묘하게 결합된다. 신생아의 수가 줄어들수록, 아이의 중요성이 점점 더 커지는 '공포 + 통치 × 사랑 x = '의 방정식이 기출된다. "우리는 공포가 주체를 죽음으로 몰아넣을 가능성을 드러낼 때 역설적으로 **생명을 보호하는 사랑에 대한**

환상을 지속시킨다 (……) 공포가 사랑을 방해하는 것이 아니라 오히려 주체가 사랑하는 대상에 더 가까이 다가가도록 한다."* 우리 시대에 '아이'는 무엇과도 바꿀 수 없는 '금쪽이'이자, 동시에 돌봄 과정의 합리적 통치를 강화한다. "부모는 아이를 '사랑'하지만, 그 사랑은 아이의 건강과 능력과 행복에 대한 조율된 통제와 '관리'를 요구하는 것이다. 아이에 대한 합리적 관리는 사랑과 구분되지 않은 채, 아이에 대한 막대한 정서적 에너지와 경제적 자원의 투하를 요청한다."** 온갖 역설로 가득 찬 '사랑의 방정식'은 풀리지 않고 사랑하는 존재에 위해를 가하고 있는 세계에 대한 불안 + 국가와 지자체가 이를 해결하기 위해 나서지 않는다는 절망감 + 막막한 세계에 대한 분노 + 무엇을 어떻게 해야 할지 모른 채 겪는 무력감 × 부모가 아이에게 느끼는 죄책감, 으로 미지수 항목은 실시간으로 늘어난다. "이 시대의 사랑"이라는 킬러 문항을 푸는 동안 "병약하고 창백한 아이들"은 천사 어린이로, 아랫사람으로, 잼민이로 살아가고 있다.

---

* 사라 아메드, 시우 옮김(2023), 《감정의 문화정치》, 오월의봄, 155쪽. 강조는 원문 참조.

** 김홍중(2016), 《사회학적 파상력》, 문학동네, 152~153쪽.

천사 어린이

19세기 말, 일본에서는 영어 홈home을 어떻게 번역할 것인가를 둘러싼 논쟁이 있었다. 번역할 마땅한 말이 없었다. 동북아시아에서 전통적으로 자리 잡은 '지역 사회' 속 넓은 의미의 집家, 가의 입장에서, 가족 구성원 상호 간 '사랑'에 의해 맺어지는 부부 중심의 '홈'이라는 개념이 낯설었기 때문이다. 결국, 홈은 '가정'으로 번역되었다.* 부부 관계 중심의 '가정'은 도시 중간 계급으로 급속히 퍼져 나갔다. 가족 구성원 상호 간의 '화목함과 단란함'의 담당자로서 여성-엄마의 역할이 강조**되었고, 휴식과 위안의 장소인 가정에서 어린이는 행복한 가정의 천사로서 순진무구한 귀염둥이로 자리를 잡았다. 홈 스위트 홈home sweet home에서 어린이는 달콤해졌다. '천사 같은 동심'을 가진 어린이는 국경을 넘나들며 유통되었다.

아동문학가 이오덕 선생은 이를 두고 '동심 천사주의'라고 비판한다. "동심주의는 아동의 세계를 관념 속에 설정하여 될 수 있는 대로 그것을 미화하려고 한다. 아동을 근심 걱정 없는 꿈속에

---

* 가장, 가정, 주부, 가족, 세대 들도 19세기 말 외서들이 번역되면서 만들어진 말이다. 사와야마 미카코, 이은주 옮김(2015), 《육아의 탄생》, 소명출판, 57~68쪽.
** 나치 독일이 여성의 역할을 생물학적 영역으로만 국한시키기 위해 내세웠던 "어린이, 부엌, 그리고 교회kinder, küche, kirche"라는 슬로건은 이런 맥락이다.

서 살아가는 천사로 모시는 것이다. (……) 될 수 있는 대로 어린
애다운 어린애가 되어 어리광을 부리거나 귀여움을 보여 주면 되
는 것이다."* 어린이들은 비어린이들의 '천사 동심주의'에 따라 현
실 세계와 분리되고, 표백되어, 순진무구한 '천사 어린이'로 가두
어져 있다는 것이다. 하지만 '천사 어린이'는 돈이 된다.

　1997년쯤부터 언론에 등장한 용어인 엔젤 산업angel industry
은 '천사 어린이'를 고객-어린이라는 시장화된 주체로 호명하였다.
교육 경쟁력이 구매력의 경쟁력이 되면서 고객-부모의 엔젤 계수
angel coefficient**도 유례없이 높아졌다. 자본이 일궈 놓은 어린이,
라는 욕망을 둘러싼 모든 것을 상품화하였고, 엔젤 산업 속 '천
사 어린이'들은 '구매력'에 따라 한 쌍의 날개를 달 수도 있고, 백
쌍의 날개도 달 수 있는 극진한 고객님이 되었다. 질적 가치로서
의 '계산불가능priceless'한 소중한 천사 어린이로 모시면 모실수록,
어린이는 '계산가능price'한 세속적 교환 가치로 돌봐진다. 자본에
훈련받은 천사들은 오늘도 말한다. "나, 저거 사 줘."

---

* 이오덕(2005), 《시정신과 유희정신》, 굴렁쇠, 69쪽.
** 가계 소비 지출에서 자녀의 교육과 보육을 위해 지출하는 비용이 차지하는 비중
을 말한다.

아랫사람

"제일 짜증 나는 건 나를 어린애 취급하는 거야." 내가 활동하고 있는 노들장애인야학의 학생분들에게는 자신들이 '어린애 취급'당한 경험들이 입 안에 가득 쌓여 있다. '아무것도 스스로 할 수 없는' 어린애 취급하면서, 머리카락을 함부로 짧게 자른다거나, 의지와 상관없이 옷을 갈아입힌다거나, 밥을 먹다 흘리면 구박받는다거나, '어린애 취급'당했던 경험들이 우르르 쏟아진다. 이는 수직적 위계관계를 바탕으로 경험을 빼앗고, 선택을 빼앗고, 실수할 기회를 빼앗긴 '아랫사람 취급'을 당하였기 때문이다. 장애인 학생분들이 경험한 '어린애 취급'은 바로 '아랫사람'을 뜻한다. 어린이 경험은 확실한 아랫사람이다.

사상가 이반 일리치는 의료 시설과 교육 시설에 대해 "미숙한 사람, 통제받아야 하는 사람, 가르침을 받아야 하는 사람으로 규범화"하며 "스스로 아무것도 할 수 없게 불구화disabling"*시킨다고 한다. '정상 인간'의 아래로 결핍된 존재로 규범화하여 위계 짓는 것은 지배 권력의 간판 통치술이다. 지능이 떨어지는 흑인, 이성적 판단이 부족한 여성, 생각이 없다고 여겨진 언어장애인, 사람이 덜된 어린이……. 정상 인간의 가치의 아래로 위치시키며 사람이

---

* Illich, I.(2000), *Disabling professions*, New York: M. Boyars Ltd, pp. 18-24.

덜된 사람, 즉, 사람의 아래, 아랫사람으로 불구화한다.

윗사람의 시혜 속에서 아랫사람으로 순응하며 '착한 아랫사람 되기'라는 환상적 프로젝트는 '칭찬'을 적극 활용한다. 칭찬은 격려와 다르다. 칭찬이 일방적인 평가의 방법이라면, 격려는 상호 돌봄의 방법이다. 칭찬이 보상의 문법이라면, 격려는 이야기의 문법이다. 칭찬이 착하게 지배하고자 하는 용법이라면, 격려는 기운을 북돋아 주는 용법이다. 칭찬은 1형식으로도 할 수 있지만, 격려는 자율 형식이다. 윗사람의 칭찬에 길들여진 어린이들은 말한다. "나 잘했어?"

잼민이

"아빠, 잼민이가 뭐야?" 잼민이란, '미성숙하고 무례한 행동을 하는 사람들을 어린이 취급하며 부르는 혐오 표현이야. 맥락에 따라서 다른데, 하찮은 존재나 민폐를 끼치는 불편한 존재라는 어감을 담아서 쓰는 경우*도 많아', 라고 대답하지 못했다. 대신 '어디서 들었어?' 물었다. "우리 반에서 누가 잼민이 잼민이 하더라

---

* 청소년인권운동연대 지음(2022), 《어린 사람은 아랫사람이 아니다》, 캠페인 소책자, 32쪽.

고." 혐오는 아주 가까이 있다. 어린이는 찬양의 대상이면서 동시에 손쉽게 혐오당한다.

천사 어린이와 잼민이는 서로 반대되는 것처럼 보이지만 아랫사람이라는 뫼비우스의 띠로 이어져 있다. 서로가 서로를 난감해하며, 서로가 서로를 필요조건으로 삼은 채, 서로가 서로의 이율배반으로 '어린이'로 누벼져 있다.

정작, 이 세계에서 함께 미세 먼지를 마시고, 계급화된 경쟁력에서 좌절하고, 팔리면 장땡인 음식 상품을 먹으며 함께 살아가는 이 지구에 거주하며 동시대를 함께 살아가는 어린이로 볼 수 없게 한다. 어린이의 '감응'을 유치한 것으로 치부하고, 어린이의 '역량'을 미숙한 것으로 단속하고, 어린이의 '권리'를 빼고 사유하게 한다. 미궁이다. 어린이라는 세계는 비어린이중심주의와 자본주의 배치 속에서 그저 납작한 2차원에 갇힌 채 티 나지 않게 썩어 가고 있는지도 모른다.

그러므로, 썩지 않으려면
다르게 기도하는 법을 배워야 했다.
다르게 사랑하는 법
감추는 법 건너뛰는 법 부정하는 법.
그러면서 모든 사물의 배후를
손가락으로 후벼 팔 것

절대로 달관하지 말 것

언제나 아이처럼 울 것

아이처럼 배고파 울 것

그리고 가능한 한 아이처럼 웃을 것

한 아이와 재미있게 노는 다른 한 아이처럼 웃을 것.

- 최승자, 〈올 여름의 인생공부〉 중에서

그러므로, "어린이는 우리의 미래이자 희망이다. 모두들 그렇게 말한다. 그렇다면 지금 우리에겐 미래도 희망도 없다."로 시작하는 〈어린이보육권리선언〉(2004)*을 다시 꺼내 든다.

"매일 나를 안아 주고 나와 눈 맞추며 이야기할 수 있는 어른친구(선생님)들을 충분히 주세요."(두 번째 항)라는 문장에 응답할 것. "한 아이와 재미있게 노는 다른 한 아이"의 자리에서 응답할 것. 어린이의 감응으로 말려 들어in-volution가 응답할 것. 어린이를 '위해서'라는 목적어를 지울 것. 그리고 공포, 불안, 두려움을 꼭짓점으로 한 '움츠림의 면적'을 흙 놀이 하듯 "후벼 팔 것". 그러므로, 바다가 썩지 않는 이유. 3.5%의 염분. 내 안의 3.5% 정

---

* 공동육아와공동체교육 홈페이지 참조. www.gongdong.or.kr/bbs/board.php?bo_table=B014

도는 반드시 어린이'로서' 충분히 있을 것.

　"장애를 가진 친구들, 조금 다른 얼굴, 다른 말, 다른 나이의 친구들과도 함께 놀 수 있게 해 주세요."(네 번째 항)라는 문장에 응답할 것. 정상/비정상을 나누는 근거로 활용되는 '다름'의 다음 단계, 정상-비정상이 맞닿아 있는 '다름'을 상상할 것. 차별의 논리에 우정의 논리, 다정함의 논리로 맞설 것. '나'라는 것이 '나'와 '나 아닌 것' 사이에서 탄생하는 공생체라는 것. '나'와 '나 아닌 것'이 뒤섞인 "공유된 자아"(리사 버레이처)의 자리에서 조망되는 '아름다워져 가는' 품의 감각을 익힐 것.

　"모두가 똑같은 옷과 가방과 모자를 쓰고 다니지 않게 해 주세요."(일곱 번째 항)라는 문장에 응답할 것. 교과서적인 것, 규범적인 것, 문제집 맨 뒤에 붙어 있는 답안지 같은 것으로 포섭될 수 없는 '오롯함'을 잃지 않기.

　"여자와 남자를 옷과 놀이와 말로 구별하지 말아 주세요."(여섯 번째 항) 파란색과 분홍색으로 구별되고, 총 놀이와 인형 놀이로 구별되고, 짧은 머리카락과 긴 머리카락으로 구별되는 성별 이분법 체제를 당연한 것으로 여기지 않기. 저마다 완전하게 온전한 '고유함'을 잊지 않기.

　"꽉 짜인 시간표로 움직일 때마다 줄 세우지 말아 주세요."(다섯 번째 항) 반듯하게 짜인 틀 안에서 '착한 어린이'를 선별한 뒤 이를 근거로 어린이다움을 규정하지 않기. 사회성을 기르기 위해서 어린이의 충동에 재갈을 물려야 한다거나 통제와 규율을 통해 어린이들을 지도해야 한다는 훈육주의자들의 조언 앞에서 삐딱해지기.

"**화난 얼굴, 노여운 목소리, 무서운 매로 우리를 슬프게 하지 말아 주세요.**"(아홉 번째 항) 위협을 통한 통치가 성급한 자의 문법임을 잊지 말기. 공포의 전략으로 활용되어 두 가지 중 하나를 선택하게 만드는 양자택일의 논리. 지금 공부하지 않으면, 어른들 말 안 들으면, 시키는 대로 안 하면, 계속 그렇게 하면, 어떻게 되는지 알지? 처벌과 보상의 변증법을 폐기하기. '협박'이 아니라 끈질긴 설득과 기다림의 과정을 통해 '협응'의 리듬을 만들기.

"**날마다 햇빛과 바람, 물, 흙 속에서 놀 수 있게 해 주세요.**"(첫 번째 항)를 위협하는 미세 먼지, 폭염, 폭우, 한파와 같이 매해 기록적인 기후 재난을 증폭시키고 있는 탄소-자본주의와 화석-자본주의의 배치에 맞서기를. '돈'을 써 '서비스'받는 '소비자'로 이끄는 쾌적한 실내 놀이 공간이 돌봄의 위기를 새로운 수익 창출의 기회로 삼고 있다는 것을 잊지 말기를. 불쾌지수를 높이는 기후와 쾌적함을 소비하게 하는 자본의 쿵짝 리듬에 놀아나지 않기를. 자본주의 비무장지대로 나가 햇빛과 바람, 물, 흙을 기필코 누리기.

"**따뜻한 간식과 건강한 먹거리를 주세요.**"(세 번째 항)를 훼손하는 식품 산업이 칼로리와 당, 염분을 과도하게 높이며 '소비자'의 입맛을 독점하기 위한 경쟁 속에 저영양, 고열량의 간식과 먹거리를 생산하고 있다는 것을 기억하기를. 상품이 아닌 식품을 먹을 수 있기를. 우리의 먹거리 체제를 구출하기 위해서 설탕-자본주의와의 대결을 피하지 않기를.

"학교가 끝난 후에도 우리가 함께 놀 수 있는 공간을 만들어 주세요."(열 번째 항)를 침범하는 시장 논리에 입각한 교육 경쟁력이 조성하는 우월의 욕망에 저항할 수 있기를. 사교육과 열등의 비교 체제 속에서 중심을 잃지 않기를. 매해 최대치를 갱신하는 27조 원에 달하는 사교육비 시장 규모 속에서 길을 잃지 않기를.

> 가슴에 한 아름 꽃을 안고 있으려면
> 아이는 얼마쯤 커야 할까
> 날마다 아이는 팔을 벌려 연습을 한다
> - 최승자, 〈아이는 얼마쯤 커야 할까〉 중에서

그러므로, "다르게 사랑하는 법", 날마다 팔을 벌리며 품는 힘을 키워야 한다. 불안, 두려움, 공포로 쉽게 질려 버리는 몸을 세계로부터 닫아 버리는 것이 아니라, "가슴에 한 아름 꽃을 안고 있으려" 해야 한다. 어린이가 두 팔을 잔뜩 벌린 채 세계를 뛰어다니듯. 겨드랑이를 활짝 열고 인사를 하듯. 학교 가는 길에 앞선 친구를 향해 품을 열고 뛰듯. '나 아닌 것'을 향해 나를 벌리는 일을 통해 품을 키워야 한다. '나/나 아닌 것'으로 세계를 반 토막

내는 것이 아니라 '나-나 아닌 것'을 이으며 '품'을 넓혀야 한다. 그러므로, 타자other를 품고 있는 낱말 마더mother를 나는 품m-other으로 오역하고자 한다. 그러니까, 품.

보이지 않는 가슴이라는 지구적 스케일의 품. 미리 알 수 없는 미지의 어린-존재들이 거주하는 난잡한 공유지로서의 품. "모두가 해방되지 않으면 아무도 해방될 수 없다"는 깃발을 세우고 있는 품을 존재론적 구성의 전술이자, 정치적 실천의 전략으로 삼고자 한다.

아! 아? 아… 아- 아~ 의 촉수적 연결망

어린이 당신이 긴 겨울을 뚫고 마침내 핀 목련꽃을 올려다보며 아! 하고 감탄할 때. 좁은 바위틈에서도 머리를 내민 버섯을 보고 아? 하고 의아해할 때. 장맛비 오던 길에 밟혀 짓눌린 지렁이를 보고 아… 하고 말을 잇지 못할 때. 세 자릿수 숫자를 읽는 법을 깨우치며 아~ 하고 배워 갈 때. 이 세계엔 무수히 고유한 아! 아? 아… 아~ 가 있다는 것을 당신을 통해 배웠습니다. 평범한 일상 곳곳에서 감탄사를 쏘아 올리는 당신을 통해 세계 구석구석에 숨겨진 아! 아? 아… 아~를 자주 마주칠 때마다 세계가 마치 처음인 듯 놀라웠습니다. 어린이집을 졸업하고 초등학교에 갓 입학한 당신이 어떤 감탄사를 만나게 될지, 당신을 통해 어떤 감탄사를 또 발견하게 될지 설렙니다. 당신과 저는 어쩌면 같은 피를 나누어 가진 것이 아니라 같은 감탄사를 나누어 가진 것 같다고 생각한 적이 있습니다. 당신의 감탄사를 오래도록 듣고자 합니다. 우리 함께 견고한 이 세계를 두드리며 다양한 아! 어? 오~ 으- 이…를 만나 봅시다. 어린이집 졸업을 힘껏 축하드립니다.

- 2024년 한 겨울날, 당신의 반려인간

감탄사의 순간들은 익숙한 세계를 두드림으로써 경이로움을 불러일으켰다. 익숙했던 세계가 마치 '처음인 것처럼' 화들짝 드러났다. 어린이-반려자가 쏘아 올린 감탄사의 신경망에 '접촉'하면서 세계는 경이로웠다. 경이로움, "경이가 강한 힘을 지닐 수밖에 없는 것은 놀라움, 갑작스럽고 예상하지 못한 채 도래하기 때문이다. (……) 우리가 그 전까지 알고 있던 내용이나 갖고 있던 믿음과 상당히 다를 때, 우리는 그 대상에 감탄하고 깜짝 놀라게 된다".* 그러니까, 화들짝, 그 전까지 알고 있던 익숙했던 세계가 '아!' 낯선 표정으로 깜짝 깨어나는 촉각적 사건이다. 경이로움이 깜짝 품을 놀라게 할 때. 움츠러든 품이 화들짝 할 때. 모음의 촉수는 타인을 읽어 내는 '시각의 체제'가 아니라, 신체와 직접 연결

---

* 르네 데카르트, 김선영 옮김(2013), 《정념론》, 문예출판사, 78~80쪽. 번역 일부 수정.

되는 '촉각의 체제'로 전환한다. 품의 모음은 "촉수적 사유"(도나 해러웨이) 혹은 "감각적 인식"(사라 아메드)을 증폭시킨다.

"지옥은 경이를 잃어버린 상태"(브렌던 케널리)라는 문장을 기억한다. 이에 맞서 품은 경이로움으로 무장되어 있다. '마치 처음인 듯' 세계를 만나고, 배울 수 있게 했다. 자막을 달 수 없는 모음들의 세계에서 저마다 고유한 호흡, 리듬, 언어로 거주하고 있는 비인간동물-식물-사물-미생물들의 모음 공동체에 귀를 기울이게 한다. 차마 말을 잇지 못하고 울먹이고, 울부짖는 팽목항-밀양 송전탑-강남역 10번 출구-장애인고용공단 앞에서 결의된 모음의 공동체를 다시금 돌아보게 했다. 돌도 지나지 않은 아이의 울음소리에 응답의 역량을 키워 나가고 있는 모성의 공동체, 네 살 어린이의 언어와도 '협응'해 나갈 수 있게 다양한 '감응'을 실험 중인 공동육아의 공동체, 로고스logos 중심의 의사소통을 매개하는 언어가 아니라 몸짓과 모음-짓들도 고려될 수 있는 장애인의 공동체를 돌아보게 했다. 자막을 달 수 없는 '보이지 않는 모음'은 품의 거주자로 세계를 기초한다. 품은 경이로움의 정치다.

품의 민주주의

2022년 어린이날, '어린이차별철폐의 날' 선포 기자 회견이 국회 앞에서 열렸다. 어리다는 이유로 무시하며 차별을 서슴지 않는 사회를 향해 어린이들은 "어린이라는 이유로 차별하지 마세요"라고 외쳤다. 부모의 소유물이거나 어른들의 부속물로 취급되는 어린이가 아니라, 동시대에 '함께' 살아가는 지구 거주자로. 보호와 육성의 대상으로만 여겨지는 것이 아니라, '함께'하는 법을 익혀 나가는 시민으로. 미래의 꿈나무로 현재로부터 끊임없이 유예되는 존재가 아니라, '함께' 미래를 만들어 나가는 동반자로 여겨 주기를 100년*을 넘게 요구하고 있다.

"차별 대신 함께하는 방법을 가르쳐 주세요"라고 아홉 살 어린이가 외쳤다. 맞다. 함께하는 방법보다 '네가 죽어야 내가 살아남는다'는 오디션의 감각을 상속할 수 없다. 여섯 살 어린이는 외쳤다. "어른들도 아이였던 때가 있었잖아요. 그땐 노 키즈 존이 없었죠?" 맞다. 출입 자체를 금지하는 공간, 심지어 학교 쉬는 시간에도 '다른 반 출입 금지'를 명령받는 접촉 불가의 명령을 받지 않았다. 여덟 살 어린이는 외쳤다. "어린이를 조금 더 생각해 주세요." 맞다. 풀리지 않는 뫼비우스의 띠처럼 연결된 천사 어린이와 잼민이가 아니라 저마다 온전하고 완전하게 살아가고 있는 어

---

* 1922년 5월 1일 첫 번째 어린이날 '어린이 해방'이라고 쓴 깃발이 솟았다. "어린이를 재래의 윤리적 압박으로부터 해방하여 그들에 대한 완전한 인격적 예우를 허하게 하라"는 100년도 더 된 선언은 아직도 유효하다.

린-존재자임을 "조금 더 생각해" 맞이해야 한다. 그러니까, 품의 민주주의를 떠올린다.

어린이도, 장애인도, 이주민도, 비인간존재들과도 '협응'할 수 있는 조건을 고려하는 민주주의. 오해, 오답을 감수하고서라도 '협응의 역량'을 증폭시켜 나갈 수 있는 배치에 집요하게 매달리는 민주주의. 공포에 압도된 신체를 벗겨 낼 수 있는 가장 신선한 민주주의. 끊임없이 새롭게 놀이를 시작하는 "어린이의 진실을 재생산하기 위해 노력해야만"(칼 마르크스) 하는 민주주의. "새로운 권리를 창안하고 새로운 삶의 형식을 꾸리는 힘"(고병권)을 발명하는 민주주의. 그러니까, 품의 민주주의는 어린이는 본 책의 별책 부록이 아니라 하나의 완성된 작은 책이라는 것을 팔랑거리며, 깡총거리며, 기쁨에 찬 얼굴로, 장난을 걸듯, 선언한다. "모두가 해방되지 않으면 아무도 해방될 수 없다."

> 어느 날 가슴에 한 아름
> 풀꽃을 안고 서 있을 꿈을 꾸면서
> - 최승자, 〈아이는 얼마쯤 커야 할까〉 중에서

품속에서 자라나고 있는 어린-낱말 하나를 내려놓고자 한다. 지구-프롤레타리아들이 사랑하는 낱말 하나를 흘려 두고자 한다. 사랑할 만한 세계를 "가슴에 한 아름" 품고서 살아가고자 할 때. 사랑하는 세계가 망하고 있다는 것이 견딜 수 없어 "풀꽃을 안고 서 있을 꿈"을 꾸고자 할 때. 세상이 바뀌지 않는다는 말을 나의 삶을 바꾸지 않을 변명으로 삼지 않으려 할 때. 오직 이 낱말 하나만 남는다. 이 세계를 열렬히 사랑하는 천 가지 방식으로서, 기쁘게, 놀이하듯, 어린이들과 함께,

"투쟁!"

서한영교 작가. 노들장애인야학 교사. 2018년 《동시마중》으로 등단하였고, 쓴 책으로 《붕어빵과 개구멍》, 《두 번째 페미니스트》가 있다. 《오늘의 교육》과 〈한국일보〉, 〈비마이너〉 등에 젠더, 장애, 교육에 관한 글을 쓴다.

참고 문헌

고병권(2011), 《민주주의란 무엇인가》, 그린비.

국가인권위원회(2017), 〈국가인권위원회 2017. 09. 25. 결정 16진정0848200〉.

국민안전처(2016), "[보도 자료] 어린이 장난감 안전사고 주의, 매년 500건 이상 발생".

국토교통부(2024), 〈2024년 교통사고 사망자 감소대책〉.

도나 해러웨이, 최유미 옮김(2021), 《트러블과 함께하기》, 마농지.

사라 아메드, 이경미 옮김(2017), 《페미니스트로 살아가기》, 동녘.

언론진흥재단(2024), 〈2023 어린이 미디어 이용 조사〉.

엘리자베트 벡-게른스하임, 이재원 옮김(2000), 《내 모든 사랑을 아이에게?》, 새물결.

유엔아동권리위원회(2013), 〈휴식, 여가, 놀이, 오락활동, 문화생활 및 예술에 대한 아동의 권리〉, 일반논평 제17호.

전교조(2024), 〈2024년 어린이의 삶과 또래놀이 실태조사〉.

최승자(1981), 《이 시대의 사랑》, 문학과지성사.

_____(1984), 《즐거운 일기》, 문학과지성사.

_____(2010), 《쓸쓸해서 머나먼》, 문학과지성사.

_____(2016), 《빈 배처럼 텅 비어》, 문학과지성사.

칼 마르크스, 김호균 옮김(2007), 《정치경제학 비판 요강》, 그린비.

Baraitser, L.(2009), *Maternal encounters: The ethics of interruption*, Routledge.

Kennelly, B.(1992), *The book of judas*, Bloodaxe Books.

나랑
놀래?

2부

우리는 어린이를 품고 산다

어린 존재를 품고,
지금 여기에

나에게 인권운동이란 내 안의 어린이를 옹호하는 일

배경내(인권교육센터 들 상임활동가)

"어른들은 누구나 처음엔 어린이였다. 그러나 그걸 기억하는 어른은 별로 없다."

《어린 왕자》의 서문에 적힌 이 유명한 문장이 내겐 좀 싱겁게 여겨진다. 이제는 숫자만으로 세상을 이해하게 된 어른과 사막이 아름다운 이유를 알고 있는 어린이의 대비는 어린 시절을 낭만화 하는 경향이 있는데, 내 어린 시절은 그런 낭만과는 꽤 거리가 멀었기 때문이다. 한편으론 어린이에서 어른이 되는 게 아니라, 모든 어른은 여전히 어린이를 품고 있는 존재라고 믿는 까닭에 어른

과 어린이를 관행적으로 대비시키는 문법에 거리를 두고 싶기도
하다.

원치 않는 아이

나는 가난한 집안의 둘째 딸로 태어났다. '여아 살해'라 불리
기도 하는 선별 낙태가 횡행하던 1970년대 초반에 여러 의미에서
보수의 심장이라 불릴 만한 대구에서 태어난 작은 생명체가 바로
나다. 아홉 살 때였나, 열 살 때였나. 무더운 여름 마루에서 설핏
낮잠이 들었던가. 잠결에 엄마가 동네 이웃에게 전하는 이야기가
들려왔다.

"말도 마소. 야 태어났을 때 애들 아부지가 또 딸이지, 얼굴도
새까맣지, 어디서 이런 못난 게 태어났냐고 갖다 버리라는 말까지
했다 아입니꺼. 첫째는 딸이라도 예쁘장하게 생겨가 맨날 옆에 끼
고 다니드만. 둘째 낳고는 어찌나 서럽던지……."

나는 기억나지 않는 아버지와의 첫 만남 이야기가 심장을 후벼
팠다. 어쩐지 그 이야기를 전하는 엄마의 말투에도 실망감이 묻
어 있는 것만 같았다. '엄마도 나를 원치 않았던 걸까?' 한편으론
뿌연 안개가 걷히고 진실의 문이 열린 듯한 기분도 찾아들었다.
왜 셋째인 남동생의 돌 사진만 있는지, 가난한 살림에 동생만 왜

주산 학원에 보내 주었는지(당시엔 주산 학원이 사교육으로 각광받았다), 아버지가 자전거 안장에 왜 언니만 줄곧 태우고 다녔는지 순식간에 이해가 됐다. "임아~" 아버지나 할머니가 엄마를 부를 때 '임이 엄마'(언니 이름의 끝 글자)도 아니고 아예 '임아'라고 부르는 일도 거슬렸다. 그날부터 꽤 오랫동안 일기장에 달력을 그려 놓고 아버지가 날 서럽게 만든 날, 나만 차별 대우 했던 날을 몰래 표시해 두곤 했다. 언젠가 따져 물을 범죄의 증거물이라도 모으듯이. 서러웠던 날이 그렇지 않은 날보다 훨씬 많다는 걸 연거푸 확인하고서야 그 쓸데없는 짓을 그만두었다. 원치 않은 아이임을 숫자로까지 매달 확인받는 일이 나를 더 병들게 할까 봐 무서웠던 것 같다. 아버지의 사랑은 내 몫이 아니다. 포기하고 나니 마음이 조금은 가벼워졌다. 엄마는 서러웠고 아이는 더 안쓰러웠던 내 탄생 이야기를 우연히 엿듣게 된 그 순간이, 몸부림을 치는 척하며 돌아누워 북받치는 설움을 억눌러야 했던 조그만 아이가 아직도 내 안에는 살아 있다.

그날 이후 나는 이 집에 얹혀사는 사람이라는 느낌에 사로잡혔던 것 같다. 개인심리학에서 말하는 '둘째 아이 증후군Second child Syndrome'도 더 심해졌다. 부모에게서 좋은 유전자만 고스란히 물려받은 것처럼 보였던 언니에게 밀리고 싶지 않아서 공부에 매달렸다. 엄마에게서라도 인정받는 딸이 되기 위해 설거지나 청소도 요령 피우지 않고 열심히 했다. 필요한 물건이 있어도 사 달라고 조르지 않았다. 돌아보면 부지런과 검소함은 사랑까지는 아니더라도 인정을 갈구한, 어린 나의 생존 전략이었다. 그런 줄도 모르고 아버지가 언젠가 칭찬이랍시고 이렇게 말했다. "우리 경내는 어찌나 알뜰한지 운동화도 떨어질 때까지 신는다니까." 아버지 나름으로는 나를 인정해 준 셈이었지만 씁쓸해지는 마음은 어쩔 수 없었다. 자식 속도 모르고, 참으로 철없고 눈치 없는 양반이었다.

"동생 갖고 싶어?" TV에서 양육 프로그램을 보다 보면 이미 둘째 출산을 계획한 연예인 부모들이 첫째에게 이렇게 묻곤 한다. 아이는 동생의 탄생이 가져올 변화를 충분히 알지 못한 채로 부모가 기대하는 답을 내놓는다. "응." 아니라고 하면 안 낳을 것도 아니면서 도대체 저런 질문은 왜 하는 거야? 이 물음 아닌 물음이 화목한, 아니 둘째의 등장으로 더 화목해질 가족을 암시하는 장면에 끊이지 않고 사용되는 게 나는 잘 이해되지 않는다. 자기가 태어날 가족과 출생 순서를 정해서 태어나는 사람은 없다. 다자녀 시대에서 한 자녀 시대로 이동한 이후 외동으로 태어난 이들 역시 형제자매 없음을 선택하지 않았다. 부모 또는 양육자의 자산, 직업, 출산 계획, 자녀 양육관과 같은 세계관 등으로 짜인 세상에서, 한마디로 자기가 선택하지 않은 세상에서 아이의 삶이 시작된다. 던져진 세상에서 아이는 살아남기 위해 자기 성격과 정체성을 부단히 쌓아 나간다. 인정과 사랑 같은 만질 수 없는 자원부터 눈에 보이는 물질적 자원까지 양육자가 가진 자원을 피양육자

에게 어떻게 배분할지는 순전히 양육자의 권한이다. 결정권 없음
이 인생의 출발점이고 결정권 획득이 인권과 민주주의의 핵심 목
표임을 생각해 보면, 사람은 누구나 인권 투사, 민주 투사의 운명
을 짊어지고 태어나는지도 모르겠다.

"아버지의 밤, 아버지의 집"

"지금은 아버지의 밤이며 시간은 멈춰서 우리들을 계속 괴롭힌다.
어머니와 우리 삼 남매는 집을 나선다.
우리의 진짜 집이 아니기에 집을 버려야 한다.
그러나 내일이나 모레 그 이후에는 또다시 집으로 돌아갈 것이다.
어머니 손에 의지해 가족의 집이 아닌 아버지의 집으로 갈 것이다.
행복한 기억도 있는 집이므로."

몇 해 전 잡지 《빅이슈》 안에 끼워진 임상철의 손 편지를 읽었
을 때 꼭 내 얘기 같아서 한참 동안 먹먹했던 기억이 난다(그의 손
편지들은 이후 《오늘, 내일, 모레 정도의 삶》이라는 제목의 책으로 출간
됐다). 늦은 밤 퇴근하는 아버지의 발소리가 가까워지면 우리 삼
남매는 이불 속으로 쪼르르 들어가 자는 척했다. 사흘이 멀다 하
고 우리에게도 '아버지의 밤'이 찾아왔다. 자는 우리를 모두 깨워

새벽까지 넋두리를 늘어놓는 날은 그나마 다행이었다. 일터에서 안 좋은 일이 있었거나 엄마에게서 뭔 꼬투리를 잡은 날이면 어김없이 옛말로 '부부 싸움'이 시작되었다. 밤늦게 기어이 차려 내라 호령했던 밥상을 뒤엎고 엄마를 때렸다. 엄마도 호락호락 당하고만 있을 사람이 아니어서 너 죽고 나 죽자며 달려들다 보면 판이 커지기 일쑤였다. 방문 밖에서 들리는 고성과 비명, 물건 부서지는 소리를 더는 참기 힘든 지경이 되면 우리 삼 남매는 달려 나가 아버지에게 울며 매달렸다. 격분한 아버지를 말리다 보면 우리도 떠밀리고 얻어맞기 일쑤였다. 그사이 엄마는 도망 나갔다가 아버지가 잠들면 조용히 집으로 돌아왔다.

이튿날이 되면 무슨 일이 있었냐는 듯이 아버지는 사과 한마디 없이 엄마가 차려 준 밥으로 해장하고 출근했다. 나도 책가방을 챙겨 학교에 가면서 마음을 다잡았다. '아무 일도 없었다. 나는 괜찮다. 아무에게도 우리 집의 비밀을 들키고 싶지 않다.' 교실 문을 열며 친구들을 향해 활짝 웃으며 인사했다. "얘들아, 안녕." 인정하기 싫었지만, 웃는 표정은 오래도록 내가 쓰고 있던 가면이었다. 가면은 꽤 쓸모가 있었다. 웃다 보면 정말 괜찮은 것 같기도 했으니까. 당시 교실에도 나와 비슷한 처지의 친구들이 많았을 텐데, 그때만 해도 그 일은 우리 집에서만 일어나는 불행한 일이라고 생각했다.

아버지는 술 먹고 하는 실수쯤으로 늘 둘러댔지만, 말짱한 정

109
어린 존재를 품고, 지금 여기에

신에도 아내의 외출이나 행동을 줄곧 통제하는 남편이었다. 여자가 왜 6시 넘어 집에 들어오냐, 남편이 나가는데 왜 문 앞까지 배웅하지 않냐는 식의 말을 달고 살았다. 손톱 밑이 하얘질 새도 없이 밤을 깎고, 손마디에 말라붙은 풀을 뗄 겨를도 없이 종이봉투와 인형 눈알 붙이는 부업들을 섭렵한 끝에 엄마는 보험 일을 시작했다. 지금이야 '보험 설계사'니 '보험 중개사'니 하는 그럴듯한 직업명이 생겼지만, 당시만 해도 엄마는 그냥 '보험 아줌마'였다. 아무나 하는 볼품없는 일, 남의 집에 가서 수다나 떠는 일, 낯선 남자들에게 웃음을 파는 일 정도로 여기는 사람들이 많았던 시절이었다. 가장 사납게 엄마의 일을 비난하고 의심한 사람은 그 누구도 아닌 아버지였다.

엄마는 아버지 보란 듯이 보험왕을 여러 번 차지했다. 이불 가게 하던 친구의 소개로 시장 상인들과 안면을 튼 게 첫걸음이었다. 엄마는 매일 가게를 돌며 장사를 돕고 하소연을 듣고 집안 대소사를 챙기며 그들의 마음을 얻었다. "계약보다는 신뢰가 먼저지. 보험 가입과 상관없이 열심히 돌아다녔다카이." 낡은 시장을 자주 덮치던 화마와 가난한 상인들이 가진 미래에 대한 불안만큼이나 잦았던 엄마의 발품으로 보험 가입자는 날로 늘었다. 회사에선 인정받는 사람이었지만, 엄마는 남편 퇴근 전에 부랴부랴 집에 도착하려고 종일 동동거려야 했다. 자식들 키우느라 그랬겠지만 그렇게 욕먹고 얻어맞으면서도 집을 떠나지 않았다. 엄마와 달리 '아버지의 집'에서 벗어나는 게 소망이었던 나는 차마 탈脫가정을 할 용기는 없어 타지에 있는 대학으로 진학하기로 마음먹었다. 다행히 나는 날개옷을 찾았다. 딸자식은 부모 밑에서 얌전하게 살다 시집가면 된다는 아버지의 만류를 무릅쓰고 전도유망한 장래를 명분 삼아 마침내 그 집을 떠났다. 1991년 봄이었다.

당시에는 어머니와 우리 삼 남매가 겪었던 일을 가리킬 사회적 언어가 희미했다. 1997년 말, 가정폭력방지법(「가정폭력방지 및 피해자보호 등에 관한 법률」)이 국회를 통과하고서야 '부부 싸움'이 아니라 '가정폭력'이고, 쉬쉬해야 할 개인적 불행이 아니라 고발하고 없애야 할 사회적 부정의라는 인식이 확산하기 시작했다. 부모의 종교적 신념에 따른 수혈 거부로 아동이 사망에 이른 사건을 계기로 2000년 「아동복지법」이 전면 개정되면서, 아동학대라는 개념도 널리 알려지게 되었다. 나 역시 가정폭력, 아동학대의 생존자임을 자각하게 되면서 내 유년 시절이 눈물겹지만 부끄럽지는 않은 기억으로 조금씩 자리를 잡았다.

'집' 없는 10대들

청소년인권 활동에 함께하면서 나와 똑 닮은 유년기를 보내고 있거나 나보다 더 큰 용기로 폭력에 맞서는 10대들을 참으로 많이 만났다. "이 겨울에 맨발로 나온 거야?" 학생인권이나 청소년 인권이란 단어조차 낯설었던 2000년대 중반에 민수*를 처음 만났다. 중학생이었던 민수는 규정에 맞게 머리카락을 자르지 않았다는 이유로, 이름표를 달지 않았다는 이유로, '두발 자유' 배지를 교복에 달았다는 이유 등으로 학생부장에게 찍혔다. 교복에 달지 말라는 학생부장의 엄포에 가방에 배지를 달고 등교했다가 체육관으로 끌려가 의자를 맞을 뻔한 적도 있었다. 학교는 부모를 불러 민수의 행동거지를 탓했고, 부모는 일방적인 통금 시간을 정해 그의 인권 활동을 막았다. '모두 다 네 장래를 위해서'라고 부모는 말했다. 통금 시간을 몇 차례 어긴 어느 날, 아버지의 주먹질이 시작되었다. 말리지 않는 어머니가 민수에겐 더 큰 충격이었다고 한다. 추운 겨울, 그는 겉옷도 걸치지 못한 채 맨발에 슬리퍼만 끌고 집에서 도망쳐 나왔다. 그가 부모와 협상하고 집으로 돌아가기까지는 몇 년이 걸렸다.

태준은 4.16 세월호 참사에서 살아남은 단원고 학생이다. 참사 2주기를 앞두고 유가족 형제자매와 생존 학생의 이야기를 담은 《다시 봄이 올 거예요》 발간을 준비하는 과정에서 생존 학생 가운데 하나가 그룹홈에서 생활하고 있다는 소식을 접했다. '내 얘기를 들어 줄 만한 사람인가. 지금 이 이야기를 꺼내도 되나. 나는

* 이 글에 등장하는 청소년들의 이름은 모두 가명이다.

왜 이 이야기를 하고 싶은 것인가.' 길고 긴 고민 끝에 그는 인터뷰를 수락해 주었다. 아버지는 장애가 있는 어머니를 무시하고 때리는 사람이었다. 그와 누나도 어려서부터 맞고 자랐다. "가족 환경 때문에, 아버지에 대한 두려움 때문에 다시 돌아가도, 살아 돌아가도 똑같은 폭력을 겪을 거고, 힘들었고, 아 포기하고 싶다. 가만히 있었어요." 침몰하는 배 안에서 그만 포기할까 싶던 순간, 고장난 구명조끼를 입은 여학생 하나가 눈에 들어왔다. 살려야겠다는 마음으로 그를 데리고 물 밖으로 나왔다. 마지막 순간까지 팔이 끊어지는 줄도 모르고 다른 승객들의 탈출을 도왔던 그는 세월호를 탈출해 병원으로 옮겨졌다. 병원에까지 술을 먹고 찾아온 아버지는 링거를 꽂은 채 누워 있던 그에게 막말을 퍼부었다. 의지했던 친구 둘을 세월호에서 잃은 태준은 더 이상 참지 않고 아버지를 아동학대로 신고했다. 어머니와 누나를 남겨 둔 채 혼자 집을 나오는 게 미안했지만, 다시는 그 끔찍한 집으로 돌아가고 싶지 않았다며, 그는 눈물을 삼키며 말을 이었다.

청소년 주거권 운동을 하면서 만난 수민은 '화려한' 주거 역사를 가진 20대 중반의 청년이었다. 집에서 쉼터로, 또 다른 집에서 다시 쉼터로, 지인의 집과 고시원 등을 거쳐 LH 임대주택에 들어가기까지 10년. 그사이 거쳐 온 거주지만 해도 열다섯 곳이 넘었다. 어릴 적 아버지의 폭력을 피해 제 발로 쉼터를 찾아갔던 그를 쉼터에서는 '비행 가출 청소년' 취급하며 집으로 돌려보냈다고 한다. 다음번 가출은 어머니와 함께였다. 아버지를 피해 살다 어머니마저 거리에서 쓰러져 돌아가셨을 때 그의 나이 고작 열여섯이었다. 세상에 홀로 남겨졌지만 수민은 아버지의 집으로는 돌아가지 않았다.

"초등학교 때부터 나는 고아다, 생각하며 살았어요." 청소년 성소수자 지원센터에서 만난 하영은 한 광역시에 있는 쉼터를 다 뚫어 본 이였다. 이틀이 멀다 하고 물건이 날아다니고 방문이 부서지기도 하는 '전쟁'이 반복되는 집에서 아직 버티고 있다고 했다. 부모로부터 제대로 된 보살핌을 받는다는 느낌을 받은 적이 없었다. 열 살 때 차라리 죽으면 마음이 편해지려나 싶어 자살을 시도하기도 했다. 그 일이 있었는데도 부모의 전쟁은 멈추지 않았다. 중학교에 진학할 무렵 타고난 몸은 여성이지만 남성으로서 살아가기를 원한다는 사실을 깨달았다. 남성으로 자기를 정체화한 이후에도 부모에게는 계속 딸이었고 또 딸이어야 했다. 하영은 자기 존재를 부정하는 집안 공기를 참을 수 없어질 때면 집을 나와 쉼터를 찾곤 한다. 자기 정체성을 있는 그대로 받아들이는 쉼터를 찾기도 쉽지 않아 멀리 서울까지 넘어오기도 한다.

조금씩 다른 가족 배경과 사연을 갖고 있지만, 이들의 고통은 닮아 있다. 양육자가 허락하지 않는 일을 선택했다는 이유로 살얼음판 위를 걷듯 '부모 집'에서 살아가는 민수들이, 보호자의 존재가 단지 가족관계증명서의 글자로만 존재하는 태준과 수민들이, 가족 안에서 가장 외롭고 위태로운 하영들이 주변에 넘쳐난다. '집'이 폭력의 장소라는 것은 가해자에게는 들킬 위험이 적고 피해자에게는 피할 곳이 없다는 뜻이어서 누군가 죽거나 죽여야만 그 폭력이 끝나기도 한다. 그 지경에 이르기 전에 누군가는 아무런 방책 없이 허허벌판으로 도망쳐 나온다. 친밀성과 안식의 공간으로 여겨지는 집에서 언제라도 나를 때릴 수 있는 사람과 긴 시간을 보내야 했던, 집에서 살아도 내 집은 아니라고 여겨야 했던, 양육자가 허용하는 범위 안에서만 동거를 허락받은 이들의 얼굴 위로 '어린 나'가 겹친다.

인권운동을 시작하고 어느 날 불쑥 이런 생각이 든 적이 있었다. 엄마랑 우리 삼 남매가 힘을 합쳐 아버지의 손발을 하나씩 잡고 제지했더라면 '아버지의 밤'을 순식간에 끝냈을 텐데, 왜 그 생각을 못 했을까? 진즉에 그 생각을 하지 못한 게 두고두고 후회되었지만, 우리 넷이 '어벤져스'가 되어 아버지를 옴짝달싹하지 못하게 만드는 장면을 처음 상상했을 때의 짜릿함은 잊을 수가 없다. 인권은 내 의식의 경계를 깨워 속절없는 밤을 견뎌야 했던 어린 나를 옹호하고 해방해 준 언어였다. 50대에 들어선 나의 어린 시절과 여전히 닮은 시간을 보내고 있는 그들에게도 나에게 찾아온 해방을 선물하고 싶다.

'어린 나'를 품은 사람들

모든 사람이 한때 어린이였음을 기억해야 하는 보편적 이유가 있다면, 바로 '어린이'로 대변되는 약자의 위치에 놓였던 경험, 자기 선택과는 무관하게 배정된 세상에서 살아 본 경험을 잊지 않아야 하기 때문이라고, 나는 생각한다. 그 사람과의 관계가 좋든 나쁘든, 그가 베푸는 자원과 관용에 절대적으로 의존해야만 했던 한 사람. 내가 바꿀 수 없는 조건들이 내가 부정될 이유가 될지 몰라 전전긍긍했던 한 사람. 인정과 돌봄을 갈구하기에 더 취약해지기 쉬웠던 한 사람. 처음 해 보는 낯선 일들로 가득한 세상에서 실수가 혹여나 인정이나 지원이 철회되는 빌미가 될까 봐 안절부절못했던 한 사람. 나를 언제든 때릴 수 있는 사람과 한 지붕 아래 살았어야 했던 한 사람. 바로 그 '어린 나'와 어린 존재로서 보낸 시간을 품고 지금의 내가 있다. 한때 어린이였던 것이 아니라 그 어린 존재를 품고 인생이 이어진다.

노년 돌봄 현장에서 일하는 무라세 다카오는 《돌봄, 동기화, 자유》라는 책에서 '다연령 인격'이라는 개념을 제안한다. 시간과 공간의 경계를 가늠하기 어려워지면 노년들이 '타임 슬립'(시간 여행)을 하는 경우가 있다. 다카오는 이 타임 슬립이 실제 연령과 동떨어진 어린 시절의 나로 돌아가는 현상이 아니라, 애초 모든 연령의 나가 함께 살아가고 있다가 나이에 걸맞은 행동을 하라는 압력이 헐거워져 장막 뒤에 숨어 있던 젊은 시절의 '나'가 나타나는 현상은 아닐까 하고 말한다. 나와 비슷한 생각을 가진 이가 있다니! 포토샵 프로그램에서 여러 레이어를 층층이 쌓아 그림을 완성하듯, 여러 연령의 내가 층층이 쌓인 결과가 '지금의 나'다.

'어린 나'는 때로는 나로, 때로는 타인의 얼굴로 불쑥 내 삶에 고개를 내밀곤 한다. 내키지 않았지만 거절하기 어려웠던 관계들, 미숙함이 들통날까 봐 꼭꼭 숨긴 채 질문을 삼키고 고군분투했던 신입 시절, 꼼꼼하고 완벽하게 일을 마무리하려는 기질, 특정 감정을 드러낼 필요가 없는 중립의 순간에도 웃는 표정을 짓는 습관 같은 것에도 '어린 나'가 있다. 가정폭력, 아동학대 생존자들을 만날 때면 어김없이 함께 우는 '어린 나'를 만난다. 2022년 3월, 지금은 고인이 된 노옥희 울산 교육감이 낯설고 날 선 타지에서 첫 등굣길에 오르는 아프가니스탄 난민 자녀의 손을 잡고 동행하는 장면을 보았을 때, 그가 꼭 어린 내 손을 잡아 주는 것만 같아서 눈시울이 붉어지기도 했다. 피난처를 찾는 마음이 어떨지 조금은 짐작하기에, 낯선 곳이 두려워 익숙한 폭력을 차라리 택했던 나로서는 그들이 얼마나 큰 용기를 냈는지 알기에, 그들이 한국에서 허락받은 자리가 얼마나 가파르고 각박한 자리인지를 알기에 더 오랫동안 그 장면이 따뜻한 기억으로 남았다.

사람들이 자기 안에 있는 어린 존재를 지워 버리거나 과거의 존재로만 묶어 두지 않고, 그와 닮은 이들의 처지에 공감하고 곁에서는 힘으로 전환할 수 있다면 어떤 변화가 생길까. 2024년 6월 전북 전주의 한 초등학교 3학년 학생이 교감을 '때리는' 동영상이 공개돼 파란이 일었다. 영상 속 어린이의 모습은 공격적이라기보다는 매우 위태로워 보였다. 예상대로 아동학대 피해자이고 초등학교 3년 동안 무려 일곱 번이나 전학을 당할 정도로 연거푸 버림받았다는 사실이 밝혀졌다. 그런데 긴급한 돌봄과 지원이 절실한 어린이를 일부 교사들은 '학교 파괴자'라고, 언론은 '폭탄'이라고 부르며 표면적 행동만을 문제 삼았다. 교사들이 처한 어려운 상황을 고발하기 위해서였다고 아무리 이해해 보려 해도 과하고 부적합한 처사라는 결론은 바뀌지 않는다. 어린이의 영상을 공개해 신상이 알려지도록 만들고 조리돌림까지 당하도록 던져 넣은 행위도 일종의 학대 아닌가. 내 안의 어린 존재를 기억하는 사람이라면 영상을 찍는 일에도, 공개하는 일에도, 어린이의 행동만 보고 판단하는 일에도 더 신중하지 않았을까. 어린 존재를 쉽게 단정하고 무시하는 일은 '어린 나'를 그렇게 대하는 일이 아닐까.

내 안의 어린 존재를 옹호하는 일

어린이와 청소년의 인권을 공부하면서 내 안의 어린 존재를 대하는 나의 태도도 다행히 많이 달라졌다. 여전히 거절에 미숙한

50대의 나는 거절해도 괜찮고 상대에게 내 욕구를 표현해도 괜찮다고 자신을 다독이는 연습을 이어 가고 있다. 서툶과 허술함은 인생의 모든 단계에 동행하는 것이고, 부족함은 단지 약점이 아니라 타인과 연결되는 통로일 수 있다고 생각하며 '어린 나'를 환대한다. 생각을 고쳐먹게 된 결정적 계기가 있었다기보다는 서서히 마음결이 달라진 것 같다.

나는 서른 살 무렵에 인권교육 활동을 본격 시작했다. 2000년대 초반만 하더라도 인권이라는 말이, 인권교육이라는 말은 더욱 낯설었던 때라 인권에 관심 있는 소수의 진보적인 시민이나 사회운동 단체들이 주로 인권교육을 요청했다. 호의적인 참여자들로 채워진 자리였지만, 강사로서 무대에 설 때마다 긴장이 크게 올라왔다. 나이에 비해 동안童顔이고 키도 작고 귀염상인 나의 외모가 왠지 강사다운 외모와는 동떨어진 것 같아 주눅이 들었다. 어리게 보이지 않아야 한다는 강박감에 옷차림도 신경 쓰고 더 권위 있게 말하려고 애쓰기도 했다.

그러다 문득 이런 생각이 찾아들었다. 여러 인권 의제들 가운데 어린이와 청소년의 인권에 유독 이끌린 까닭이 어린 내가 보냈던 시간과 무관하지 않다는 생각. 어린 사람을 깔보거나 내려다보는 세상의 기준을 흔들려는 인권교육을 하면서 나는 어린 사람과 동급이 되지 않으려 애쓰는 게 모순이라는 생각. 그 역시 어린 사람에 대한 혐오에서 비롯된 일은 아닌가 하는 생각. 그러니 나이를 잣대로 내 교육의 가치를 평가하는 사람들에게 바로 그 잣대야말로 우리가 함께 의심해야 할 대상이라고 말하는 인권교육을 해 보자는 생각. 그때부터는 어리게 보이면 뭔 대수냐는 배짱이 생겼다. 내 외모가 아니라 참여자들과 나누기 위해 가져가는 이야기에 더 집중해서 교육을 준비하고 실행할 수 있게 되었다.

나이 어린 사람뿐 아니라 우리 사회에서 '어린 애 취급'을 받는 이들의 인권 의제에 마음이 더 기운 것도 같은 까닭에서인 것 같다. 실제 나이와 상관없이 장애인들은 처음 보는 이들에게조차 반말을 자주 듣는다는 이야기, 한국어 발음이 서툴다는 이유로 이주민이 미숙아 취급을 당하고 자기보다 어린 한국인을 만나도 언니나 형이라 부르며 자기를 낮추곤 한다는 이야기, 인지 저하를 경험하는 노년들이 돌봄 제공자의 무례함을 견뎌 내야 한다는 이야기를 들으며 지금의 나와 내 안의 '어린 나'는 함께 분노한다. 그들이 살아온 역사를 무시한 채 '어린 애 취급'하는 태도만이 문제가 아니다. 제 나이 '대접'은 좋은 말인데 어린 애 '취급'은 나쁜 말이 되는 세상, 어린 존재로 대해지는 일이 무시나 모욕과 동의어가 되는 세상에도 함께 분노하자 청하고 싶다.

물론 내 안의 어린 존재를 옹호하는 일이 미숙함과 약자성을 옹호한다는 의미만은 아니다. 놀이하는 법을 잊어버리고 놀이에 미숙해진 어른들이 놀이에 능숙하고 놀이를 즐길 줄 아는 어린이들 앞에서 '애들과 놀아 준다'라는 식으로 말하는 일은 얼마나 우스운가. 놀라운 호기심과 기억력으로 멸종한 지 무려 6500만 년이나 지난 공룡들을 현재로 소환하는 존재가, 더 이상 자연과 세상의 이치를 질문하지 않게 된 이들에게 그 이치를 다시 생각하게끔 만드는 존재가 어린 존재들이다. 학대당하고서도 끝까지 자신의 '첫사랑'인 양육자를 이해하고 지키기 위해 애쓰는, 학대를 신고하고 가구를 분리하면 기초생활수급비라도 받을 수 있을 텐데 차라리 자기가 힘든 길을 택하고야 마는, 그러면서도 다른 어른이 되기 위해 고군분투하고 결국엔 다른 어른으로 성장한 어린 존재들의 들풀 같은 강인함도 기억한다. 결코 얕잡아보아서는 안되는 '어린 나'도 우리 안에 살아 있다.

아버지 덕분에

이쯤에서 이 글에서 공개적으로 욕먹느라 수고한(?) 아버지를 위해 몇 마디 남겨야겠다. 내 어린 시절이 불행으로만 점철된 것은 아니다. 공부 잘하는 기특한 딸로 이쁨도 받았고, 어려운 형편에 무리해 가며 서울까지 대학을 보내 줄 만큼 지원도 받았다. 첫째인 언니와 남동생에 비해 관심이 덜했기에 결혼이나 가족 돌봄의 압박에서 상대적으로 자유롭게 살았다. 무엇보다 어둡기도 했던 어린 시절의 경험이 없었다면 인권운동 활동가의 길을 택하지 않았을지도 모르니 진로를 닦는 데도 아버지의 공이 컸다. 인권운동 활동가로 살기란 몹시 고단하고(쏟아지는 일이 정말 많다) 가난을 감수해야 하는 일이지만, 나는 이 일이 좋다.

대학 캠퍼스에서 '제1회 인권영화제' 포스터를 보고 발걸음을 멈추었던 순간이 아직도 생생하다. '인권이 뭐지?' 그길로 도서관에서 인권이란 단어가 들어간 책들을 찾아 읽었고(당시만 해도 인권에 관한 책은 거의 찾아보기 힘들었다) 영화제도 보러 갔다. 인권은 나를 소중하고 존엄한 존재라고 말해 준 첫 목소리였다. 나에게 인권은 미안해서, 부끄러워서 묻어 두었던 두 개의 기억을 다시 마주할 용기를 불어넣은 언어이기도 했다.

고1 때 같은 반이었던 친구 하나는 엉뚱한 질문으로 지겨운 수업 시간을 순식간에 웃음바다로 만들곤 했다. 수학 교사였던 담임도 기강이나 질서만 중요하게 여기는 사람이 아니어서 반 분위기가 꽤 화목했다. 어느 날 친구의 재주가 과잉 분출한 탓인지 그만 질문을 멈춰야 할 때를 넘겼구나 싶은 순간, 담임이 친구를 불러세웠다. 교탁 앞에서 교실 뒤편까지 밀리며 친구는 연이어 뺨을 맞았다. 대낮의 교실에서 '아버지의 밤'이 재현되었다. 나는 급우들로부터 할 말은 하는 반장이라고 신임을 얻고 있었는데, 얼어붙은 나는 친구를 위해 한마디도 꺼내지 못했다. 그때 교실에 흘렀던 숨 막혔던 긴장과 정적을, 친구에 대한 죄책감과 언제고 나도 당할 수 있는 존재임을 각성시킨 수치심을 나는 아직도 기억한다.

대학 2학년 때는 현수막을 매다는 각목으로 1학년 후배의 엉덩이를 때린 적도 있다. 그는 재수한 남성이었는데 선배인 내 말을 자꾸 무시하는 것 같아 기강을 바로잡아야 한다고 생각했다(아 지금도 너무 부끄럽다). 학생회 선배들이 후배들만 따로 모아 기강을 잡는답시고 집단 체벌을 하는 일이 간혹 있던 시절이었다. 각목이 그의 몸에 닿은 순간 깨달았다. 나 지금 아버지랑 똑같은 행동을 하고 있구나! 아버지도 언제나 이렇게 말하곤 했다. "너그 엄마가 성질만 안 돋구었으면, 너그 엄마가 행실만 잘했으면 내가 이라겠노."

이 두 사건을 돌아보면서 생각했다. 아버지도 문제지만 나에게 일어난 일들을 해석할 언어를 20년이 넘도록 한 번도 제공해 주지 않은 이 나라의 교육이 문제라고. 또 다른 '아버지'가 자주 출몰하게 하고 나 역시 '아버지'가 되게끔 만든 것도 이 나라의 교육 같다고. 학교를 바꿀 열쇠는 인권, 그것도 학생들이 인권의 주체가 되고 교육의 주체가 되는 일일지도 모르겠다고. 학생인권을 주제로 논문을 쓰고 대학원을 졸업하자마자 인권단체로 달려가 일을 시작했다.

인권운동을 시작하고 서른이 한참 넘어서야 아버지에게 사과를 요구할 용기가 생겼다. 아버지가 엄마나 우리에게 한 행동은 경찰에 잡혀가고도 남을 일이라고, '어린 나'는 울음을 삼키며 고개를 빳빳이 든 채로 지옥 같은 밤들에 대해 조목조목 따져 물었다. 당황한 아버지는 부인과 변명으로 위기를 모면할 속셈인가 보았다. 속이 뒤집힌 나는 더는 아버지의 어처구니없는 말들을 들어 줄 수 없어 그길로 뛰쳐나왔다. 며칠 후 맨정신으로는 전화하는 법이 없던 아버지에게서 전화가 왔다. 받을까 말까 망설이다 받았다. "경내야, 미안하대이." 아버지에게서 처음 들은 사과였다. 얼마 후에는 둘째로서 받았던 설움도 모두 아버지에게 토해 냈다. 자식을 낳았으면 적어도 고루 애정을 주려고 노력하는 게 부모의 의무라고. 그 시대 많은 부모가 그랬듯이 아빠 역시 아들과 딸을 차별한 건 분명한 사실이라고. 이번에도 아버지는 부인과 변명으로 맞서는가 싶더니 이내 수긍했다. "경내야, 미안하대이."

인생에서 만난 가장 무서운 사람에게서 사과받고 난 후 내 안의 '어린 나'는 울보가 아닌 전사가 되었다. '어린 나'는 갈수록 겁을 상실하더니 인권운동 활동에서도 큰 힘을 발휘했다. 나, 아버지한테 사과까지 받은 몸이라고. 교장? 국회의원? 대통령? 그 사람들이 뭔 대수람. 내가 가진 담대함 역시 다 아버지 덕분이다.

노부부의 '어린 나'

아버지의 사과를 받은 뒤로는 같은 구간만 반복하는 고장 난 카세트처럼 지겨운 레퍼토리로만 들렸던 아버지의 유년 시절에 조금씩 귀를 기울이게 되었다. "아빠가 얼마나 고생하며 자란 줄 아냐. 너그 큰아버지 공부하는 동안 아빠는 물지게 지고 날랐다." 아버지의 '어린 나'가 나 좀 쓰다듬어 달라고 전했던 말들을 귓등으로만 흘려들었던 지난날들이 미안했다. 아버지를 보면 여전히 미운 마음이 크지만, 나보다 더 가난 속에 자란 아버지의 어린 나가 조금씩 가여워졌다. 아버지의 어린 나와 술 한잔 기울이며 이제는 이렇게 다독인다. "아빠 고생하며 자란 거, 딴 사람은 몰라도 우리는 다 알죠."

엄마는 결혼 생활 내내 남편에 대한 분노와 왜 이런 남자와 결혼했나 하는 자책으로 뭉쳐진 응어리를 품고 살았다. "너희 아빠하곤 도저히 못 살겠다"라는 말을 입버릇처럼 달고 살면서도, 자식들의 거듭된 권유에도 엄마는 끝내 이혼을 선택하지 못했다. "어린 자식들 두고 차마" 못 했다던 이혼은 "자식들 결혼하는 것까지는 보고"에서 "늘그막에 뭐 한다고"로, 이제는 "지금껏 참고 살아온 세월이 억울해서"로 이유를 옮겨 가며 엄마의 인생을 비켜 나갔다. 엄마는 이 장대한 서사의 마침표를 절대 이혼으로 찍고 싶지는 않은 모양이었다. 나이 일흔이 넘어서도 여전히 혼자 사는 삶이나 미운 남편과의 결별에 미숙한 엄마가 자식들은 애달프다.

붙어 있으면 늘 속에 천불이 난다면서도 엄마가 남편을 떠나지 않는 이유가 뭘까. 보증을 잘못 서는 바람에 집을 날리는 큰 빚을

졌을 때도 아내를 버리지 않은 남편이 고마워서 의리를 지키고 싶은 것일까. 나이 들수록 으르렁거리기만 하는 게 못내 서운하면서도 아버지가 아내를 떠나지 않는 이유는 뭘까. 갈수록 낯선 풍경의 세상이 짙어지고 새로운 것을 익히기엔 어려운데 자식들마저 모두 타지로 떠나 버린 이제, 기댈 사람이 아내밖에 없기 때문일까. 노부부도 나도 그 이유가 궁금하다. 언젠가 엄마의 '어린 나'가 경계를 풀고 나타나 응석 부리고 자기를 좀 돌봐 달라고 매달리게 될 때, 평생 아내의 돌봄만 일방적으로 받아 온 아버지가 엄마를 과연 돌볼 수 있을까 상상해 본다. 아버지도 고생 좀 해 봐야 한다는 못된 마음이 올라온다. 쇠약해져서가 아니라 그냥 지금 그대로 엄마가 자기 안의 어린 존재를 자주 불러내서 아버지에게 응석 부리고 골려 주면 좋겠다. 이른 나이에 결혼한 뒤 평생 남편에게 제대로 돌봄을 받아 본 적 없었고 가난한 집안을 건사하느라 책임만 무겁게 진 어른으로 살아야 했던 엄마의 '어린 나'를 자주 만나고 싶다. 모두 안의 어린 존재를 한껏 응원하고 싶다.

배경내 질문하는 힘, 공감하는 힘, 연결하는 힘이 이 만신창이 세상을 조금은 더 살 만한 곳으로 만들어 주리라 믿는다. 인권교육과 기록 활동, 어린이·청소년 인권운동의 매력도 여기에 있다. '인권교육센터 들'이 삶의 둥지다. 《봄을 마주하고 10년을 걸었다》, 《우리는 청소년-시민입니다》, 《십 대 밑바닥 노동》 등을 함께 썼다.

"당신의 잘못이 아니에요"

나의 어린이/청소년기를 잊지 않았기에

현유림(초등 교사)

"체벌은 국가폭력이다"*

어릴 때 살았던 동네를 산책하다 모교를 지나간 적이 있다. 지옥이었던 학교에 체벌 금지 현수막이 걸려 있는 걸 보고 눈시울

---

* 2023년 '청소년인권운동연대 지음'에서 진행했던 캠페인 이름이다. 학교에서 교육/훈육이라는 이름으로 학생에게 폭력을 사용했던 역사가 교사 개인만의 잘못이 아니라 이를 묵인하고 부추긴 교육 제도 자체의 문제였음을 알린 캠페인이다.

이 뜨거워졌다. 세상은 느리지만 변하고 있다는 안도감이 스며드는 동시에, 당시의 상처가 아직 몸 구석구석에 남아 있음을 다시 느꼈던 것 같다. 내가 받지 못했던 사과는 어디로 가나, 사과받지 못했던 마음은 앞으로 어떻게 해야 하나. '청소년인권운동연대 지음'에서 했던 캠페인의 "체벌은 국가폭력이다"라는 구호를 좋아한다. 체벌의 역사를 책임져야 할 곳을 명시하는 이 구호를 볼 때마다 마음이 문드러지면서도 다시 일어나 볼 힘이 생기는 것 같다.

얼마 전 기간제 교사로 일했던 학교에서 있었던 일이다. 도덕 수업을 하러 교실에 들어갔는데 담임 선생님이 학생에게 소리를 지르고 있었다. 순간 몸이 얼어붙어서 아무런 행동과 말도 하지 못했다. 교실 문 앞에 멍하게 서 있는 내게 수업을 하라고 자리를 넘겨주곤 담임 선생님이 나가고 나서야 머릿속이 분주해지기 시작했다. 교사에게 폭언을 들은 학생은 눈물과 콧물이 얼굴에 범벅이 되어 있었고 그 상황을 고스란히 지켜봐야 했던 나머지 학생들도 긴장한 얼굴로 얼어 있었다. 자세한 정황은 모르지만 학생이 교사에게 고성과 폭언을 들은 건 사실이었다. 그리고 그 광경을 강제로 지켜봐야만 했던 나머지 학생들도 폭력 속에 방치된 상황이었다.

울고 있는 학생을 화장실에 데려가 당신의 잘못이 아니라고 말했다. 아무것도 하지 못했던 미안함에 나도 옆에서 같이 울어 버렸다. 아까 담임 선생님을 말리지 않아서 미안하다고 했다. 사과를 하는데도 마음은 점점 더 무거워지는 것 같았다. 교실에 돌아와서는 수업을 하지 못했다. 급하게 만화 영화를 틀어 주고 교실을 돌아다니며 학생들의 마음을 조금씩 묻고 다녔다. 학생들이 걱정되는 것도 있었지만 무엇보다 심장이 너무 떨려서 수업을 도저히 진행할 수가 없는 상황이었다. 결국, 퇴근할 때까지 종일 울면서 업무를 봤다. 퇴근을 하고 나서도 짝꿍에게 이야기를 털어놓으며 계속 울었다. 눈물이 그치지 않았다.

아홉 살 때 교사에게 받았던 폭력의 장면들이 떠올라 괴로웠다. 그때 공포에 떨었던 나와 반 친구들이 생각났다. 나는 그렇게 나이가 많은 사람이 아니다. 1997년생, 만 나이로 스물일곱 살밖에 되지 않았다. 요즘 자주 놀림거리로 소환되는 'MZ 세대'임에도 나는 이런 무지막지한 폭력에 노출된 채로 학교에 다녀야했다. 그러니까 학생들이 교사에게 신체적, 정신적 폭력을 당했던건 그렇게 옛날이야기가 아닌 것이다. 어쩌면 지금의 이야기일지도모른다. 내가 도덕 수업을 가서 보았던 장면이 불과 얼마 전의 일인 것처럼 말이다.

유년기의 기억을 많이 가지고 있는 편이다. 어린 시절은 지난했고 다시는 돌아가고 싶지 않다. 어릴 때가 좋았다고 말하는 사람들을 보면 나도 모르게 마음의 거리를 두게 된다. 내가 경험했던폭력이 나만의 것이라고 말하는 것 같아서 외로워지기 때문이다.

나는 눈치를 많이 보는 편인데, 그렇게 된 데에는 학교에서의 경험이 커다란 작용을 했다고 생각한다. 학교에서는 늘 긴장한 채로 있어야 했다. 사실 6년의 초등학교 시절 중 절반은 무섭지 않은 선생님과 생활했음에도, 나머지 절반의 시절이 너무도 끔찍했기에 내게 학교의 기억은 폭력에 관한 것들로 가득 차 있는 것 같다.

교대에 가고 싶어 여러 학교에 자기소개서를 쓸 때마다 막막했던 부분은 교사가 되고 싶어진 계기를 적는 부분이었다. 합격 수기를 보면 대체로 초등학생 때 좋은 기억을 남겨 준 선생님을 언급하며 자신도 그런 교사가 되고 싶다는 내용으로 쓴 글이 많았다. 하지만 내게는 그런 선생님이 없었기 때문에 난감했다. 어떤 선생님이 좋았기 때문이 아니라 어떤 선생님은 너무나 끔찍했기 때문에, 그런 권위적인 선생님이 아닌 모습으로 학교에 있고 싶어 교사가 되길 원했다.

초등학교 2학년 때 선생님은 '칼단발'에 늘 매서운 표정을 유지하는 사람이었다. 받아쓰기를 틀리면 손바닥을 맞았고, 구구단을 더디게 외우면 팔뚝을 맞았고, 친구들끼리 다툼이 생기면 머리를 맞았다. 그러니까 그때 우리는 학교생활을 한다는 이유로 언제나 맞을 수 있는 존재였다.

하루는 신체검사를 하는 날이었다. 선생님은 우리에게 상의를 모두 벗은 뒤 교실에 일렬로 서라고 했다. 메리야스와 같은 속옷까지 모두 벗어야 했다. 이유는 가슴둘레를 측정해야 한다는 거였다. 나는 2차 성징이 빨리 와 당시 가슴이 조금씩 자라고 있었다. 다른 친구들보다 키도 크고 가슴까지 커지고 있었던 나는 어떻게든 그 상황을 모면하고 싶었다. 윗옷을 발가벗은 채로 일부러 남자애들에게 장난스럽게 말을 걸었다. 아무렇지 않은 척하면 이 상황이 괜찮아지는 거 아닐까 하는 마음으로 그랬던 것 같다.

어린이가 아니게 된 지 10년은 더 지난 지금도 그때의 경직되었던 마음과 언제든 타인에 의해 함부로 다뤄질 수 있었던 경험이 몸 구석구석 깊숙이 남아 있는 것 같다. 거리에서, 공공장소에서 어린이를 큰소리로 혼내거나 반말로 호통치는 장면을 보면 곧바로 몸이 얼어붙곤 한다. 아무렇지 않게 어린이에게 짜증을 내고 화를 내는 사람들을 보면 나도 모르게 움츠러들게 된다. 그리고 한편으로는 그 자리에서 부당한 무례함을 겪어 내고 있는 어린이의 편을 들어 주지 못하고 모르는 척 지나쳐 가는 내가 부끄럽고 죄책감이 느껴지기도 한다. 그럴 때마다 작지만 무거운 돌멩이가 가슴 안에 하나씩 쌓이는 것 같다.

어쩌면 이런 마음 때문에 학교에 있고 싶은 것 같다. 학교에 있으면 학생들에게 일어나는 일들에 길거리에서보다는 조금 더 적극적으로 개입할 수 있다. 학교의 인권적이지 않은 모습들을 모두 바꾸어 놓을 수는 없지만, 적어도 긴장되는 상황에 놓인 학생의 마음을 물어보고 학생의 편에 잠시 서 있을 수 있다. 고립되어 있는 학생에게 말을 걸고 당신의 잘못이 아니라고 할 수 있다.

내가 어린이였을 때 아무도 나의 편을 들어 주지 않았던 것이 가끔 사무치게 느껴지곤 한다. 옆 반 선생님은 왜 벌을 서고 있는 우리 반에 왔을 때 난처한 표정만 짓고 돌아갔을까. 수십 명의 교사들은 왜 한 학년에 한 명씩은 꼭 있었던 체벌 교사들을 모른 척했을까. 학부모들은 왜 우리의 증언을 듣고서도 어쩔 수 없다며 참으라 하고 넘어갔을까. 그때 우리를 지지해 주는 사람이 한 명쯤 있었더라면 어땠을까. 교사로서 학교에 있는 지금도 그때의 외로웠던 마음이 종종 떠오른다. 그렇기에 지금 내가 학교에서 학생들과 마음을 나누는 건 당시의 괴로웠던 나에게 손을 내미는 것이기도 하다.

어린이들을 내 멋대로 피해자로 대상화하는 건 아닐까, 내가 어린이였을 때 경험하지 못했던 것을 주며 대리 만족을 하고 싶어 하는 건 아닐까 하는 고민이 들 때도 많다. 하지만 이런 문제의식을 놓지 않으면서도, 어린이라는 이유로 학교에서 함부로 대해질 수는 없다는 사실을 계속해서 말하고 싶다. 학생들이 어린 사람이라는 이유로 교사들이 쉽게 하는 행동들이 잘못된 것이라는 이야기를 하고 싶다. 모두가 당연하게 여기는 것들이 사실은 당연하면 안 되는 것이라고 말하고 싶다. 어린이라는 이유로 함부로 반말을 하고, 크게 소리를 지르고, 다른 사람들과 비교하고, 마음대로 지적하고 평가하고 협박을 하는 건 교육이 아니라 폭력이라고 말하고 싶다.

초등학생 때 학교에서 겪은 폭력의 경험 말고, 어린이를 존중하는 교사가 되고 싶다는 생각을 구체적으로 할 수 있게 된 또 다른 계기도 있다. 어린 사람도 존중받을 수 있다는 사실을 처음 알게 된 것은 동네의 학용품 가게에서였다. 중학생 때 친구랑 문구류를 구경하러 간 곳에서 20대로 보이는 여성분이 떨어뜨린 물건을 주워 준 적이 있다. 그때 물건을 주워 준 내게 그분은 "고마워요"라고 말하고 계산을 하러 갔다. 짧은 순간 이 네 글자를 듣고 너무 놀랐다. 고마워가 아니라 고마워'요'라니. 그런 대접을 받아 본 건 처음이었다. 그리고 그 순간 결심했다. 나도 어린 사람들에게 존댓말을 하는 어른이 되어야지, 라고 말이다.

학용품 가게에서의 그 순간이 내게는 청소년 시기 존중받은 처음의 기억이다. 나도 내가 만나는 동료 어린이들에게 작은 존중의 경험들을 건넬 수 있으면 좋겠다는 마음으로 학교에 간다.

가난한 어린이는 어떻게 교사가 되었는가*

촌지에 관한 기억이 있다. 아직 서른도 되지 않은 소위 '요즘' 사람임에도, 나의 유년기 학교에 관한 기억에는 촌지가 큰 부분

---

* [강지나(2023), 《가난한 아이들은 어떻게 어른이 되는가》, 돌베개] 제목 참고.

을 차지한다. 우리 집은 촌지를 주지 못했다. 초등학교 2학년 때 선생님은 촌지를 받기로 유명했는데, 엄마는 촌지는커녕 엄마들이 돌아가며 했던 교실 청소조차 가지 않았다. 아홉 살의 나는 촌지가 나쁜 것인데 우리 엄마는 그런 걸 하지 않으니 다행스러운 걸까 생각하다가도, 하지만 다른 애들은 엄마가 촌지를 줘서 선생님이 덜 혼내고 더 예뻐해 주는데 우리 엄마도 나를 위해 촌지를 주면 어떨까 하는 생각이 들기도 했다.

엄마의 신념도 이유였겠지만, 집에는 촌지를 줄 만큼의 돈이 없기도 했다. 물론 10만 원 정도는 어떻게 마련해 볼 수도 있는 것이었겠지만, 우리 집은 언니와 내가 유일하게 잠시 다녔던 동네의 오래된 피아노 학원에도 계속 다니지 못할 만큼 가난했다. 엄마가 촌지를 주지 않아서인지, 나는 교사가 늘 어딘가 못마땅해하는 학생이었다. 친한 친구도 없고 말이 없는 조용한 학생인 편이었지만 의외로 자주 혼이 났다. 유달리 눈에 띄는 행동을 하지 않았음에도 선생님은 나를 콕 집어 비난하고 괴롭히곤 했다. 짝과 작게 이야기를 나누었다는 이유로 '요주의 인물'로 찍혀 특별 관리 대상에 오르기도 했다. 구구단을 외울 때 딱히 느리게 대답하지 않았는데도 버벅거렸다는 이유를 대며 팔뚝의 맨살을 30cm 자로 때렸다. 유독 나를 괴롭히는 남자애가 있었는데, 그애의 엄마가 매번 교실 청소를 오고 촌지도 섭섭하지 않게 챙겨 주어서였는지 걔가 나를 괴롭히는 것을 모르는 척 넘어간 적도 많았다.

촌지를 주지 않아 교사의 괴롭힘을 피해 갈 수 없는 어린이였던 나는 촌지 외에도 가난으로 인해 겪어야 했던 사건들을 대다수 기억하고 있다. 오래된 기억들이 사라지지 않고 있는 이유는 그때의 기억들이 모여 지금의 나를 이루고 있기 때문일 것이다. 촌지를 주지 않아 교사에게 미운털이 박힌 것과 더불어 학원에 다니지 않아 선행 학습을 하지 않았다는 이유로 수업 시간에 위축되곤 했던 경험들이 교사로 지내는 지금의 나에게 적지 않은 영향을 미치고 있다고 생각한다.

가난한 어린이는 수업에서 소외되기 쉽다. 살아오며 일상생활 속에서 눈치로 익힌 위축의 경험 때문이기도 하지만 사교육을 비롯한 다양한 학습 경험을 하지 못하는 경우가 많기 때문이다. 선행 학습을 하지 않은 것이 잘못은 아님에도, 수업 시간에 다른 친구들과 다르게 미리 알고 있는 것이 없는 내가 어딘가 잘못된 것처럼 느껴지곤 했다. 이런 경험을 통해 교사가 된 지금의 나는 사교육을 받지 못하는 학생들이 소외되지 않도록 가장 느린 학생의 속도에 맞추려고 노력한다. 물론 이런 방식으로는 이미 정해져 있는 교육과정의 진도를 맞추어 따라가는 것이 쉽지 않지만, 그럼에도 학생들이 잘 모르고 빨리 이해하지 못한다는 이유로 위축되는 경험만큼은 최소한으로 줄여 주고 싶은 마음이 큰 것 같다.

청소년기에는 학원에 다니지 않는데 공부를 어떻게 그렇게 잘하냐는 말을 정말 많이 들었다. 칭찬 같은 말 뒤에는 그래도 학원

하나 안 보내 주는 건 엄마가 너에게 관심이 너무 없는 것 같다는 말이 따라붙곤 했다. 엄마가 자신의 삶을 더 잘게 갈아서 언니와 나를 학원에 보내 주었더라면 어땠을까? 어릴 때 무언가 사 달라고 한 적이 없었던 내게 그런 사치는 오히려 죄책감만 심어 주었을지도 모른다.

배움에 대한 욕망을 참아 내야 했던 유년기를 보내서인지 10대 후반과 20대 초반에는 학교 동아리와 같이 '무료'로 경험할 수 있는 것들은 모조리 찾아다니곤 했다. 경험하는 것에 집착하며 몇 년간 스스로를 혹사시킨 뒤로는 어느 정도 욕구가 충족되어 지금은 최소한의 것들만 하며 지내게 됐다. 어린이·청소년들이 하고 싶은 것이 있을 때 적절히 기회가 주어져 시도해 볼 수 있는 환경이면 좋겠다. 하지만 지금의 학생들은 대체로 보호자가 보내 주는 학원, 보호자와 함께 가는 체험학습을 통해서 경험을 쌓는다. 보호자가 시간이나 경제적으로 지원해 줄 여력이 없는 학생들은 방과 후 시간에 혼자서 스마트폰 게임을 할 수밖에 없다. 나 또한 그랬다. 집에 틀어박혀 몇 시간씩 컴퓨터 게임을 하는 것밖에는 할 일이 없었다. 동네에서 친구들과 놀려고 해도 친구들은 모두 학원에 가고 없고, 바깥에서 혼자 놀기에는 위험했기 때문이다. 그렇기에 배움을 위해 존재하는 학교가 학생들에게 교과서 바깥의 다양한 배움을 적극적으로 제공해야 한다. 보호자가 누구냐에 상관없이, 공교육을 받기 위해 학교라는 공간에 오는 학생들이 누구나 동등하게 다채로운 경험을 할 수 있도록 해야 한다.

학습에 관한 것 외에도 가난한 어린이가 겪는 소외의 경험들은 여러 가지가 있다. 어떤 어린이는 비싼 브랜드의 옷을 매일 바꾸어 가며 입고 오지만, 어떤 어린이는 최소한의 위생 상태를 유지하는 것도 어려운 경우도 이 중 하나이다. 초등학생 때 엄마는 공공 근로라는 것을 했다. 그때 만난 아주머니들과 종종 어울리며 지냈는데, 한번은 같이 헌 옷 수거함에서 깨끗한 옷들을 주워 왔다. 그중 샛노란 색의 잠바가 있었는데, 노란색을 좋아하던 나는 내심 그 옷이 갖고 싶었다. 그런데 엄마가 아주머니들과의 경쟁에서 져서 그 옷을 가져오지 못했다. 새것도 아닌, 때가 묻어 있던 노란 잠바를 놓친 것이 한동안 아쉬웠던 기억이 난다. 고등학생 때는 잠바가 아닌 패딩을 갖고 싶었다. 하지만 패딩을 살 돈은 없었고 또래 사이에서 유행하는 것 중 살 수 있었던 건 '후리스'였다. 한겨울에도 얇은 후리스만 입었다. 한기를 덜 느끼기 위해서 내복을 껴입고 다녔다.

중학생이 되었을 때 담임 선생님께 내가 급식을 무료로 먹어야 하는 증거들을 직접 제출해야 했다. 일부러 일찍 학교에 가서 선생님 자리에 봉투를 놓아 두는데 내 이름이 너무 크게 적혀 있는 것 같아서 신경이 쓰였다(그 다음 해부터는 저소득층 지원 신청 방법이 온라인으로 바뀌었다). 누군가를 지원하는 일이 당사자를 끊임없이 증명하게 하고 수치스럽게 만들기도 했던 것이다.

지금의 학교는 지원을 받는 학생에게 낙인을 찍어서는 안 된다며 지원과 관련된 서류를 비밀 문서처럼 몰래 전달하는 매뉴얼이 생기는 등 많은 변화가 있었지만, 여전히 학생을 선별해서 지원함으로써 해당 학생과 주변 학생이 특정 학생의 '가난'을 인지할 수밖에 없는 환경인 것은 마찬가지다.

교사가 이런 시스템을 혼자서 바꿀 수는 없겠지만, 적어도 현재의 '복지' 시스템의 한계에 대해 모르는 척하지 않고 이야기함으로써 조금이나마 변화할 수 있도록 분위기를 만들어 가는 데 보탬이 될 수는 있다고 생각한다. 그중 하나로 어린이를 돌보고 지원하는 것이 국가와 학교 차원에서 공적으로 이루어져야 한다고 말하는 것이 방법일 수 있다. 특정 학생들만을 지원하는 것이 아니라, 모든 학생에게 일정 수준의 돌봄을 제공해야 한다고 주장하는 것이다.

돌봄은 학교의 역할이 아니라고 말하는 교사들도 있지만, 나는 돌봄은 학교의 중요한 역할이라고 생각한다. 물론, 지금처럼 교사의 업무는 과중한데 인력 지원은 없는 상태에서 돌봄의 노동만 추가로 짊어지게 하는 것은 부당하다. 하지만 궁극적으로는 학교의 인력을 최대한으로 늘려서 학교라는 공간이 돌봄의 역할을 수행할 수 있어야 한다고 생각한다. 돌봄 또한 교육의 일부이며, 교육은 돌봄과 긴밀한 연관을 가진 채 이루어지기 때문이다. 돌봄이 모든 어린이를 위한 것으로 여겨지고 공적으로 제공될 때,

현재 학교에서 이루어지는 선별적 복지가 갖는 한계를 어느 정도 극복할 수 있을 것이라고 생각한다.

조금 다른 맥락이지만, 나는 바퀴벌레를 정말 무서워하는데 이건 좀 수치스러운 이야기이기도 하다. 왜냐하면 모름지기 가난하게 자란 사람이라면 바퀴벌레와 함께 사는 삶에 익숙해져야 하는 것 같았기 때문이다. 바퀴벌레와 늘 함께 살았음에도 이상하게 바퀴벌레를 극도로 무서워하는 내가 진짜로 가난한 사람처럼 보이지 않을까 봐 걱정이 됐다. 그런데 나는 거짓말을 하는 것도 아니면서 왜 내가 가짜로 가난한 사람으로 보일까 봐 늘 조금씩 걱정을 하고, 진짜로 가난한 애로 인정받는 순간마다 안도의 마음을 가졌던 걸까? 그건 아마도 약한 특성을 눈에 띄게 해서 오히려 살아남기 위한 전략으로 사용했기 때문이었을 것 같다. 가난한 나를 최대한 잘 어필해야 선생님에게 문제집 하나라도 받을 수 있었고, 주변 어른에게 용돈을 조금이라도 더 받을 수 있었으니까 말이다. 내게 가난은 벗어나고 싶은 것이면서 동시에 마지막 동아줄처럼 꽉 잡고 있어야 하는 것이기도 했다.

스스로 돈을 벌 수 없었던 어린이·청소년 시절의 나를 이루고 있는 단어들 중 가장 커다란 것은 가난이다. 그래서 지금도 학교에서 가난을 경험하고 있는 어린이들에게 더욱 마음이 가는 것 같다. 구질구질했던 순간들이 많았지만, 지금까지 살아남아 가난한 이들의 연대를 구축할 수 있다는 것은 다행스러운 일이다.

"당신의 잘못이 아니에요"

사과에 대해 배웠더라면

교사 일을 처음 시작했을 때는 학생이 울면서 나를 찾아오면 긴장되고 조금은 무섭기까지 했다. 무슨 일인지 들어 보기도 전에, 내가 이 학생의 서러움과 분노와 각종 흥분된 마음을 충분히 가라앉혀 줄 수 있을지 걱정부터 앞섰기 때문이다. 두근거리는 마음을 감추며 학생의 이야기를 듣다 보면 대부분 같은 반 학생과의 갈등이 눈물의 주요인이었다. 좁은 공간에 오랜 시간 여러 사람이 부대끼며 지내는 교실에서는 누군가 놀리는 말을 하거나, 물건을 마음대로 만지거나, 게임을 하다 규칙을 어기는 일로 서러운 사람이 생기는 상황이 빈번하게 일어난다. 상대방의 일방적인 과실일 때도 있고, 쌍방의 과실일 때도 있다. 어쨌거나 학생들 사이의 마음이 엉켜 버린 일을 내가 무슨 수로 풀어 줄 수 있나 막막한 마음이 들었다.

슬퍼하는 이에게 공감도 해야겠지만 일단 내가 뭘 어떻게 해야 할지 모르겠어서 학생에게 질문했다. 'A는 B가 어떻게 하면 좋을 것 같나요?' 그러면 A 학생은 이렇게 대답했다. 'B가 사과를 해 주면 좋겠어요.' 처음에는 학생이 거짓말을 하는 것은 아닐까 생각했다. 이렇게 꺽꺽 울 만큼 억울하고 상처받았는데, 고작 사과 한마디로 만족한다고? 나에게 솔직하게 말하기가 조금 어려워서, 아니면 자신의 마음을 잘 모르겠어서 그냥 가장 간단한 방법인 사과를 말하는 것은 아닐까? 사과받고 싶다는 학생의 분명한 의사 표현을 듣고서도 믿지 못했다.

갈등이 있었던 학생들이 서로 마음을 이야기하고 사과를 요청하고 받을 수 있도록 중재의 시간을 보냈더니 울었던 학생은 한결 개운한 표정으로 교실에 돌아가 친구들과 다시 놀기 시작했다. 사과를 받고 나서 마음이 조금은 풀린 듯한 얼굴을 보았을 때 사실 좀 충격적이었다. 사과 하나만으로 이렇게 괜찮아질 수 있는 거였다니!

오전부터 오후까지 학생들과 교실에서 생활하다 보면 학생들 사이에 발생하는 각종 갈등 상황을 중재하는 역할을 가장 많이 하게 된다. 학생들에게 갈등 상황에서 원하는 것을 물어보면 대부분 사과라고 말한다. 학생들을 통해 사과를 주고받는 것이 얼마나 중요한 일인지 배우게 되었다. 그리고 내가 어린이였을 때 사과하는 법과 사과받는 법을 가르쳐 준 사람이 아무도 없었다는 것 또한 깨닫게 되었다.

초등학생 때를 생각해 보면 남학생들이 여학생들의 치마를 들추거나 머리를 잡아당기는 일이 비일비재했는데, 여학생들이 담임 선생님께 말하면 남학생들이 불려 나가 머리를 쥐어박히거나 팔을 머리 위로 들고 벌을 섰다. 당시 우리를 괴롭힌 애들이 교사에게 물리적으로 몇 배는 더 센 강도로 그야말로 혼쭐이 나는 모습을 보며 마음이 복잡했던 기억이 난다. 선생님이 응징을 해 줬으니 이건 괜찮아야 하는 일인 걸까? 하지만 그렇다고 상처받은 마음이 해결된 것은 아니었다. 그저 또 다른 강력한 폭력 앞에서 숨을 참으며 상황이 전개되는 모습을 쳐다보기만 할 뿐이었다.

학생이었던 때 학교에서 폭력을 고발하면 이어지는 것은 교사의 일방적 판단으로 가해지는 응징뿐이었기에 피해자로서 사과를 바랄 수 있다는 걸 상상조차 하지 못했던 것 같다. 그런데 지금 만나는 학생들은 사과의 중요성을 매우 잘 알고 있고, 서로 사과를 요구하기도 하고 미루기도 하고 결국 용기 내어 사과하기도 한다. 이런 모습들을 만날 때마다 늘 신기하고 놀랍다.

이렇게 학생들의 갈등을 중재하다 보면 나도 사과를 요구하는 법과 사과를 하는 법을 배웠더라면 어땠을까, 라는 생각이 매번 든다. 그랬더라면 공동체 안에서 문제 상황을 해결하거나 스스로 무너진 마음을 추스르는 힘이 조금 더 커졌지 않았을까. 진심으로 사과받고 사과하는 경험을 어린이 시절에 해 본 적 없다는 사실이 종종 아쉽게 느껴진다.

통제가 아닌

학교가 교사를 향해 주요하게 바라는 역할은 '통제'인 것 같다. 원치 않게 배정된 교실에 계속 앉아 있어야 하는 것, 교과서를 펼쳐야만 하는 것, 마음이 힘들어도 수업 종이 울리면 수업에 집중해야 하는 것, 다 같이 줄을 서서 절대 뛰어서는 안 되는 것. 학교에서는 사소한 일상도 통제의 모습을 하고 있다. 이런 학교에서 근무를 하며 교실의 모습이 어때야 하는지에 대해 끊임없이 고민하게 된다. 하지만 고민에 대해 확신이 없고 스스로를 의심하게 될 때가 많다.

학생들이 수업 시간에 돌아다녀도 크게 개의치 않고, 교과서를 조금 늦게 펼쳐도 지적하지 않고 싶다. 마음이 힘들면 자리에 엎드려 있거나 보건실에 가서 쉴 수 있도록 하고, 꼭 줄을 서지 않아도 된다고 하고 싶다. 외부의 시선에서 본다면 분명 우리 반은 난장판이고 질서가 없으며 혼란으로 가득한 공간일 것이다. 하지만 내가 통제를 더 하는 것이 아니라 학교의 환경이 지금보다 나아지는 방향으로 바뀌어야 한다고 생각한다. 교실의 모습이 학생의 놀 권리를 조금 더 보장할 수 있는 모습으로 바뀌어야 하고, 딱딱한 교과서를 펼치지 않더라도 자유롭게 의견을 교환하며 주도적인 학습을 경험할 수 있어야 한다. 몸이 아프지 않더라도 쉴 수 있는 권리가 보장되어야 하고, 줄을 서지 않아도 안전할 수 있을 만큼 복도를 넓게 만들거나 학교당 학생 수를 줄여야 한다.

하지만 학교와 교실은 이런 마음과 같이 움직여 주지 않는다. 그래서 매번 속상하고 슬퍼진다. 교실에서 공을 차는 학생들에게 좁은 교실에서 공을 차면 위험하니 조금 더 넓은 복도의 한 공간에서 하자고 규칙을 정하면 복도를 지나가던 옆 반 선생님한테 공을 빼앗긴다. 운동장에 나가서 놀자고 하기에는 너무 덥거나 춥고, 체육관은 쉬는 시간에 학생들 임의로 사용할 수 없다. 공간의 구조와 같은 환경적 부분의 개선과 대책 마련을 도모할 수 없는 학교라는 공간에서 오직 통제만을 해야 하는 상황이 지긋지긋할 때가 있다. 학생들에게 작은 의자에 앉아 좁은 책상에 고개를 두거나 멍하게 티비만 올려다보는 것 말고 할 수 있는 것이 있거나, 무언가 시도해 볼 수 있는 최소한의 작은 공간만이라도 주어진다면 좋을 텐데.

교실에서 공놀이하는 학생들의 모습을 보는 것이 즐겁고, 교과서로 딱지를 접는 모습을 보는 것이 재밌고, 활동지로 종이비행기를 만들어 날리는 모습을 보는 것이 아름답기도 하다. 하지만 학생들이 교실에서 이런 행동들을 하는 순간, 교사에게는 이 모든 것이 통제해야 하는 상황이 되어 버리고, 이런 환경에서 학생들과 나는 오롯이 소통할 수 없게 된다.

같은 책상과 같은 의자에 앉아 있지만 학생들은 저마다 각기 다른 모습을 가지고 있다. 각자의 아름다움을 곳곳에서 발견할 수 있지만, 아름다운 순간을 발견할 때마다 그들의 모습을 온전히 지지하지 못하고 결국에는 통제의 방식으로 응답하게 된다는 것이, 작은 의자에 앉히고 좁은 책상에 고개를 두도록 해야 하는 것이 허탈하고 슬픈 것 같다.

통제를 최소한으로 할 수 있는 방법에 대해 고민하지만 아직은 이렇다 할 좋은 답을 찾지 못했다. 끝까지 답을 찾지 못해서 결국 가장 간편한, 소통이 빠진 통제의 방식을 취하게 될까 봐 겁이 나기도 한다. 학교에서 '제대로 통제'하지 않아서 학교가 아비규환에 빠지는 악몽을 종종 꾼다. 학생도 교사도 원치 않지만 통제해야만 하는 상황을 만든, 감옥처럼 생겨 먹은 학교가 오늘도 밉다. 교사와 학생이 함께 소통하고 설득하며 안전한 공간을 만들어 갈 수 있는 기회가 만들어진다면 미운 학교와 화해할 수 있지 않을까.

보호자인가, 감시자인가

2학년 보라(가명)는 내가 담임 선생님이면 좋겠다는 마음을 아침에 운동장에서 만날 때마다 표현해 줬다. 아무래도 이 신호는 내가 좋다는 말이라기보다는 지금의 교실이 불편하다는 의미일 것 같아서, 여러 가지 이야기를 틈 날 때마다 나누곤 했다. 하루는 국악 선생님이 '말을 안 들으면 소고 채로 때리겠다'고 학생들을 협박했다는 이야기를 들었다. 다행히도 국악 수업 실무를 담당하는 선생님이 인권 감수성이 있는 분이셔서 국악 선생님에 대한 문제를 꺼낼 수 있었다. 담당 선생님께 국악 선생님이 학생에게 폭언을 한 정황에 대해 말했고, 담당 선생님은 국악 선생님께 문제를 제기해 주셨다. 다행히 그 뒤로 국악 선생님은 학생들에게 이전과 같은 폭언과 협박을 하지 않았다.

학교에 있고 싶은 이유는 이런 순간을 위해서인 것 같다. 학생이었을 때 하지 못했던 것, 교사의 폭력을 고발하는 것을 지금에서야 하고 싶은 것 같다. 폭력을 폭력이라고 명명하고, 어른의 잘못을 콕 집어 잘못이라고 말하고, 권위적인 태도에 문제를 제기하는 것. 이렇게 내가 할 수 있는 일이 있다는 것이 다행이지만, 동시에 슬픈 마음이 들기도 한다. 대신 고발해 주는 누군가의 선의가 없다면 학교는 폭력이 폭력으로 인정되지조차 못하는 공간이기 때문이다. 어린이는 나와 같은 또 다른 '덜 나쁜 감시자'가 있을 때에만 '더 나쁜 감시자'로부터 조금이나마 보호받을 수 있다는 것이 아이러니하다.

수련회에 갔을 때도 '덜 나쁜 감시자'의 역할을 한 적이 있다. 2박 3일간 조교 선생님의 호통에 맞추어 질서정연하게 움직이는 프로그램이 짜여 있는 수련원이었는데 시설도 좋고 학생들도 잘 통솔해 교사들에게 인기가 많은 곳이라고 했다. 들은 바와 같이 수련원에 들어간 순간부터 교사들은 할 일이 거의 없었다. 수백 명의 학생들을 멈추고 움직이게 하는 것을 수련원 조교 선생님들이 모두 맡아 주었는데, 그래서 교사들은 조금 여유롭게 있을 수 있었다. 억지로 온 곳에서 잠시나마 쉴 수 있다면 혼자 있고 싶었지만, 그럴 수 없었다. 군대식으로 돌아가는 수련원에서 학생들이 어떤 상황에 처하게 될지 눈에 선했기 때문에 조금이라도 감시자의 역할을 해야겠다고 생각했다.

수련원 측에서는 조교 선생님들이 다 알아서 진행하니 교사가 학생들의 프로그램에 참여할 필요가 없다고 했지만 학생들이 들어가는 프로그램마다 일일이 극성스럽게 쫓아다녔다. 학생들이 그나마 스스로를 보호할 수 있는 도구인 휴대전화를 모두 뺏긴 상황이기에 더 걱정이 됐다. 실제로 내가 잠시 화장실에 가고 없었을 때 학생들이 강당에서 단체 기합을 받기도 했다. 극성스럽게 학생들을 감시하듯 뽈뽈 쫓아다녀야지만 조교 선생님들이 극악무도한 기합만큼은 주지 않는다는 것이 답답했다. 그러니까 결국 그들이 기합을 주지 않더라도 그건 학생들을 생각해서가 아니라 비청소년 교사인 나의 눈치를 보는 것뿐이었다. 이런 상황에 회의감이 들지 않는 것은 아니지만, 그래도 나는 학교에서 '덜 나쁜 감시자'로서 역할을 멈출 수가 없다.

단지 어린이라는 이유만으로

"노 키즈 존 너무 싫은데 저는 키즈 존도 싫어요. 키즈 존에 가면 5학년은 너무 크다고 나가라고 해요. 노 키즈 존에서도 쫓겨나고 키즈 존에서도 쫓겨나요. 갈 데가 없어요."

수업 중 어린이여서 차별받은 경험에 대해 이야기할 때 한 학생이 해 주었던 말이다. 어린이들은 왜 자꾸 쫓겨날까. 모두가 입을 모아 어린이는 나라의 미래라고 하는데, 정작 현재를 살아가야 하는 어린이의 삶은 갈 곳이 없다.

실제로 어린이 손님이 쫓겨나는 장면을 본 적이 있다. 친구들과 제주에 휴가를 가서 들른 북카페가 노 키즈 존이었고, 비가 오는 날 우산을 접고 엄마와 함께 들어온 어린이가 출입을 금지당하는 모습을 봤다. 사장님은 '정중한' 목소리와 말투로 '노 키즈 존이라 어린이는 나가 주셔야 한다'고 했다. 밖에는 비가 오는데, 그들은 조용히 점잖은 태도로 입장했으나 어린이라는 이유 단 하나만으로 바로 쫓겨났다. 고요한 공간에서 발을 뻗고 책을 읽고 있는 내 몸뚱어리가 부끄럽게 느껴졌다. 그 이후로는 노 키즈 존에는 절대 갈 수 없게 됐다. 누군가를 차별해서 얻는 고요함은 정말 온몸이 후끈해지는 부끄러움이라는 것을 깨달은 순간이었다. (심지어 그 어린이가 '시끄럽게' 등장한 것도 아니었다. 그리고 세상에 과하게 시끄러운 비청소년들이 얼마나 많은지 아무 길거리만 잠시 걸어도 누구나 알 수 있을 텐데 말이다.)

노 키즈 존 외에도 수업 중 학생들이 나누어 준 차별의 경험은 많았다. 피시방에서 다른 사람들이 시끄럽게 했는데 자신들이 가장 어리다는 이유로 누명을 쓰고 다짜고짜 혼이 난 경험, 편의점에서 물건을 고를 때 친구들과 이야기를 나누었다는 이유로 무작정 밖으로 쫓겨난 경험, 함께 시간을 보내는 자리에서 어른들이 이야기에 끼워 주지 않아 소외당했던 경험, 보호자에게 무언가 해 보고 싶다고 말했을 때 어리니까 당연히 못 할 거라는 지레짐작 으로 거부와 통제부터 당했던 경험이 있었다. 어린이들이 말해 준 차별은 대체로 어린이라는 이유로 무언가를 못 하게 되거나 억지 로 해야만 했던 경험들이었다.

단지 어리다는 이유 하나만으로 타당한 이유나 설명 없이 제지 당하거나, 하고 싶지 않지만 억지로 해야 했던 경험들이 학생들의 '차별'이라는 단어의 이야기를 주로 이루고 있었다. 물론 어린이 가 현재 속해 있는 발달 단계에서 쉽게 경험할 수 있는 것들의 경 향성을 고려하는 것은 건강한 성장을 지원하고 적절한 보호를 제 공하기 위해 중요할 테지만, 이를 이유로 '무조건 안 돼'와 '무조건 해야 돼'를 말하는 것은 어린이의 개별적인 특성과 정체성을 고려 하지 않은 차별적인 행동이다. 비청소년으로 바꾸어 생각해 봐도 경향성을 이유로 무조건 제한하거나 강제하는 것이 부당하다는 것은 쉽게 공감할 수 있을 것이다. 예를 들어, 담배를 피우면 질 환을 경험할 확률이 높으니 모든 비청소년의 흡연을 완전 금지하 는 일은 일어나지 않고 있지 않은가.

최근에는 '케어 키즈 존care kids zone'이 등장하고 있다고 한다. 아마도 노 키즈 존을 향한 비판을 어느 정도 수용한 사업장의 결 과물일 것이다. 어린이의 출입을 막는 것은 아니니 괜찮은가 싶다가도 어쩐지 찜찜한 기분은 사라지지 않는 것 같다. 왜 어린이만 콕 집어 케어하라고 하는 걸까? 사람은 나이에 관계 없이 모두가 취약함을 가지고 있고 실수를 하기 마련이다. 가령, 나는 얼마 전 오랜만에 만난 친구들과 신이 난 나머지 밤늦게까지 떠들다가 옆집의 항의를 받은 적이 있다. 밤늦게 큰 소리를 내는 것은 민폐라는 사실을 모르는 것도 아니고 아주 잘 알고 있었음에도 이런 무례한 행동을 저질렀다. 소음과 관련된 예절에 대해 몇십 년간 '학습한' 비청소년들도 이런 실수를 저지르는데, 하물며 '학습 중'인 시기로 여겨지는 어린이들에게만 왜 그렇게 야박한 걸까. 속이 상한다.

타인과 함께 사용하는 공간에서 서로 피해를 주지 않도록 각자 할 수 있는 만큼 최대한 조심해야 한다는 명제는 모든 인간에게 동일하게 적용된다. 그러면 '케어 키즈 존'이 아니라 '케어 존'이라고 명시하면 되는 것 아닐까? 카페에서 혼자 책을 읽고 공부하는 것을 좋아하는 카페 마니아로서, 카페에 있다 보면 정말 귀가 따갑도록 큰 소리로 타인을 험담하거나 듣고 싶지 않은 욕설을 뱉어 내는 비청소년들을 정말 정말 정말 많이 목격한다. 그런데 그들은 타인에게 불쾌감을 주는 행동을 하더라도 서로를 케어하지 않아도 된다는 건가? 단지 나이를 스무 살 이상 먹었다는 이유 단 하나만으로?

'어리니까 그럴 수도 있지!'라고 무작정 어린이의 행동을 모르는 척하자는 것이 아니다. 왜 어린이에게만 유독 더 그들의 나이를 이유로 그들에게'만' 적용되는 규칙을 만드냐는 것이다. 시끄럽게 하면 불쾌한 것은 청소년이나 비청소년이나 똑같다. 케어 키즈 존이 아닌 케어 존에 관한 감각을 합의하고 만들어 가는 것에 대해서는 언제든 찬성이다. 우리는 모두가 서로의 돌봄에 기대어 살아가고 있으니 말이다.

무서움이 가득한 세상으로 넘어가지 않기

"선생님이 너무 착해서 애들이 말을 안 듣는 거예요. 조금만 더 무서워지세요."

이 말은 내가 학교에서 일하며 동료 교사에게도 듣고 학생에게도 듣는 단골 멘트이다. 실제로 내가 통제를 잘 하지 않는/못하는 편이어서 학생들이 겪는 불편함이 있기도 하다. 교사에게 예의바르지 않다고 여겨지는 태도로 말하는 동료 학생을 불편해하는 학생도 있고, 다른 반에 비해 소란스러운 교실을 보며 위기감을 느끼는 학생도 있다. 통제를 느슨하게 하면 학생들이 자유롭다고 느끼고 좋아할 것 같지만, 사실 학교는 통제가 기본값인 공간이기에 학생들도 통제된 공간에서 익숙함과 안정감을 느끼는 경우가 많은 것 같다.

그럼에도 나는 무서운 교사가 되고 싶지는 않다. 내가 무서워지면 학생들이 나에게 선을 넘는 경우가 없을 것이고 교실은 질서가 잡힌 익숙한 모습을 유지할 것이다. 하지만 그렇게 만들어진 교실의 모습은 결국 부숴 내야 하는 것이라고 생각한다. 지금까지 그래 왔다고 해서 그 모습을 지속해야 하는 건 아니다. 잘못된 것이 있다면, 그 과정이 어색하고 불편할지라도 조금씩 바뀌어야 한다. 물론 그 과정에 대해서 학생들에게 어떻게 더 잘 설명하고 동의를 구해 나갈 것인지는 아직도 선명하지 않지만 말이다.

존댓말을 불편해하는 학생들도 많다. 나를 처음 만난 학생들은 '과도한' 존대에 어색해하기도 한다. 하지만 불편하고 어색하기 때문에 더욱 존댓말을 해야 한다고 생각한다. 존댓말이 불편한 이유는 존댓말이 잘못되어서가 아니라 존중받은 경험의 부재 때문이다. 그렇기에 당신은 원래 존중받아야 마땅했던 거라고 더욱 강조해서 말해야 한다. 어린이·청소년에게 함부로 말하는 사람들에게 매번 일일이 따지고 다닐 수 없는 거라면, 학교에서라도 만나는 어린이들에게 존중하는 어투로 존댓말을 열심히 해야겠다고 생각한다.

어린이의 존엄을 무시함으로써 간편하고 빠르게 얻어 내는 질서정연한 모습은 결코 평화가 아니다. 시간이 걸리고 혼란스러울지라도 어린이를 존중하는 학교를 만들어 가고 싶다. 학교는 교사가 학생을 일방적으로 통제하는 공간이 아니라 교사와 학생이 소통하며 공존할 수 있는 곳으로 바뀌어 가야 할 것이다.

교사 집단 안에서 네 자리 숫자를 사용해야 할 때 교사들이 '0515'를 사용하는 경우를 많이 보았다. 하지만 앞으로는 0515(스승의 날)가 아니라 0505(어린이날)를 사용하는 교사들이 더 많아지면 좋겠다. 교사로서 권위를 내려놓고 어린이의 인권을 생각하는 교사들이 더 많아지면 좋겠다는 마음으로 해 보는 말이다. 0515 세상이 아닌 0505 세상이 오기를 바라며 오늘도 학교에 간다.

현유림 햇볕이 만들어 내는 밝음과 어두움을 유심히 바라보는 사람. '연대하는 교사잡것들' 모임에서 활동하고 있다. 어린이·청소년과의 평등한 관계를 고민하고, 함께 자유로울 수 있는 세상을 꿈꾼다.

몸과 놀이로 만나는
어린이의 세계

어린이는 우리 몸의 과거와 현재에 있다

김윤일(변화의월담, 놀이/교육 연구자)

내 몸과 삶의 역사가 시작된 곳

박사 과정 중이던 장녀·장남 부부의 밑에서 제왕절개로 태어난 나는 이란성 쌍둥이 중 뱃속에서 먼저 꺼내져 첫째가 되었다. 손주를 기다리던 할아버지는 손자에게 '맏아들 윤胤'을 쓴 '윤일'을, 손녀에게는 '옥돌 민珉'을 쓴 '민일'이라는 이름을 미리 지어 두셨다고 한다. 둘째로 태어난 손자에게 맏아들의 이름을 주면 어떻겠냐는 할아버지의 말씀에, 엄마는 딸이라고 맏이의 이름을 주지 않는 것은 말이 되지 않는다고 주장했다. 그렇게 맏아들의 이름을 가지고, 태어나자마자 동생이 생긴 여자아이의 삶이 시작됐다.

언어도, 신체 발달도 느렸던 동생은 기억나지 않는 시절부터 나의 일부였다. 우리는 대부분 비언어적으로, 때로는 언어적으로 서로의 고통을 감지했다. 어눌한 발음 탓에 동생의 말을 어른들이 잘 알아듣지 못할 때는 통역사를 자청했다. 여느 맏이처럼, 본인의 고통을 억누르고 책임감을 우선시하느라 표현하는 것이 서툰 부모님, 말과 신체의 발달 수준이 달라 고통을 때로 감당하기 힘든 방식으로 드러내는 동생 사이에서 몸의 비언어적인 신호를 읽는 감각은 점차 뾰족해졌다. 아픈 쌍둥이 동생과 다섯 살 터울의 막냇동생까지 챙기면서 맞벌이를 하느라 허덕이는 부모님께 나의 힘듦까지 짊어지게 할 수 없다고 생각했다. 주변에서 일어나는 모든 문제, 특히 가족 문제들은 내가 조금만 노력하면 해결할 수 있다고 믿었다.

안전할 수 없는 세상에서 살아남기

나 자신의 문제를 대할 때도 마찬가지였다. 어려움이 생겼을 때는 어떻게든 해결할 때까지 타인과 공유하지 않았다. 서럽고 화가 나 눈물을 참을 수 없을 때는 방문을 걸어 잠그고 최대한 울음소리가 밖으로 새어 나가지 않도록 했다. 언어 발달이 느린 동생이 화가 나거나 슬플 때, 눈앞의 나와 막내에게 그 고통을 폭력적인 방식으로 표출하면서 이런 상황은 더욱 공고해졌다. '어떤 상황에서도 폭력은 안 된다'는 부모님의 말에 책잡히지 않으려 일단 상황을 감당하고, 안전한 곳으로 피해 부모님께 전화를 걸어 이 상황을 전했다. 부모님은 소아 우울증으로 치료를 받고 있던 동생이 더 아프게 되어 위험한 상황이 생길까 크게 혼내지 못하겠다고, 미안하다고 말씀하셨다. 말이 어눌하고 행동이 느렸던 동생이 남중으로 진학한 후 상황은 더 어려워졌다. 강릉이라는 작은 소도시에서 한 다리 건너 다 아는 상황에서 동생의 친구들은 '네 누나는 멀쩡한데, 너는 왜 그래?'라고 비난했다고 한다. 동생은 이 모든 상황이 홀로 건강하게 태어난 나 때문이라고 자주 말했다. 나는 부모님과 동생의 입장을 지나치게 잘 이해해 버렸다. 때로는 아주 먼 옛날 남녀 쌍둥이가 태어나면 남자아이의 평탄한 삶을 위해 여자아이를 죽이거나 먼 곳으로 보내곤 했다는 괴담이 사실일 수도 있겠다 생각했다.

자신을 지킬 수 있는 건 나뿐이라는 생각이 견고해지는 과정이었다. 아무에게도 공유하지 않은 수없는 실패를 거치며 생존을 위해 필요한 것들을 터득해 나갔다. 힘든 부분을 드러내고 도와달라는 말에 돌아오는 '야무진 줄 알았더니 헛똑똑이네'라는 대답은 스스로에 대한 신뢰를 떨어뜨리고 내 목소리의 힘을 약하게 만들었다. 어린 목소리는 너무 쉽게 지워졌다. 불합리하다고 생각되는 일은 많은데, 어떻게 대항하고 설득해야 하는지 몰라 자세와 목소리를 낮췄다. 둘러싸고 있는 모든 환경 중 권력이 가장 적나라하게 드러나는 곳은 물론 학교였다. 외모, 젠더, 출신, 성적 등에 따라 아이들은 거리낌 없이 서로를 판단하고, 배제하고, 두려워했다. 특별한 이유도 없이 번갈아 가며 따돌림을 당하고, 따돌림에 동조하기도 했다.

학교 내에서 권력을 가진 존재는 대부분 폭력적이었고, 그들이 연애 대상으로 볼 만큼의 외모를 가진 아이들에게도 어느 정도의 권력이 따랐다. 후배를 성폭행하고 소년원에 갔던 아이들이 멀쩡히 학교에 돌아오고, 전교 남자아이들 사이에 가슴 큰 여자아이들의 리스트가 있다는 말이 돌았다. 말이 없던 나에게 호기심을 가진 한 아이가 진심 모를 끈질긴 고백을 해 왔다. 이전에 그 아이와 만났다는 수많은 아이들에 대한 소문, '너도 조심'하라며 수학여행에서 벌어진 성추행 소문이 귀에 들어왔다. 거듭 거절하다 시작된 관계는 역설적으로 그 남자아이의 권력 때문에 학교에서 성적 대상화될 위험을 줄여 줬다. 그렇게 안전을 위해 관계를 유지하는 대신 '나는 스킨십을 좋아하지 않는다'라며 손도 스치지 못하게 하는 이상한 관계를 1년 남짓 지속했다. 접촉이 가장 위협적으로 느껴지던 시기였다.

몸의 느낌이 안내하는 삶

아토피가 생긴 세 살 이후 간지러움과 피 흘리는 고통은 삶의 거슬리는 동반자처럼 늘 함께했다. 꽃가루나 히터 바람을 맞으면 눈이 가렵고 흐려져 앞이 잘 안 보이기도 했고, 스트레스를 받으면 옷도 못 입을 정도로 온몸이 빨갛게 부어오르기도 했다. 민감한 피부는 삶 전체에 가장 취약한 지점이자 그만큼 나를 잘 알고 지킬 수 있게 도와주는 매개가 되었다. 달콤한 맛보다는 짜고 매운 맛이, 덧입어 포근한 감각보다는 한 겹의 쾌적한 옷의 감각이 좋았다. 편안하고 지루한 것보다는, 어렵고 혼란스럽더라도 재미있는 것이 좋았다. 머릿속의 생각을 즉각적으로 털어놓는 것보다 글로 전달하는 것이 몸과 마음이 편안하게 느껴졌다. 서늘한 온도에 풀 냄새 머금은 바람을 잠깐만 쐬고 있어도 복잡한 머릿속이 맑아지곤 했다. 치열하게 감각과 느낌으로 나를 알아 가는 과정은 고통스러웠지만, 몸에 남아 든든한 기반이 되어 주었다.

예민한 몸의 느낌은 성인이 될 때까지 내면의 기준점이 되어 주기도 했다. 어른들의 말에 신경을 쓰되, 몸이 아니라고 느끼면 속으로는 믿지 않는 경우가 많았다. 체벌을 당하기가 너무 싫어 기를 쓰고 빈틈을 숨기다 어쩔 수 없이 손바닥을 맞게 되었을 때는, 부모님 혹은 교사에게 이 체벌이 얼마나 효과가 없는지 보여 주기 위해 소리 하나 내지 않고 맞은 후 행동을 바꾸지 않았다. 극단적으로 접촉을 거부했던 어린 시절을 지나 성인이 되어 사랑하는 가족 밖의 사람들을 만나기 시작하고는 처음으로 누군가에게 접촉을 요구하고 돌봄을 받는 경험을 회복하는 듯했다. 고슴도치처럼 가시가 세워져 있던 피부의 경계 태세를 내려놓고 세상의 아름다움을 다시 바라보고, 관계에 대해 배우고, 위협적임과 위협적이지 않음의 이분법에서 벗어나 자유로움, 따뜻함, 안심됨, 서늘함, 몽롱함 등의 감각으로 나를 확장하기 시작했다. 몸과의 다정한 관계를 회복하기 시작했을 때부터 삶은 조금씩 나아졌다.

어린 나를 통해 만난 유아교육의 길

자연스럽게 전 생애에 걸친 인간의 성장과 고통, 즐거움에 대한 관심이 커졌다. 그중 가장 취약하고도 솔직한 작은 인간들을 잘 이해하고 싶다는 생각으로 아동 발달과 유아교육을 공부하기 시작했다. 인간을 바라보는 시각을 조금이나마 확장한 대학 졸업 이후, 어린이들의 성장을 가장 가까이에서 지켜보고 돕고 싶어 유치원에서 만 6세 담임 교사로 일을 하게 되었다. 아이들과 함께 있으면 매일같이 투명하고 재밌는 대화가 많이 피어나는 것이 좋았다. 교사라면 주어지는 관리의 의무가 쉽지 않을 거라는 생각에 망설였던 것이 무색하게, 짧은 시간이지만 곁에서 성장을 지켜보고, 함께 대화를 나누며 노는 과정이 아주 행복했다. 한편 멀리서 보기에는 마냥 밝아 보이는 아이들이 잠깐씩 보이는 슬픈 모습이 나의 어린 시절과 겹쳐 자주 마음이 아팠다. 씩씩하고 흥이 많아 까르르 웃으며 함께 춤추는 것을 좋아했던 한 아이는 어느 날 귓속말로 사실 동생이 태어난 후 자기만 혼이 나는 것이 슬프다고 했다. 종종 손끝을 잡으며 안아 달라고 해 꼭 안기도 했다. 하루는 반의 자그마한 여자아이가 각진 하얀 셔츠를 입고 와서 남자아이들이 "선생님, 얘가 남자 옷 입고 왔어요!"라며 놀렸다. 자주 "으이구!" 하며 화난 체 투정을 부리는 습관을 가진 아이는 "흥! 뭐라는 거야" 하면서도 옷깃을 만지작거렸다. 그러다 아이들에게 "왜 멋지기만 한걸, 선생님도 저런 옷 입는 것 좋아해"라고 하는 말을 듣자 눈썹의 긴장이 살짝 풀렸다.

커다랗고 낮은 책상 밑으로 지우개가 굴러 들어가자 한 남자아이가 "저런 건 위험하니까 여자는 못 해" 이야기해서 여자아이들이 "그런가?" 혼란스러운 얼굴을 보이기도 했다. 선생님과 또래 친구들에게 위협을 하기도 하고 신체적 폭력을 가하기도 했던 남자아이는 "선생님은 너를 사랑해"라고 하자 믿지 못하겠다는 듯이 놀란 얼굴로 "정말이에요?"라고 되묻기도 했다. 성별과 성역할을 학습하는 시기라 젠더에 대한 질문도 매일같이 했다. 하루는 한 아이가 동료 선생님에게 "선생님은 여자예요, 남자예요?" 물었다. "무엇일 것 같아?" 선생님이 되묻자, 아이는 못생겼기 때문에 남자일 것 같다고 답했다. 이후 젠더와 외모는 관련이 없다는 이야기를 나누긴 했지만, 특별한 계기가 있지 않으면 평생 외모 평가에 따라 자신의 정체성에 불안을 겪을 아이의 앞날을 생각하니 다시 슬퍼졌다. 어쩌면 아이들이 겪고 있는 일은 더 이상 내색하지 않을 뿐, 성인이 된 우리가 일상적으로 겪고 있는 슬픔일지도 모른다고 생각했다.

자신의 고유한 느낌과 감정에 따라 비교적 솔직하게 말하고 행동하는 아이들에게는 슬픔만큼 장점이 쉽게 보였다. 사랑스러운 장점을 가지고 마음과 감각을 솔직하게 내보이는 아이들에게 나는 쉽게 사랑에 빠졌다. 함께 더 많은 시간을 보내고 싶은 마음이 들었다. 때로 아이들이 성인이 되었을 때 모습을 상상했다. 나의 어린 시절이 힘들었던 만큼, 내가 사랑하는 아이들, 더 나아가 세상 모든 어린이가 덜 괴롭고 더 행복했으면 하는 마음이 자라났다.

살아갈 힘을 주는 놀이란 무엇일까

더 좋은 교사가 되고 싶은 마음에서 대학원에 들어가 교육학 공부를 시작했다. 그리고 놀이 이론을 공부하는 전공 수업에서 놀이의 매력에 빠졌다. 놀이는 재미, 도전, 융통성을 요구하는 활동으로서, 언제 어디서나 가능하고, 순전히 자발적인 동기와 목적에 의해 이루어져야 하며 결과에 얽매이지 않는다. 아이들은 놀이를 통해 신체, 사회, 정서, 인지, 영적으로 발달한다. 놀이 공부를 하면서 잊고 있던 유년 시절 산과 호수, 바다로 둘러싸인 강릉에서 20년을 자라며 마음껏 놀았던 기억이 되살아났다. 맞벌이하시는 부모님 덕분에 퇴근하시는 6시 이전까지는 동네의 보리밭, 뒷동산, 다 무너져 가는 옆 아파트의 놀이터, 학교의 토끼장을 오가며 맘껏 모험하는 시간을 보냈다. 신축 아파트 경비 아저씨의 눈을 피해 학교에서 집으로 가는 절벽을 뛰는 심장을 안고 기어가는 작전을 수행하기도 했다. 귀신이 나올 것 같은 뒷산의 폐가를 우리만의 이야기를 만들며 친구의 손을 잡고 탐험하기도 했다. 산에 있는 모든 풀을 뜯어 토끼에게 주며 토끼 이빨을 관찰하기도 하고, 토끼가 파 놓은 굴의 지도를 상상하며 그려 보기도 했다. 동네의 친구들과 함께라면 언제, 어디에 있어도 재미있는 것을 발견할 수 있었다. 놀이의 시간을 통해 마음껏 실패하며 다시 일어나는 방법을 배웠을 뿐만 아니라, 세상을 살아갈 힘, 새로운 것을 배우는 것의 즐거움을 알게 되었다는 것은 놀이를 공부하면서 깨닫게 된 사실이었다.

'놀지 말고 공부해야지'라는 말을 들으며 노는 것에 대한 죄책감을 가졌던 입시 생활을 넘어, 놀이는 배움이자, 치유, 관계 맺기, 곧, 삶 그 자체라는 사실을 경험적으로, 학문적으로 알게 된 것은 큰 해방감을 주었다. 특히 노는 상황에서 도전적인 상황, 자신의 능력을 시험하고 성장할 수 있고 호기심을 유발하는 놀이 환경을 훨씬 더 좋아했던 어린이였던 나는, 공부를 이어 가면서 놀이 중에서도 높은 곳에서 뛰어내리고, 몸으로 거칠게 놀고, 경사로를 빠르게 뛰어 내려오는 것을 포함하는 '위험감수놀이'에 관심을 갖게 됐다.*

위험을 거세당하는 어린이들

열심히 일하시는 부모님 아래에서 자란 덕에 어린 시절 나는 마음껏 위험을 감수하며 놀 수 있었다. 좌우로 흔들리는 나무 시소 타기, 아슬아슬하게 높은 정글짐에서 균형 잡기 등 놀이 환경에서의 적절한 위험성은 내 스스로 상황을 판단하고 선택하면서 성공 또는 실패를 경험하게 하고, 위기에 대처하는 방법을 배울 기회를 줬다. 많은 놀이터들이 폐쇄되었던 코로나19 시기를 거치며 아이들이 현실에 머물러 노는 시간보다 디지털 세계에서 놀이 콘텐츠

---

* McFarland, L. & Laird, S. G.(2018), Parents' and early childhood educators' attitudes and practices in relation to children's outdoor risky play, *Early Childhood Education Journal*, 46, pp. 159-168.

몸과 놀이로 만나는 어린이의 세계

를 소비하는 시간이 점점 늘어 가고 있다. 그러나 위험이 만성화되고 일상화된 사회에 대처하는 능력은 '몸소 경험하는 놀이'를 통해서 기를 수 있다. 소비 없이도 누릴 수 있는 어린이들만의 공간인 '놀이터'는 어린이들이 사회에 나가기 전 원하는 때에, 원하는 수준의 위험을 감수해 볼 수 있게 한다. 매 순간 부모의 과잉보호 속에 자란 아이는 가족의 울타리 밖에서 위험과 마주쳤을 때 제대로 대처하지 못할 확률이 높을 수밖에 없다. "도전적인 사람이 되어라" 하면서 "위험한 건 하지 말라"고 통제하는 것은 모순이다. 미끄럼틀을 거꾸로 오르는 행동, 그네가 높이 올라가는 것을 즐기는 행동, 시설물에서 뛰고 점프하는 행동, 거친 신체 놀이 등 위험 감수놀이 행동들을 부상 가능성이 높은 위험한 놀이로만 인식하고 있는 사람들도 많다. 하지만 위험감수놀이를 할 기회를 잃은 아동은 오히려 이와 같은 행동을 보상받고자 더욱 위험한 행동을 추구하여 훨씬 위험한 결과를 초래할 수 있다고 한다.[*] 실제로, 여러 연구에서 매번 성인의 감독하에서 놀이를 했던 어린이들은 성인의 감독이 없는 경우, 놀이 기구를 정해진 방식과 다르게 이용하면서 위험을 보상하려는 모습을 보였다고 한다.

어릴 때 놀면서 위험을 감수하는 것의 중요성을 느낄수록 이

---

[*] Eager, D. & Little, H.(2011, August), Risk deficit disorder, In *Proceeding of IPWEA International Public Works Conference*.

런 놀이를 실제 교육 현장에 자유롭게 적용하는 것에 한계를 느꼈다. 교사는 어쩔 수 없이 아이들의 부상에 책임을 지고 조직에 적응하게 돕는 관리자의 역할을 함께 해야 한다는 인식이 지배적이기 때문이다. 그러던 차, 20대 초반 교양 수업에서 함께 수업도 빠지고, 시위도 나가며 즐겁게 놀던 학부 때 친구를 정말 오랜만에 만났다. 친구는 맨몸으로 도시에서 위험을 감수하며 균형을 잡고 구조물들을 넘는 '파쿠르' 교육을 어린이, 청소년, 노년 들과 나누며 몸을 확장하는 실험을 시작하고 있었다. 이 교육을 통해서라면 몸으로 도전하고 위험을 감수하는 것을 현장에서 실현할 수 있겠다는 생각이 들었다. 그래서 몸의 소통과 놀이를 연구하는 교육 단체 '변화의월담'을 만들어 몸으로 아이들과 성인들을 만나기 시작했다.

몸과 새롭게 관계 맺는 움직임 경험

어릴 때부터 움직임을 좋아하는 편이었다. 태권도, 농구, 피겨 스케이팅, 테니스, 스쿼시, 스포츠댄스, 요가 등 항상 하나 이상의 운동을 즐겨 왔다. 반면 사람의 몸을 타격하거나 타격받는, 누군가 쫓아오는 피구, 복싱 등에 대해서는 큰 거부감이 있었다. 스스로 스포츠와 폭력 간의 경계를 세울 자신이 없었기 때문이다. 몸으로 만난 수많은 아이들 역시 초등학교 때부터 체육 시간에 겪은 몸에 대한 부정적인 시선이나 강요로 움직임과 접촉을 싫어하게 되었다고 하는 경우가 많았다. 의문이 들었다. 나는 분명 움직이는 것을 즐거워했고, 지금도 즐거워하는 사람인 것 같은데 이 불편함은 어디서 오는 것일까? 그리고 그 불편함을 해소할 수 있는 열쇠는 어떻게 찾을 수 있을까?

그 의문에 대한 단서를 처음 발견한 것은 유럽의 한 움직임 워크숍*에서였다. 워크숍에서 처음 경험한 것은 내가 상대를 팔까지 묶어 꽉 안으면, 상대가 내 팔에 묶인 채로 이리저리 움직이면서 포옹을 헐겁게 하여 팔을 위로 빼는 활동이었다. 참가자들은 평범한 교사부터 키가 2m에 가까운 레슬링 선수, 작은 몸집의 머리가 하얀 할머니까지 다양했다. 한국에서는 사람, 특히 다른 젠더의 타인과 진한 접촉을 하는 것에 위협을 느끼는 경우가 많았다. 그러나 이곳에서 경험한 접촉은 사뭇 달랐다. 거대한 레슬링 선수에게 경직될 틈도 없이 들리고, 매달리고, 마음껏 웃으며, 접촉에 대한 거부감은 내 몸과 마음이 아닌 함께 만드는 문화와 과거의 역사 속에 있었다는 것을 깨달았다. 인자하게 나를 토닥이고

---

* 국제 움직임 교육 단체 '파이팅몽키Fighting Monkey Practice' 워크숍에서 컨택 즉흥을 비롯한 무용부터 레슬링, 유도, 주짓수 등의 컨택 스포츠까지, 몸과 몸이 맞닿는 다양한 장르의 움직임을 탐구하는 몸놀이 활동 '바디-바디'를 접했다.

안으며 어화둥둥 하던 할머니가 순식간에 몸을 돌려 내 손에서 벗어난 순간, 나도 모르게 상대의 모습에 따라 힘의 우열을 가리고 있던 내면의 판단자를 발견했다. 대상화된 접촉을 불편해하고, 어리고 키가 작은 여성이기 때문에 약할 것이라는 편견에 분노하던 나조차 그간 누군가를 그렇게 바라보고 있었던 것이다.

며칠간 이어진 워크숍에서 나는 특정 종목의 규칙과 맥락에 얽매이지 않고 몸과 몸이 연결되어 함께 움직일 수 있는 놀이의 근본 원리를 찾으며 서로의 몸에서 배움을 얻었다. 다양한 나이, 젠더, 신체 조건의 몸들이 만나 접촉을 통한 인간의 근원적 소통에 대해 배울 수 있도록, 새로운 놀이의 방식과 규칙을 창조해 내기도 했다. 레슬링과 유사한 활동을 할 때도 승패보다, 손과 손, 팔과 어깨, 골반과 머리, 가슴과 다리 등 다양한 접촉을 통해 자신과 타인의 몸을 감각하고, 움직임과 힘을 주고받는 것에 집중했다.

이때의 경험들을 계기로, 한국에서도 모든 이들이 어릴 때부터, 어쩌면 어린이였을 때 가장 강력하게 경험한 몸에 대한 대상화, 도구화를 넘어 억눌린 몸의 목소리와 활력을 회복했으면 좋겠다는 생각이 들었다. 아이들뿐만 아니라 곁에 있는 친구, 교사, 부모와 함께 몸으로 잘 놀 수 있는 방법을 연구하고 직접 놀 수 있는 장을 열기도 했다. 몸의 두려움을 마주하고 도전하는, 아름답지만은 않은 과정을 포기하지 않고 지지해 주는 곁의 동료가 되어 주고 싶었다. 또 내면의 아이를 품고 있는 어른 참가자들과는 어릴 때 맘껏 몸으로 놀았던 경험을 되살리고 대상화되지 않는 접촉을 나누며 돌보는 경험을 하고 싶었다.

움직이는 목적, 기능에서 놀이로

피구는 교육을 하며 만난 대부분의 아이들이 좋아하는 활동이면서 동시에 아주 싫어하는 아이들도 꼭 몇 명씩은 있는 특이한 활동이었다. 당장 강사인 나부터 불편해하는 활동이기도 했다. 한번은 아이들과 머리를 맞대고 싫어하는 활동을 배제하기보다 어떻게 재미를 잃지 않고 할 수 있을지 그 방법을 찾아보기로 했다. 첫째로 공에 맞는 것이 아프고 무섭다는 의견을 반영해 공격하는 공은 맞아도 아프지 않은 말랑한 닷지볼을 사용하기로 했다. 두 번째로 선 안에 있는 사람은 무력하게 피해야 하는 경우가 많고 아웃이 되면 역할이 작아져 지루해지는 한계가 있다는 의견을 듣고 아웃이 된 후에도 '수호신'이 되어 막대기나 원반을 들고 상대의 공격을 막아 주기로 했다. 게임을 하던 중 공격은 살아 있는 인원만 가능하지만, 상대의 땅에 있는 골대에 골을 넣으면 아웃이 된 사람 한 명이 살아나는 룰도 추가해 보았다. 가장 큰 약속은 이 모든 규칙이 절대적인 것이 아니라는 점이었다. 지금 이 놀이판에 모인 사람들이 가장 재미있게 놀 수 있도록 누구나, 언제든 '타임!'을 외치고 공격 공 개수를 늘리거나 인원을 조정하는 등 규칙을 바꿀 수 있기로 약속을 했다. 놀이가 된 피구의 목적은 더 이상 승패가 아닌, 여기 모인 사람들이 가장 재밌게 움직이고 노는 것이 되었다. 승패가 중요하지 않은 만큼 더 많은 것들을 실험할 수 있게 되기도 했다.

한번은 월드컵 시즌에 축구를 하고 싶다는 남자아이들의 의견과 잘 못해서 싫다는 여자아이들의 이야기에 축구공 놀이를 만들어 보기도 했다. 먼저 정확한 슈팅 방법을 배우고 팀의 승리를 이끌기 이전에 공과 만나 경험을 쌓는 것에 집중했다. 발로 뻥 차는 것은 공이기만 하면 축구공이어도, 살짝 크고 단단한 농구공이어도, 거대한 짐볼이어도 상관 없었다. 정확히 공을 차야 한다는 생각 없이 속 시원하게 뻥뻥 차며 공이 가는 대로 함께 강아지와 산책하듯 뛰어다니기도 했다. 상대방의 이름을 부르면서 그 사람에게 던지며 장난스러운 분위기가 피어오르기도 했다. 농구 역시 기억하기도 어려운 수많은 규칙 없이, 그냥 들고 뛰더라도 괜찮은 럭비와 경계가 모호한 농구공 놀이부터 시작했다. 골 넣는 게 쉽지 않다며 골이 들어가지 않고 보드만 맞춰도 1점을 주자는 새 규칙을 아이들이 직접 만들기도 했다. 골대를 넘어가면 4점을 주자고 누군가 갑자기 제안해서 "그게 뭐예요!" 핀잔을 줬던 기억도 난다. 함께 놀이하는 시간이 쌓일수록 아무리 이상한 규칙이라도 '일단 해 보고 재미없으면 또 바꾸죠 뭐!' 하며 놀이를 이어 가는 경험도 늘어 갔다.

지금은 어른이 된 모든 아이들에게 움직임이 이런 놀이의 관점으로 다가갈 수 있었다면 어땠을까. 처음부터 움직이기를 싫어하는 아이는 없다. 세상에 나와 몸이 내 것인지도 모르던 시절을 지나 아이들은 뒤집고, 엎드려 기고, 걸음마를 시작한다. 그리고 끊임없이 움직이며 자신을 사랑해 주고 보호해 주는 존재에게 다가가고, 신기한 것들로 가득 찬 세상을 온몸으로 탐색한다. 애착을 가진 존재에게 가닿으며 필요한 것을 찾는다. 관계 맺고자 하는 욕구, 세상에 대한 호기심을 따라 몸이 동하는 경험. 그런 움직임의 기억이 모두의 몸에 새겨져 있다.

그런데 크면서 움직임과 점점 거리가 생긴다. 근육질의 멋진 몸, 스포츠를 잘하는 강한 몸을 기준으로 몸의 가치를 판단받는 경험이 쌓이기 때문이다. 움직임은 그렇게 점점 몸을 '잘 쓰는' 특정 사람들의 영역이 된다. 세수한 듯 얼굴에 땀이 흐를 정도로 뛰어다니곤 하던 여자아이는 초등학교 고학년으로 넘어갈 때쯤부터 철봉에 매달릴 때 보이는 뱃살이 신경 쓰인다고 했다. 자신의 속도대로 두려움을 탐색하고 상대를 세심하게 살피던 남자아이는 '넌 남자애가 그것도 못 하냐?'라며 비웃는 말에 발끈하며 스포츠를 멀리하게 됐다. 몸의 서열이 명확한 사회에서 자신의 가치가 낮게 평가될 바에는 움직임 자체를 거부하는 게 낫다. 움직이기를 싫어하게 되는 건 타인의 시선과 판단으로부터 자신을 지키는 방법이 된다. 살아 있는 모든 몸은 움직이지만, 움직임이 모든 몸에게 힘이 될 수 없게 된 이유다. 우리에게 부족한 것은 체력이나 의지력이 아니라, 어릴 때처럼 몸을 움직이고 싶게 하는 안전하고 재미있는 장이다. 즐겁고 자유롭게 움직일 수 있는 창의적인 환경이 허락된다면, 오랜 시간 쌓인 두려움, 거부감, 경직을 넘어 움직일 수 있다. 이 자리를 빌려 변화의월담을 하며 본인 내면의 두려움을 솔직하게 드러내고 낯선 이들과도 마음을 열고 동네 친구처럼 즐겁게 놀며 만난 모든 이들의 몸이 믿을 수 없을 정도로 모두 소중하고 특별했다고 이야기해 주고 싶다.

지금의 몸을 듣고 사랑하는 연습, 놀이

몸과 새로운 관계를 맺으며 몸의 목소리에 귀 기울일 수 있게 된 과정에는 타인들로부터 넘치게 받은 사랑이 있다. 세상은 자기애가 본인 의지 문제인 것처럼 쉽게 '너 자신을 사랑해야 한다'라고 말한다. 자신을 사랑하고 그것을 나누는 힘은 수십 배, 수천 배의 사랑과 돌봄을 받은 몸에서 나온다. 방어 기제를 잔뜩 세우고 실수와 약한 지점들을 품 안에 숨기고 있던 내면의 아이는, 힘 듦을 주고받는 동료들과의 수년간의 과정을 통해 세상과의 신뢰를 조금씩 회복해 가고 있다. 세상과의 신뢰를 회복하면서 자연스럽게 몸과의 관계도 회복할 수 있었다. 간지러워 일을 하지 못할 정도의 상황에도 내가 감당해야 할 몫은 어떻게든 해야 한다며 참느라 피부병이 더 심해지던 과거에서 벗어나, '몸이 힘들다고 하는 소리이니 내려놓고 회복해 보자'라고 하는 동료들의 목소리를 듣기 시작했다. 연애 관계에서나 허용되는 포옹이나 마사지, 눈물을 나누며 몸의 감각과 반응에 공감할 수 있게 됐다.

약한 지점을 숨기고 있었던 만큼 초반에는 갈등 상황을 겪는 것이 너무 힘들었다. 잠깐의 불편함은 차라리 내가 참는 것이 낫다고 여겼기 때문에, 분노, 슬픔 때로는 초라함, 답답함과 같은 감정들이 귀찮고 힘들게 느껴졌다. '나는 괜찮은데 몸은 왜 아프지?' 하며 몸을 질책했다. 이제는 이 감정들은 나를 너무도 사랑하는 내 자신이 나를 지키기 위해 길을 막으며 '지금 무언가 잘못됐어' 하고 간절한 신호를 보내고 있는 것이라는 것을 안다. 감정과 몸의 감각이 나를 힘들게 하기 위한 것이 아니라 반대로 나를 지키기 위한 존재라는 것을 알게 된 후, 내 몸은 더욱 고맙고 소중한 존재가 되었다. 동시에 가족, 파트너, 동료 등 가까운 이들과 맺는 관계도 달라졌다. 서로를 알아 가고, 돌보고 싶어 하는 존재에게 몸과 마음의 느낌을 공유하는 것은, 서로를 공감하고 함께 삶을 보내기 위해 꼭 필요한 것이었다. 그렇게 해야만 진심으로 서로를 도와주고 의지하며 함께 나아갈 수 있다. 혼자서는 못 사는 것도 재주가 된다. 나의 복제 인간이 10명이 있어도 똑같이 돌아가는 팀이 유지되는 것은 쉽지 않다. 힘든 부분을 솔직하게 공유하고, 그 부분을 동료에게 믿고 맡기며, 그 덕에 일어나는 상상도 못 할 재미있고 창의적인 작업이 있었기에 7년 남짓한 시간 동안 서로를 사랑하며 함께 변화를 만들어 갈 수 있었다.

온갖 슬픔과 분노로 서로를 돌보기도, 상처 주기도 했던 시간을 다시 겪으라면 절대 반복하지 못할 것이다. 그럼에도 서로를 놓지 않고 존경하는 관계를 유지할 수 있었던 것은, 새로운 것을 배우는 데에 열려 있고 성장하고자 하는 욕구가 있다는 공통점 덕분이었다. 또 아무리 지저분한 싸움 끝에도 결국에는 눈물, 콧물과 함께, 떨리는 목소리로라도 자신의 역사로 인한 트라우마와 약한 지점을 드러냈기 때문이다. 그 약한 지점을 힘들게 드러냈을 때 역시 판단하지 않고 한 팀으로서 받아들였기 때문이다. 곧, 서로에 대한 이미지가 아니라 서로의 몸을 보았기 때문이다. 아이들을 보는 것 역시 다르지 않다. 몸이 존중받는 사회에서 아이들은 존중받을 수밖에 없다.

몸의 느낌, 아픔이나 기쁨을 억누르고, 기계같이 행동할수록 성숙하게 여겨지는 사회가 아니었으면 한다. 모든 어른이 조금씩 아이로 돌아가는 것은 되려 나를 더 잘 알아 가고 잃어버린 활력을 되찾을 수 있는 유일한 방법일지도 모른다. 집에서는 몸과 단절되고 집 밖에서는 신나게 놀았던 어린 시절을 거쳐, 지금 내가 좇고 있는 것은 결국 마음껏 놀았던 시기의 몸의 감각이다. 완벽하게 행복하고 튼튼한 몸의 허상에서 벗어나 때로는 사랑스럽고, 때로는 지겨울 정도로 울부짖고 앓아눕는 아이를 달래 주듯 몸의 이야기를 듣고 돌봐 주는 관계를 계속해서 쌓아 가고 싶다. 우리가 살아 내고 있는 사회는 '몸'이라는 아이가 아프거나 마음처럼 따라 주지 않을 때 가혹하게도 '정신 안 차리냐' 질책하거나 무시한다. 몸에게 조금만 더 사랑스럽고 다정하게 대해도 삶은, 사회는 완전히 달라질 수 있다.

어린이는 우리 몸의 과거와 현재에 있다

치열하게 놀고 스스로를 보호하며 성장했던 어린아이는 아직 내 몸과 마음 깊은 곳에 남아 자주 말을 건다. 어른이라는 책임감에 '괜찮아' 습관처럼 말할 때, 사실은 괜찮지 않다고. 혼자서는 잘 산다고 씩씩한 척을 할 때, 사실 더 많이 사랑받고 싶다고 말이다. 이제는 그 목소리를 잘 듣고, 진심으로 믿어 보려고 한다. 삶을 살아가면서 수많은 경험들로 인식이 변화해 왔음에도 가장 깊은 내면에서 중요한 것을 대하는 태도, 곧 가장 '나다운' 방향의 키는 결국 어린 내가 결정한다는 것을 깨달았기 때문이다. 어린이는 우리 몸의 과거와 현재에 있다. 그래서 어린이는 보호해야 하거나 배려해야 하는 대상 그 이상이다. 앞으로 남은 시간을 함께 살아낼 동료이자 구성원이 간직할 가장 인간다운 모습이기도 하다. 그 모습이 곧 우리가 살아갈 세상을 만들어 간다.

성인이 된 지금까지 예상치 못하게 흘러가는 삶에 수없이 흔들리면서도 키워 온 내면의 감각을 믿고 나아가 온 것처럼, 작은 존재들 역시 변화하는 사회에 맞춰 스스로 만들어 낸 감각을 따라 자신에게 맞는 길을 선택해 갈 수 있도록 충분히 지지받을 수 있는 세상이면 좋겠다. 정해진 매뉴얼에 복종하고 따르는 것뿐만 아니라 새로운 것을 받아들이는 유연함, 배움에 대한 애정을 넘치게 드러내며 자랄 수 있으면 좋겠다. 그리고 그 과정에서 겪는 수도 없는 실패를 억누르지 않고 충분히 슬퍼하고 다시 일어날 수 있는 힘을 주는, 충분한 접촉과 돌봄의 관계들이 있으면 좋겠다. 무엇보다 젠더, 나이, 사회 경제적 지위에 상관없이 누구나 많이 놀 수 있는 세상이길 바란다. 아이들뿐만 아니라 아이들이 자라는 사회를 만드는 어른들도 충분히 놀며 성장할 수 있다면 우울, 갈등 등 우리가 생각하는 것보다 훨씬 더 많은 세상의 어둠들이 밝혀질 수 있을지도 모른다.

김윤일 놀이를 연구하고 공부하며 몸으로 사유하고 실험하며 지속가능한 사회를 연구하는 비영리단체 '변화의월담'을 운영하고 있다. 과학과 인문학을 넘나들며 세상에 필요한 변화를 몸으로 구현하는 방법을 고민한다. 누구나 위험과 실패를 기꺼이 감수하며 성장할 수 있는 세상, 곧 누구에게나 놀이권이 보장되는 사회를 꿈꾼다.

3부

어린이와 함께 사는 사회

말랑한 어린이,
딱딱한 세상

다양한 지역에, 다양한 모습으로, 다양한 아이들이

변진경(《시사IN》 기자)

빈 운동장에서

낯선 지역을 스쳐 갈 때, 종종 초등학교 앞을 지난다. 그럴 때 꼭 차를 세우고, 걸음을 멈춘다.

어딜 가든 학교의 모습은 닮아 있다. 비슷한 담장, 비슷한 운동장, 비슷한 직육면체의 높지 않은 연노랑 계통 색상의 건물들. 하지만 각자가 담고 있는 이야기는 모두 달라져 있다.

어떤 곳은 낡아 있고 어느 곳은 말끔하게 단장되어 있다. 멀리

서 봤을 때는 분명 학교 모습이었지만 가까이에서 보니 운동장에 각종 채소 모종이 심겨 있는 곳도 있다. 인구가 적은 지역이라 학생 수도 적을 줄 알았는데 운동장에 시끌벅적 아이들이 놀고 있기도 하다.

자세히 들여다보면 학교 명패가 달려 있었을 자리에 '다문화교육지원센터' 같은 다른 이름표가 붙어 있다. 곁에는 '○○○○년도 ○월 ○일 개교하여 ○○○○년 ○월 ○일 폐교하다' 문구가 적힌 표지석이 놓여 있다.

낯선 학교 운동장 안 벤치에 앉아 스마트폰을 꺼낸다. 학교 알리미에 들어가 학교 이름으로 검색을 해 본다. 전교생 수를 보고 한 학년 몇 반, 한 학급 몇 명인지를 확인한다. 연도별 데이터도 비교해 보고, 폐교한 학교라면 마지막 졸업생 수를 검색해 본다.

그리고 상상해 본다. 학교에 다니고 있을 혹은 과거에 다녔을 아이들의 하루 삶을. '여기는 학생 수가 많아 아침 등굣길이 시끌벅적하겠네', '1학년 재학생 수가 한 명인 이곳에서 막 입학한 아이는 하루가 좀 심심하고 외롭겠다', '과거엔 운동회가 열리면 이 운동장이 꽉 찼겠구나', '(농어촌 지역 폐교될 뻔했다가 다시 재학생 수가 소폭 증가한 학교인 걸 보면) 이 학교에 다문화·이주 가정 아이들이 많을 수도 있겠구나'…….

교문 밖을 벗어나 학교 주변을 걸어 본다. 어린이보호구역이 얼마나 잘 정비되어 있는지 살피고, 인근에 어떤 상점들이 들어서 있는지도 체크한다. 가게는 사라지고 없는데 아직 떼지 않고 걸려 있는 빛바랜 피아노 학원, 주산 학원, 문방구 간판들을 보면 과거의 흥성거렸을 하굣길이 머릿속에 그려진다. 학생 수 적은 학교 주변에 깔린 도로 도색, 인도 울타리, 과속 단속용 CCTV 같은 어린이보호구역 시설들을 보면 괜히 조바심이 난다. '애들도 없는데 아깝게 예산 들이고 주민들 불편하게 한다고 사람들이 민원 넣고 항의하진 않을까.'

그리고 어쩌다 휑한 길에서 그 동네 아이를 만나면 유심히 낯빛과 표정을 살펴본다. '근처에 살까, 누구랑 살까, 밥은 잘 먹고 다닐까, 학원은 다닐까, 오가는 길은 안전할까, 친구는 많을까……' 마음속에서 올라오는 마지막 질문은 늘 가슴에 턱 걸린다. '이 아이는 이 지역에서 발견될 마지막에서 몇 번째의 아이일까.'

'지역 소멸'과 '세계 최저 출생률'이라는 문구는 이제 더 이상 사회 구성원에게 별 충격을 주지 않는다. 이제 어느 정도 포기한 것 같기도 하다. 연일 위기를 강조하는 정부 발표와 언론 기사가 쏟아지지만 세상은 언뜻 예전과 다름없이 활기차게 돌아가는 것 같아 무감각해지기도 했다. 하지만 나는 좀 더 단순한 명제로 그 충격을 느끼고 있다.

아이들이 사라진다.

이 섬뜩한 사실을 나는 수치가 아닌 기자로 일한 15년간 현장에서 시나브로, 하지만 아주 또렷하게 체감했다. 이미 아이들이 사라진 농어촌 인구 소멸 지역에서만이 아니다. "애 하나 죽었다고 이렇게 어른들 불편하게 만드는 게 맞아요?"라고 소리치는 스쿨존 어린이 사망 발생 지역 인근 상인의 말을 들을 때, 고등학교 문제집이 가득 담긴 무거운 캐리어 가방을 끌고 가면서 입에 햄버거를 욱여넣는 초등학생을 만난 밤 10시 반 대치동 학원가에서, 이주민·난민 가정 어린이들을 향해 '세금 축내지 말고 너네 나라로 돌아가라'는 끔찍한 댓글들이 수백 개씩 달리는 지옥도 같은 포털 댓글란을 읽어 내려갈 때, 나는 우리 사회에서 아이들이 하나씩 하나씩 '삭제'되고 있는 현장을 목도하고 있었다.

그러다 언젠가 모두 사라져서 온 세상이 그토록 당신들이 바라던 '노 키즈 존'이 돼 버릴 날이 오겠지, 라고 허공에 대고 독하게 비아냥거리면서.

마지막 '어린이 전성기'

나는 1990년대 초중반 '마지막으로' 시끌벅적했던 농촌 지역 읍내에서 유년기를 보냈다. 학교엔 늘 아이들이 많았다. 급식실에 오래 줄을 서서 밥을 먹었고 운동회가 열리면 수백 명 아이들이 구르는 발에 모래 먼지가 자욱하게 일어났다. 하굣길 친구들과 떡볶이를 사 먹으며 킬킬거리고 학교 뒷동산에 올라 자그마한 집들을 내려보며 함께 병에 빨대를 꽂고 사이다를 나눠 마셨다. 학교 교문 앞엔 병아리 장수가 자주 노란 솜뭉치 같은 것들을 종이박스에 갖고 나왔고 인근 유적지로 가는 소풍 날엔 솜사탕 장수가 리어카를 끌며 아이들의 행렬을 따라왔다.

그렇게 늘 바글바글 흥성흥성했던 내 고향이, 30년 지난 지금은 전국에서도 손꼽히는 '소멸 위기 지역'으로 불린다.

지금은 이렇게 쪼그라든 내 고향에 그 시절 왜 그리 아이들이 많았을까. 진짜 많았던 걸까, 내가 그리 느꼈던 것뿐일까. 크고 나서 문득 궁금해져 그때 그 지역 통계와 자료를 찾아본 적이 있다. 통계에 따르면 실제 내가 7~11세 무렵이던 그때 나의 고향은 '어린이 전성기'였다. (1950~1960년대 베이비붐 세대에 미치진 못해도) 아동 인구 비율 자체가 낮지 않았을뿐더러, 내가 다니던 학교는 시골 학교임에도 불구하고 학생 수가 증가 추세였다.

이유가 있었다. 주변 인근 초등학교들이 문을 닫으면서 거기 다니던 학생들이 우리 학교로 모였기 때문이다. 초등학교 통폐합 정책이 막 시작된 시기였다. 면 소재지 초등학교가 문을 닫으면서 많은 아이들이 편도 40~50분씩 버스를 타고 읍내 초등학교로 통학하게 된 것이다.

초등 4~5학년 시절, 학기 중에 갑자기 '단체 전학생' 친구들이

한 반에 5~6명씩 배정돼 들어왔다. 모두 각자 다른 어느 면 지역에서 왔다고 했다. "학교가 멀어져 새벽 6시에 일어나야 지각 않고 등교할 수 있다"는 전학생 친구 이야기를 듣고 놀랐던 기억도 난다.

'그때였구나, 소멸의 시작은.' 우주의 별도 소멸하기 전에 크게 한 번 팽창했다가 빛을 잃어 간다고 한다. 내가 지금의 '인구 소멸 지역'에서 숱한 또래들과 행복한 유년기를 보내던 시절이 그 지역의 마지막 '어린이 전성기'였다는 사실을 확인하니 더없이 슬프고 쓸쓸해졌다. 나 역시 중학교 입학을 앞두고선 그 지역을 떠나 광역시 소재의 학교로 전학을 갔으니, 아마 그런 사례가 모이고 모여 지금의 현실을 만들어 냈을 것이다.

30여 년 후 다시 찾아본 모교는 이제 전형적인 '농어촌 작은 학교'의 길을 걷고 있었다. 면 소재지 아이들을 모두 끌어모아도 이제 재학생 수는 내가 다니던 시절의 반 토막도 안 되게 쪼그라들었다. 전교생 절반 이상이 멀리 면 소재지에서 셔틀버스를 타고 통학한다는 이야기도 들었다.

그러다 언젠가는 이 학교 학생들도 다른 지역 더 큰 학교로 '흡수합병'될 것이다. 거기도 마지막 팽창을 겪다가 똑같이 소멸의 길로 들어설 테고. 그렇게 학교가 사라진 지역에는 아이가 점점 줄어들 수밖에 없다. 아이가 줄어들면 학교가 필요 없어진다. 그렇게 악순환이 점점 전국의 전 지역에 번지게 될 것이다.

그래서 나는 지금 현재 아이들이 바글바글한 과밀 지역, 과밀 학교를 봐도 머릿속에 '소멸'을 떠올리게 된다. 특정 지역, 특정 학교, 특정 학원가 등지를 보면 우리나라의 저출생이 전혀 실감 나지 않지만 조금만 눈을 돌려 옆 지역, 옆 학교, 옆 상권을 살피면 금세 알아차릴 수 있다.

아이들은 점점 섬처럼 좁은 지역으로 몰리고 있다. 그 섬은 또 점점 작아진다. 어린이 정책, 어린이 상품, 어린이를 향하고 둘러싼 모든 것들이 그 작은 섬만을 기준으로 한다. 바글바글한 그 섬 바깥의 희귀해지는 어린이들은 더 이상 그 어느 정책가와 정치인과 경영자의 고려 대상도 아니게 되었다. 바글바글한 섬 안에서는 아이들이 높은 밀도와 경쟁 열기에 숨이 막혀 간다.

그렇게 섬 안과 밖 어린이 모두 힘들어지고, 적어지고, 언젠가는 사라져 버리게 될 거라고, 다양한 지역에 다양한 모습으로 다양한 아이들이 최소한의 균등한 자원을 배분받으며 퍼져 살지 않으면 언젠가는 모두가 공멸하는 디스토피아가 올 것이라고, 우울한 예측을 하는 편이다.

부디 틀리기를 빈다. 나의 이 끔찍한 비관론이.

'어른'으로서 함께 나눠야 할 책임과 고통

기자가 되어 제일 처음 취재한 사건은 가정 내 근친 성폭행이었다. 친부와 친오빠가 가해자였다. 입사 2개월 차에는 당시 크게 이슈가 되었던 '안양 초등생 납치 살해 사건'을 취재했다. 수습기자여서 내가 아이템을 고를 수 있는 상황은 아니었고, 선배 기자들의 지시에 따라 경찰서며 실종 장소며 범죄 장소 등을 떠다니며 정신없이 사실의 조각들을 주워 모았다.

아동학대라는 큰 범주 안에서 통합적 관점으로 사건이 다뤄지던 시절이 아니었다. 그저 사건이 일어날 때마다 언론들은 부나방처럼 달려들어 그 끔찍함과 참혹함을 세세히 묘사하며 독자들의 관심을 끌어모으던 시기였고(포털 사이트에서 뉴스 소비가 급격히 늘어나던 초기였다), 당시 내가 쓴 기사 역시 크게 다르지 않았다. 그런 언론과 뉴스 소비의 관행은 지금까지도 크게 개선되지 않고 아주 오랫동안 면면히 이어지고 있다. 그 속에 나도 가담해 있었다.

기자 생활의 많은 시간을 아이들의 죽음을 기록하는 데 썼다. 부모에게 맞아 죽고, 이웃 아저씨에게 납치돼 죽고, 오랫동안 집에 방치돼 죽고, 인도와 횡단보도 위에서 차에 치여 죽은 아이들의 이야기를 기사에 담았다.

오랜 기간 그 아이들 대부분은 나의 기사 속에서 알파벳이나 한글 자음으로 호명되었다. A군, B양, ㄱ군, ㄴ양……. 이름 없고 얼굴 없이, 마지막 순간에 겪은 끔찍한 일들로만 설명되는 그 아이들의 삶이 가여웠지만 그간 배운 취재론과 기사 작법 속에서 달리 방법이 없었다. 아니, 그렇게 자기합리화했다.

당연한 사실이지만, 아이들에게는 모두 실명이 있었다. 경찰 사건 파일이나 재판 기록 혹은 장례식장이나 납골당에서 그 이름들을 확인했다. 아이의 이름을 알면 추가 취재를 하기가 용이했다. 그렇게 '수단'으로서 아이의 이름을 수집하면서 정신없이 사건 취재를 하던 어느 날이었다.

장례식장 1층 빈소 안내판에서 아이의 이름을 확인하고 잠시 멍해진 순간이 있었다. 너무 예쁜 이름이었다. 입에 담으면 너무 부드럽고 반짝이는, 아직 생기가 느껴지는 세 음절이었다. 이제껏 팩트와 정보로서만 확인하고 스쳐 지나 보냈던 다른 아이들의 이름도 마찬가지였다는 걸 그때 깨달았다. 모두 생전에 아이를 아끼는 사람들이 오래 고민하다 골라 지었을, 아이가 짧은 생애 살면서 가장 많이 들었을, 누가 부르면 고개를 돌리고 활짝 웃었을, 지금은 경찰 조서나 사망진단서에 박히고 만, 세상에 너무 짧게 머물다 간 예쁜 이름들.

그때부터였던 것 같다. 똑같이 아이들의 슬픈 삶에 대해 기사를 쓰게 될 일이 생기면 나는 알파벳이나 한글 자음 대신, 가명으로 서술하기 시작했다. 기사에 실명을 쓸 순 없지만 대신 실명처럼 예쁜 가명을 지어 달아 주었다. 마치 내 아이를 뱃속에 품었다 낳을 때 그를 세상 사람들과 함께 부를 글자를 신중히 고르듯, 기사 속 아이들 이름을 하나하나 오랫동안 고민하며 지었다. 그렇게라도 내 마음속에서 아이를 부활시키고 싶었다.

어린이다운 이름을 붙여 주면, 고통스러운 시간 못지않게 아이의 삶에 찾아왔을 수많은 기쁨과 경이로움이 조금 더 쉽게 상상되었다. 여느 평범한 아이들처럼 눈을 반짝이고, 뛰고, 웃으며, 사랑받았어야 마땅한 존재가 조금 더 구체화되는 느낌이었다.

다만 글 쓰는 사람의 고통은 더 커졌다. 아이 삶의 결말을 기록할 수밖에 없는 단락에서, 새 이름을 지어 붙인 기사를 쓸 때가, 알파벳과 한글 자음으로 아이를 부를 때보다 한층 더 가슴이 저몄다. 머릿속에 이미지가 그려졌고, 아이가 느꼈을 공포와 슬픔에 깊게 이입이 돼 헤어나기 힘들었다.

나는 그 고통을 아이들의 삶을 소재로 활용하는 내 업이 치르는 대가로 받아들였다. 그리고 내 기사를 읽는 다른 어른들에게도 그 고통을 함께 공유하고 싶었다. 우리는 모두 한 조각씩 책임을 나눠 갖고 있는, 숨은 공범들이니까.

'어린이의 비극'을 취재한다는 것

초등학교 앞 횡단보도에서 자꾸 어린이가 차에 치여 죽었다. 어느 겨울에는 2주 사이 전국에서 3명의 어린이가 정확히 똑같은 패턴으로 죽었다. 학교 앞 교차로였고, 횡단보도 위였고, 보행자 초록불이었고, 우회전하는 차량에 의해서였다. 가해 차량은 모두 화물 트럭이었고 운전자는 "아이가 보이지 않았다"라고 말했다.

충북의 한 사고 현장에 나갔다. 열두 살 어린이가 자전거를 끌고 보행자 녹색 신호에 횡단보도를 건너던 중 우회전하던 덤프트럭에 사고를 당한 지점이었다. 사거리 8차선 교차로를 낀, 전교생이 1,000명 넘는 초등학교 앞인 게 믿기지 않을 정도로 도로에 안전시설이 부재했다.

사고 흔적이 선연히 남아 있는 그곳엔 학교 친구들과 지역 주민들이 갖다 놓은 흰 국화꽃과 짧은 편지들이 쌓여 있었다. 눈물짓고 묵념하는 추모객들 앞으로 여전히 자동차들은 '우회전 일시 멈춤' 하지 않고 초록불 횡단보도 위를 쌩쌩 달렸다.

저녁 어스름이 깔리고 현장 취재를 슬슬 마치려 정리하던 중이었다. 검은색 롱 패딩을 입은 아이 둘이 사고 현장 쪽으로 걸어왔다. 코밑이 거뭇거뭇한 10대 남자아이들이 전봇대를 책받침 삼아 종이에 뭔가를 쓰고 있었다. 편지 내용을 봐도 될까 물어보니 슬며시 보여 주는 종이에 적혀 있었다. '지켜 주지 못해 죄송합니다.'

나는 종이를 집어다 바닥에 내던질 뻔했다. 아니 왜 너희들이, 대체 뭘 잘못했다고, 너희 같은 아이들을 지켜야 할 건 너희 자신이 아니라 우리 어른들인데, 왜 탓하지 않고 너희끼리 서로 미안해하고 있냐고, 울컥해 소리 지를 뻔했다. 몇 학년이냐고 물어보니 중2라고 했다. 열다섯 살 산 아이들이 열두 살에 죽은 아이에게 '지켜 주지 못해 미안해'라고 적어 붙인 쪽지가 초겨울 칼바람에 흔들리는 모습을 한동안 멍하게 바라보고 섰다.

어디론가 사라졌던, 아까 만났던 아이들이 다시 내 앞에 다가왔다. 쭈뼛쭈뼛하며 뭔가를 내밀었다. 핫팩 한 봉지였다. "기자님 손이 추워 보여서요……." 얼떨떨해 고맙다는 인사를 입안으로 웅얼거리는 사이 아이들은 총총걸음으로 사라졌다. 아까 잠시 이야기를 나눌 때, 휴대전화 글자 자판을 누르던 내 손을 눈여겨본 모양이었다. 추위에 손가락이 곱아 자꾸만 오타가 났었다. 그 모양을 보고 인근 문구점에 들러 주머니 손난로 하나를 사서 내게 전해 준 것이었다.

핫팩 봉지를 뜯어 한참 흔들고, 주머니 속에 넣어 그 온기를 느끼면서 나는 내가 하는 일에 대해 한참 생각했다. 당시 한창 지쳐 있던 시기였다. 아이들이 왜 죽었는지, 어떻게 하면 비슷한 비극을 막을 수 있을지 알아보는 기사를 쓰겠답시고, 항상 일이 벌어지고 난 뒤에야 현장을 서성이던 자신에게 점차 질려 가던 차였다.

늘 뒤늦고 뒤늦은 기분이었다. '이게 무슨 소용이 있을까.' 사실은 크게 바꾸지 못할 걸 알면서도 아이의 비극을 소재 삼아 자기만족이나 하고 있는 건 아닐까 괴로웠고, 나 자신이 비겁한 하이에나 같다고 느낀 적이 많았다.

아이들이 건넨 핫팩 한 봉지가 오랜 나의 회의감을 뒤엎지는 못했다. 다만 추위에 딱딱해진 손가락이 주머니 속 핫팩 온기에 점차 퍼지는 걸 느끼며 조금 힘이 나는 느낌이었다. '그래, 더 해 보자.' 그거면 충분했다. 그렇게 아이들은 지쳐 가는 한 어른을 다독이고 부축했다.

다양한 지역에, 다양한 모습으로, 다양한 아이들이

교통사고를 낸 가해 운전자의 재판을 방청한 적이 있다. 운전자는 화물차 기사였다. 큰 트럭을 몰고 인천의 한 초등학교 앞을 지나가다가 아홉 살 아이를 차로 쳤다. 아이는 사망했고 운전자는 구속 수감된 상태에서 재판을 받고 있었다. 검사는 피고인의 장시간 운전 습관, 졸음과 피로로 인한 전방 주시 의무 소홀 등을 지적하며 재판부에 무거운 처벌을 요청했다.

수감복 차림의 60대 피고인은 초췌한 얼굴을 공판 내내 푹 숙이고 있다가 퇴정 직후 고개를 들어 방청석을 두리번거렸다. 그의 가족들이 나와 있었다. 아내와 아들이었다. 그들은 서로를 바라보며 소리 없는 입 모양으로 안부를 전하다가 눈물들을 글썽였다.

재판이 끝나고 운전자의 가족들을 인터뷰하고 싶어 따라붙었다. 명함을 전하고 '어린이 교통사고에 대한 취재를 하고 있다. 피해자들 목소리에 더해 사고 가해 당사자들의 목소리도 함께 들어 보고 싶다'라고 말을 건넸다. 가족은 내 손에서 건네받은 명함을 바닥에 던지며 잠시 동안이지만 매섭게 나를 쏘아본 다음 등을 돌려 황급히 멀어져 갔다. 어려운 인터뷰 상대를 만나면 종종 겪게 되는 일이지만 어쩌 그 일은 아주 오랫동안 마음에 남았다.

교통사고, 특히 화물차에 의해 목숨을 잃은 어린 피해자들의 이야기를 기사로 여러 번 다뤘다. 기사 목록이 쌓일수록 마음 한편이 다른 질문들로 무거워졌다.

'운전자들은 이런 사고를 내고 싶어서 낸 게 아닐 텐데……. 무엇이 이들을 가해자로 만들었을까. 특히 생계로, 업으로, 하루하루 살아가기 위해 운전을 하는 사람들은 어떤 사연이 있을까. 화물차처럼 크고 무겁고 시야 사각지대가 넓은 차를 매일 긴 시간 운전하면서 자신과 가족의 삶을 이어 가는 사람들은 마음속에 어떤 두려움이 있을까. 교통사고와 같은 상호적 안전 이슈를 단순한 가해자-피해자의 이분법적 구도로만 설명해도 될까. 어쩌면 가해자를 둘러싼 어떤 환경이 문제를 일으키거나 심화시키고 있는 건 아닐까…….'

'화물차를 쉬게 하라'*는 제목의 프로젝트 기획은 이 질문들의

---

* truck.sisain.co.kr

답을 찾아가는 과정이었다. 피해자 이야기를 할 때 미처 못 다룬, 넘기고 묻혀 둬서 찜찜했지만 꼭 한번 들어 보아야 했던 가해자의 이야기를 담고 싶었다. 노동 기사이지만, 스스로는 어린이 피해자의 이야기를 다룬 '스쿨존 너머'* 기획의 후속 프로젝트라고 생각하면서 진행했다.

여러 기관과 전문가의 도움을 받아 화물차들의 DTG^{Digital TachoGraph} 데이터를 받아 그들의 노동 시간과 공간을 분석하고, 여러 화물차 기사들을 만나 무거운 몸과 마음으로 운전대를 잡는 마음속 두려움들에 대해 인터뷰하고, 화물차 조수석에 앉아 화물차 기사들의 24시간을 동행 취재했다. 그 과정을 통해 우리나라 화물 운송 시장의 여러 가지 모순이 특수고용 노동자인 화물차 기사 개개인들에게 전가되고, 그것이 결국 어린이 보행자를 포함한 도로 위 시민들의 안전 문제로 이어진다는 사실을 확인했다.

스쿨존 취재에서 화물차 취재로 넘어가면서 '말랑한 것'과 '딱딱한 것', 그리고 그 둘의 연결고리에 대해 자주 생각했다. 어린이들처럼 말랑한 것 그리고 화물차처럼 딱딱한 것, 그 물성 자체도 그러하거니와, 둘을 받아들이는 세상의 인식 또한 매우 다르다.

어린이 이슈는 늘 '연성 소재'다. 딱히 첨예하지도 않고 반대하

---

* beyondschoolzone.sisain.co.kr

는 사람도 없고, '그래, 좋은 이야기구나' 하고 받아들여진다. 반면 화물차 이야기 같은 노동 분야 이슈가 나오면 사람들은 어느 쪽에서든 딱딱하게 굳는다. 이해관계가 선연히 구분돼 있고 그를 직감적으로 인지하며 자신에게 무엇이 유리하거나 불리한지 따지며 화를 낸다. 2023년 11월 공교롭게도 화물연대 파업 시기와 맞물린 '화물차를 쉬게 하라' 보도는 '《시사IN》은 역시 노동자 편'이라는 말과 함께 한쪽에선 칭찬과 박수를, 다른 한쪽에선 비아냥과 지적을 받았다.

그런 반응에 조금 속상했다. 박수도 비아냥도 내가 원한 반응은 아니었다. '노동자 이야기'로 한정돼 읽히는 것이 못내 아쉬웠다. 딱딱한 것(화물차, 노동, 시스템)과 말랑한 것(어린이, 사람, 안전)이 결국 연결되어 있다는 중요한 사실을 설명하고 싶었기 때문이다. 자본 시장의 작동 논리, 노동과 산업 안전이 어린이를 비롯한 시민의 전체 삶과 하루 일상에 얼마나 큰 영향을 미치는지를 조금 더 많은 이들이 눈치채 주기를 바랐다.

나는 노동 문제뿐 아니라 저출생, 학벌(의대) 지상주의, 부동산 양극화, 젠더 갈등, 외국인 차별 등 최근 우리나라의 모든 딱딱하고 첨예한 갈등과 이슈들이 사실은 다 어린이와 관련돼 있다고 본다. 대학과 취업 시장에서 서열화를 내재화하고 공정에 집착하는 2030에게 사회적 비판이 가해질 때, 나는 밤늦은 시각 대치동 학원 계단 벽에 기대서서 급하게 삼각 김밥을 입에 욱여넣던 수많은 초·중·고 학생들을 떠올렸다. 이렇게 자라난 사람이라면 자신이 이뤄 낸 성과(상위권 대학이나 의대 입학)에 주어지는 보상에 위협이 감지될 때 극히 예민하게 반응할 수밖에 없다. 말 그대로 어린 시절부터 '밥 못 먹고 잠 못 자며' 얻어 낸 성과이기 때문이다. 대다수 어린이가 잘 자고 잘 먹고, 적당히 공부하고 충분히 놀며 자라났다면 지금 사회가 골머리를 앓는 여러 문제들은 이만큼 심화되지 않았을 것이다.

정부가 집값을 잡겠다고 온갖 대책을 내놓고, 서울 강남·신축 아파트에 쏠린 수요를 분산시키겠다며 여러 가지 규제책을 적용하는 모습을 보면서도 생각했다. '왜 사람들이 그곳으로 쏠리는지 정치인과 행정가들이 이유를 알면 좋을 텐데.' 내가 생각하기로 값비싼 주거 지역은 '향후 값이 오를 것이기 때문에' 몰리는 투자 수요만 존재하지 않는다. 지금 현재 살기 좋기 때문에 몰리는 실거주 수요도 상당하다. 그 '살기 좋은' 조건들 가운데 대부분은, 어린이의 안전과 복지에 연관되어 있다. '초품아'가 왜 인기인가. 아이들이 등하굣길에 교통사고를 당할 확률이 낮기 때문이다. 왜 신축 아파트만 찾는가. 단지 내 어린이들이 안전하게 놀고 쉬고 공부할 수 있는 놀이터, 공원, 도서관 등이 갖춰져 있기 때문이다. 그렇다면 정치와 행정이 해야 할 일은 무엇인가? '초품아'나 '강남 신축'이 아닌 곳에서도 그 살기 좋은 조건들을 구현해 내는 것이다.

앞에서 말했었다. '다양한 지역에 다양한 모습으로 다양한 아이들이 최소한의 균등한 자원을 배분받으며 퍼져 살지 않으면 공멸하는 디스토피아가 올 것'이라고. 그 비관론 속에서 나는 한 가닥 희망을 찾아본다. 다양한 지역에 다양한 모습으로 다양한 아이들이 최소한의 균등한 자원을 배분받으며 퍼져 사는 세상을 상상해 보자. 그것은 어린이만의 이익이 아니다. 어른들이 지금 그토록 답을 찾고자 하는 노동, 저출생, 지역 소멸, 학벌(의대) 지상주의, 부동산, 젠더, 이주민 문제 해결의 실마리가 바로 '어린이'로부터 출발한다.

다양한 지역과 계층의 어린이들이 숨 쉴 만한 세상이 된다는 건 저 딱딱한 갈등들이 완화되었다는 뜻이고, 때문에 '딱딱한' 세상을 풀고 싶다면 먼저 '말랑한' 어린이들의 목소리에 먼저 귀를 기울여 보아야 한다. 그러다 보면 이 딱딱한 세상도 어린이처럼 말랑하고 따뜻하고 부드러워질 수 있을 것이다. 나는 사실 비관론자가 아니었다. 어린이의 힘을 믿고, 어린이를 향한 어른들의 노력을 믿고, 마지막까지 포기하지 않는 낙관론자로 남아 보겠다.

변진경 《시사IN》 기자. 사실을 수집하고 전달하는 일의 가치를 믿는 사람. 《청년 흙밥 보고서》, 《울고 있는 아이에게 말을 걸면》 등을 지었다.

아동인권이
모두의 인권인 이유

모두에게 위로이면서, 세상에 온기가 되는 아동인권

김희진(변호사)

행복하지 않은 아동기를 떠올리다

한 학기 동안 대학에서 아동인권*을 주제로 수업을 진행할 기

---

* 이 글에서 "아동"은 원칙적으로 "18세 미만인 사람"을 말한다. 다만, 〈아동권리협
약〉은 국가의 법이 아동의 권리 실현에 더 도움이 된다면 협약보다 국내법이 우선한
다고 정하고 있다. 우리나라의 경우 19세 미만을 미성년자로 보호하고, 24세 이하까
지 청소년으로 정의하는 법들에 따라, 아동·청소년의 발달 과정에서 민법상 성년에
이른 때에도 청소년의 권리 침해를 예방하고 보호조치를 마련할 추가적인 공적 책

회가 있었다. 나보다 훨씬 가깝게 아동기를 기억하는, "청소년"이라 불리는 이들과 다양한 이야기를 나누었는데, 새삼 나의 과거와 선택을 새롭게 바라보는 기회였음을 고백한다. 가장 큰 깨달음은 "나의 아동기 혹은 학창 시절이 행복하지 않았구나"였다.

아동인권 옹호에 중점을 두고 활동하는 사회인이 된 이후로 가장 많이 받는 질문 중 하나가 "왜 이/그 일을 하게 되었는지?"이다. 물음을 받을 때마다 어떤 대답을 해야 할지 난감하기도 했다. 직관적인 이유는 하고 싶어서이고, 하고 싶은 이유는 마음이 가기 때문인데, 여기에는 보람이나 성취감과 같은 언어로 표현되지 않는 이끌림이 있었다. 그 마음을 충분히 통찰하지 못한 채, '대학에 진학하며 홀로 지내게 된 때의 자유로움만큼이나 크게 와닿았던 외로움을 달래고자 이런저런 학교 밖 활동에 참여했고 그때 만났던 아동·청소년과의 시간이 영향을 미친 것 같다'고 말하곤 했다. 당시 장애 아동이나 비장애 아동이 함께하는 주말 학교, 저소득 가정 아동의 저녁 돌봄이나 방과 후 공부방, 아동학대·성폭력 피해 아동이 거주지에서 해바라기센터까지 오가는 길을 동행하는 프로그램, 또는 청소년 여름 캠프 등 지속적인 활동은 물론 단발성 행사에도 참여하면서 이 사회 곳곳에서 자라는

무가 도출된다. 따라서 아동의 인권은 공적 지원이 필요한 맥락에 따라 18세 이상인 경우까지 포함해서 논의될 수 있다.

아동 시민들을 만났다. 분명 사회의 성원으로 존재하고 있으나 가정에서건 학교에서건 보이지 않는 존재로 밀려나 외면받고 그만큼 시민으로 환대받지 못하는 경험을 그들과 직간접적으로 공유하게 되었다. 이들이 겪는 일들에 이상함과 부당함을 느끼고 나의 상식에 다정함이 깃들기를 바랐으니, 당시 아동·청소년과의 만남이 지금의 일에 영향을 미쳤다는 대답이 거짓은 아니었다. 다만, 직접적인 동기로 보기엔 어딘가 개연성이 부족한 설명이었던 것 같다. 어쩌면 그 공백은 나의 역사였을 수도 있겠다. 행복하지는 않았던 나의 어린 시절.

행복하지 않다는 표현 뒤에는 많은 장면이 있다. 학교를 떠올려 보자면, 질문에 답하지 못했다거나 반 전체가 혼나는 상황에서 교사에게 손바닥을 맞거나 뺨을 맞았던 때. 감정이 스민 말대답(말대꾸)을 하거나 불만을 표현했다는 이유로 교실 밖으로 쫓겨나 무릎을 꿇고 앉아 있던 때. 운동장에서 귀 밑 머리 길이와 옷차림을 단속받던 때. 특정 과목에서 우열반을 나누어 반을 이동했던 때. 시험 성적에 따라 특별 자습실이 제공되고 매월 자리를 배정받던 때. 소소하게 즐거움이 없지는 않았지만, 학교는 떠나고 싶고 떠나기로 예정된 곳이었지, 머물고 싶은 공간은 아니었다. 학교를 벗어난 세상도 해방감을 주는 곳은 아니었다. 세상을 탐색할 도전의 기회는 현저히 적었고(인터넷과 스마트폰이 널리 보급되기 이전이기도 했다), 학습 이외의 것들은 중요하게 평가하지 않았다.

가족의 상호작용도 동등한 인격으로 대우받고 스스로 자라도록 지지받는 소통의 과정이지는 않았다. 다소 소심하고 성실한 모범생 축에 속했던 나는 부모님과 크게 부딪힐 일은 없기도 했다. 그렇게 나의 자아는 계속 자랐지만, 의사와 욕구를 표출하고 부딪히며 조정하는 경험은 가정에서건 학교에서건 동네에서건 턱없이 부족했다. 학교 시험과 수능에서 점수를 받고, 적당한 대학을 가서, "직업"을 갖는 것 이상의 세상을 마음껏 상상해 보지 못한 채 미성년기가 끝났다.

돌이켜 보면, 살던 지역을 떠나 대학을 갔기에 비로소 "자립"을 말할 수 있었던 것 같다. 이때의 자립은 온전히 나만의 가치관을 형성하는 과정에 방점을 둔 표현이다. 만약 내가 나고 자란 지역에서 대학을 가거나 일을 하게 되었다면, 소득이 없거나 많지 않은 사회 초년생이라면 어땠을까. 주거비를 따로 들일 타당한 이유도 없고 여자라 위험하다는 이유 등으로 한동안 계속 부모님과 동거 생활을 했을 것이고, 그렇다면 성인이 되었던들 고등학생 때와 크게 다른 생활은 선뜻 못 하지 않았을까. 아주 늦은 귀가나 허락받지 못한 외박, 훌쩍 다른 지역에 여행을 가거나, 수업을 빠지고 다른 흥밋거리를 찾는다거나 하는 기회와 선택들 말이다. 부모님의 기대에 미치지 못하는 태도나 결과물 때문에 일상에서 부딪히거나 서로 감정 상하는 일들을 빈번히 겪지 않을 수 있던 것은 솔직히 큰 자원이었다. 아이러니하게도 나는 부모님에게 경제적, 정서적,

정신적으로 상당히 의존하면서도, 그들의 삶의 가치관에 반발심이 있었고, 대화와 협상을 통해 서로 이해하려는 전략적 기술은 현저히 부족했다. 말이 통하지 않는다고 단정하며 소통을 회피하면서 그 기술은 더욱이 퇴보했는데, 매일 만나지 않는 중에는 꽤 마음이 편했다. 영상 통화도 없던 때라 전화로만 나를 살필 수 있는 부모님께 때로 거짓도 말하며, 마음 가는 대로 살았다. 대학 이후로도 계속 다른 지역에서 살아온 탓에 지금도 부모님과의 관계를 돈독하게 하는 삶의 능력은 취약하기 짝이 없지만, 누군가의 시선에 연연하지 않고 내가 바람직하다고 생각하는 대로 살겠다는 분명한 의지는 다질 수 있었다. 물리적 환경에서 계속 부모님께 종속된 형태였다면, 나는 가장 편해야 할 집에서조차 나의 이상과 신념을 털어놓지 못하고, 어쩌면 지금과 다르게 살았을지도 모르겠다.

이렇게 과거를 풀어 써 놓고 보니 상당히 불행해 보이는데, 사실 나의 아동기는 평균적으로 평범한 수준이다. 부모님은 나와 생각이 다른 부분은 있을지언정 자녀의 성장과 발달에 관심을 기울이고 애정으로 지원해 주셨다. 남매간 남녀 차별도 거의 없었고, 부모님은 나의 선택을 대체로 수용해 주는 편이었다. 학교에 폭력적인 교사도 있었으나 좋은 선생님들도 많았다. 고등학교에 야간 자율학습(1, 2학년은 22시, 3학년은 24시까지)은 있었지만, 지금보다 학업 경쟁은 덜 치열했던 것 같고, 수도권이 아닌 영향도 있었겠지만 사교육이 매우 과열된 편은 아니었다. 심지어 그때는 그냥 해야 하나 보다 여겼고, 공부를 하건 안 하건 학교에 있는 걸 크게 불편하게 생각지 않았다. 또 놀이터와 공원에서, 뒷산에서, 학교 운동장에서, 혹은 서로의 집을 오가며 친구들과 충분히 시간을 보냈다. 특별히 돈이 없어도 놀고 쉬는 것에 큰 문제는 없었다. 바다가 지척인 동네라, 친구들과 방학 자율학습 조퇴를 허락받고 교복을 입은 채 물놀이를 간 기억도 있다. 그런데, 왜 나는 "행복하지 않았던 나의 어린 시절"이라 떠올리는 것일까.

행간에서 언뜻 나타났지만, 가장 큰 이유로는 존중의 경험이 부재한 탓을 짚어 본다. 이는 여성, 어느 학교에 다니는 몇 학년, 시험 등수와 과목별 성적, 사는 동네, 부모님의 직업 등과 같은 조건 외에 나를 설명하는 수식어가 별달리 없었던 것에도 나타난다. 생활기록부에는 조용한, 얌전한, 성실한 등의 평가가 있었던 것 같고, 독서를 좋아하고, 영어와 체육과 미술은 잘 못 하는 그런 이야기가 쓰여 있었다. (생활기록부의 존재 의의와 맞지 않을 수도 있지만) 누군가가 어떤 활동에 흥미를 보이고, 어떻게 살기를 바라며, 무엇을 어려워하고 그 이유가 무엇인지는 보이지 않는다. 어른들이 바람직하다고 생각하는 발달 과업(지적인 측면에 치우친)에서 어느 정도에 이르렀는지에 관심이 집중될 뿐, 그 학생의 시각과 관심과 취향은 중요하지 않다. 그러한 시선이 주도하는 환경 속에서 나는, 아이들은 자신의 "별다름"을 찾고 들춰 볼 노력을 안 하거나 못 하게 된다. 보고 들으며 자라는 것 외에 자율성을 실천하며 성장할 존중의 경험이 부족한 만큼, 아동의 자아는 꽤 손쉽게 봉인될 수 있다. 꿈도 이리저리 생각해 보고, 꿈의 일부에 다가가려는 행동을 해 보고, 그 과정에서 성취와 좌절을 느꼈을 때 제대로 꿈꿀 수 있으니까. 네모난 세상에서 둥글게 살라*는 말이 어른에게 실소가 나오게 한다면, 아동에게는 닿을 수 없는, 꿈꾸기조차 어려운 허상일 뿐이다.

아동인권의 어휘가 필요한 이유

흔히 아동은 놀면서 자라고 행복해야 한다고 말한다. 문제는 아동의 입장에서 행복이 설명되는 경우는 많지 않다는 것이다. 행복해야 할 삶의 주인은 아동인데, 무엇이 행복인지에 대한 정의는 아동을 둘러싼 어른들이 제공한다. 공부를 잘해야 하고, 상위권 대학을 가야 하고, 안정적인 직업을 가져야 한다는 등의 말이다. 어른이 된 뒤의 삶에 인생의 목표를 두게 하고, 아동기는 미래를 위한 준비기인 것처럼 치부된다. 그렇기에 "아동의 인권"이라는 어휘는 가슴을 두근거리게 만들었다. 나중의 성과를 일궈 내기 위한 과정으로 아동기를 보지 않고, 마땅히 중요한 삶의 단계로 인

---

* 화이트의 노래 〈네모의 꿈〉 가사.

정하기 때문이다.

2015년, 학교를 졸업하고 변호사 시험에 합격했을 때, 한 분야의 전문 역량을 인정한다는 자격증을 이용해 아동을 위한 일을 하고 싶었다. 당시까지만 해도 아동인권, 아동의 권리라는 표현이 널리 쓰이지는 않았다. 학교에서도 인권법, 국제법 수업을 듣기는 했으나, 〈아동권리협약〉을 배운 적은 없었다. 단순히 "아동"을 인터넷에서 검색하는 것 이상의 접근법이 떠오르지 않았다. 아동복지, 국제 구호와 관련한 NGO 분야가 주로 찾아졌는데, 그곳에 변호사 자격증이 어떤 필요가 있을지 잘 가늠이 되지 않았다. 그러던 무렵 국제아동인권센터의 교육 훈련 프로그램 중 연간 단위로 운영하는 아동인권옹호전문가Child Rights Advocate: CRA 과정을 보았고, 새삼 아동의 인권을 알아야 내가 하고 싶은 일을 더 구체화할 수 있겠구나 싶었다. 처음 CRA 과정을 알게 된 시점은 이미 연간 프로그램이 시작된 후였는데, 교육은 후년을 기약하더라도 일을 통해 참여할 기회는 있지 않겠냐는 생각도 들었다. 무턱대고 단체에 메일을 보냈고, 답을 받았고, 면담을 했고, 이후로 여러 가지 활동을 했다.

아동인권 옹호를 사명으로 하는 단체에서 배움과 일을 시작했다는 것은 여러 가지 의미가 있다. 그중에서도 인권의 영역에서 아동을 누락하지 않는 훈련의 경험은 단연코 가장 큰 의미로 남았다. 아동인권이 낯설지 않은 단어가 된 현재에도 일부 주제에

국한되어 다뤄지거나, 인권에 반하는 방향으로 아동인권 정책이 설계되는 동향을 상기하면 더욱이 그러하다.

1948년 〈세계인권선언Universal Delcraration of Human Rights〉이 채택된 이후로 인간의 권리에 대한 논의는 점차 확산되었다. 〈자유권규약〉, 〈사회권규약〉과 더불어 유엔에서 채택된 9개의 국제인권조약 중 하나인 〈아동권리협약Convention on the Rights of the Child〉은 1989년에 만들어졌다. 신체적·정신적·정서적·심리적으로 발달 단계에 있는 특성상 성인과 다른(정확하게는 성인보다 부족한) 존재로 취급되던 아동 또한 모든 인권을 보장받아야 한다는 기본적 원칙을 분명히 하였기에 인권의 역사에 획기적인 발전으로 평가된다. 언어나 문자로 의사를 표현할 수 없는 영유아도 표현의 자유를 누려야 하고, 지식과 사회적 기술을 배우는 학생도 모든 사회적 현안에 참여할 권리와 프라이버시권의 당사자이다. 구금을 최후의 수단으로만, 최단기간 동안만 제약하는 자유권적 기본권은 아동에게도 마찬가지로 지켜져야 한다. 흔히 인권을 이야기할 때 신체적으로 다 자란, 정신적으로 어느 정도 성숙한 상황의 사람(어른)을 떠올리는데, 그 내용과 실현의 정도는 아동에게도 마찬가지이다. 그리고 어른과 마찬가지의 결과를 내려면 의무를 갖는 존재(의무이행자duty bearer)들의 추가적인 노력, 예를 들어 예산의 배정, 서비스의 촘촘한 설계, 부모와 교사를 포함한 지역 사회 구성원들의 인식 및 그에 대한 아동인권 교육 훈련 등이 필요할 수밖에 없다.

성인보다 살아온 시간이 더 적은 아동의 존재는 이들의 인권을 존중·보호·실현하기 위해 주변인들과 환경의 더 큰 역할을 요구하고 그게 문제일 수 없다는 아동인권접근법Child Rights Based Approach: CRBA은 아동의 인권 실현일 뿐만 아니라 궁극적으로 더 나은 구조적 변화를 촉진하는 원리이다. 모두가 아동이었다지만, 이미 아동이 아니게 된 사람들은 성인을 중심으로 굴러가는 세상에 익숙해져서 나와 다른 상황에 있는 아동을 떠올리기 어렵다. 아동기부터 성인 중심 사회의 관점을 습득했기에 당연하다고 여길 수도 있다. 내 일상에 특별한 어려움이 없는데, 문제라 여기기 쉬운 것도 아니다. 가정과 일터, 혹은 동네에서 마주치는 아동의 이야기를 들을 기회는 종종 있을 테지만, 그 의견에 이른바 "사회생활" 하는 성인의 고민만큼 무게를 두는 경우도 많지 않을 것이다. 아동과 직접 만날 기회가 없는 곳에서 더더욱 아동의 존재를 떠올리지는 않는다. 인권은 삶의 모든 순간과 연결된 가치 기준인데, 세상의 대다수 권한이 어른에게 주어진 만큼 아동이 인권의 사각지대에 놓일 가능성은 필수적으로 점검되지 않고, 그 사각지대에서 아동의 취약성은 더 커진다. 그래서 어렸을 때부터 아동 인권을 아는 것이 중요하고, 어른이 되어서도 잊지 않으려 계속 노력하는 습관이 필요하다.

'출생등록', '학생인권', '집'을 키워드로 살펴본 아동인권

　너무 일반적인 문장으로 아동인권의 의미와 필요를 이야기했더니 잘 와닿지 않을 수도 있겠다. 지금부터는 '출생등록', '학생인권', '집'이라는 구체적인 키워드로 아동인권을 이야기해 보려한다. 소개한 사례는 직접 경험한 것이거나 학술 연구나 공개된 토론회 등에서 다뤄진 내용들이다.

　어느 주말, 아동양육시설에서 아동권리교육을 하던 날이었다. 2시간의 교육에는 〈아동권리협약〉의 조항을 풀어 쓴 카드들을 살펴보면서 나의 권리가 무엇인지 알아보고, 각 권리를 어떤 기본권으로 분류할 수 있는지 논의하는 시간도 있었다. 참고로 이 교육은 사회복지시설 평가에 요구되는 "아동 대상 인권교육" 시간을 충족하기 위해 의뢰된 것이고, 다수의 시설보호아동이 한자리에 모여야 하는데 종교 기반 시설이라 일요일은 제외한 토요일에 할 수밖에 없었다. 당연히 참여 아동들의 반응은 호의적이지 않았고, 대체로 시큰둥했다. 다들 의자에 비스듬히 기대 활동 카드를 뒤적이던 중 한 모둠에서 "어, 이거 내 권리인데, 침해받고 있어"라고 말하는 목소리가 들려왔다. 손에는 〈아동권리협약〉 제7조(아동은 국적과 이름을 가질 권리가 있으며, 부모를 알고 부모에 의하여 양육받을 권리가 있다)가 들려 있었다. 부모와 연락이 닿지 않는 것인지, 부모가 누구인지 전혀 알 수 없는 것인지, 혹은 부모가 누구인지 아는데 시설에서 알려 주지 않는 것인지 그이에게 물어보지는 않았다. 구체적인 내용이야 어떻든 시설에서 사는 것 자체가 가정을 상실한 경험이 있는 것이다. 당시에는 〈아동권리협약〉 제7조가 갖는 의미를 안내하고, 태어난 모든 사람의 기본적 권리, 특히 아동에게 중요한 이 권리의 의미를 설명하는 정도로 지나갔다. 하지만 협약의 제7조를 볼 때마다 그 찰나의 순간은 생생하게 떠오른다. 여전히 '베이비박스'가 "생명의 갈대 상자"로 칭송받고*, 2024년 7월부터는 국가가 부모의 존재를 감춰 주는 보호출산제가 시행되는 터라 더욱이 그러하다.

〈아동권리협약〉이 선언하였듯, 아동은 태어난 즉시 출생이 등록되고, 부모의 이름을 알고 그 부모에게서 양육될 권리가 있다. 〈아동권리협약〉은 전문과 여러 조항에서 부모의 자녀 양육, 아동의 가정 환경 보호를 위한 국가의 책임도 강조한다. 부모의 정보를 비롯해 정체성에 핵심이 되는 출생의 정보가 정확하게 기록될 권리, 가능한 한 그 부모와 함께 안전하고 사랑받는 환경에서 자라는 권리는 연결되어 있다. 달리 말해, 부모가 출생 신고를 하는 것은 아동 보호의 출발이면서 자녀를 잘 돌볼 수 있도록 공

---

* 성경에는 갈대 상자에 담겨 나일강에 띄워진 모세의 이야기가 나온다(출애굽기). 모세를 죽이라는 왕의 명령이 있었으나 갈대 상자에서 건져져 살아났다는 구원의 메시지를 담고 있다. 일부 언론과 대중은 이러한 갈대 상자의 종교적 의미를 베이비박스에 빗대어 표현한다.

적 조력을 요구하는 기초이다. 국가는 아동의 가정 환경이 적절한 환경일 수 있도록 들여다보고 지원하는 역할을 계획하고 실행해야 한다. 한국의 베이비박스와 유사한 독일의 '베이비 클라페baby klappe'를 다년간 연구한 한 전문가는 출생의 근원을 알 수 없다는 것은 그 사람에게 평생의 부담이며, 자존감에 부정적 영향을 미친다고 단호히 말했다. "익명의 아동 유기"는 아동만이 아니라 숨겨진 친모에게도 한평생 고통을 주고, 아동이 입양되었다면 아동의 고통을 바라볼 수밖에 없는 입양 부모에게도 고통이 된다고 하였다. 해외 입양인이 국내에서 가족을 찾지 못한 채 쓸쓸히 사망했다는 소식도 기사를 통해 꾸준히 접할 수 있다. 아동 당사자는 물론 관계된 모든 사람에게 상처가 된다는 점은 자명하다. 어느 토요일, 아동양육시설에서 만났던 그이의 감정과 생각을 오롯이 알 수는 없지만, 출생의 근원을 알고 싶은 욕구, 혹은 부모와 함께 사는 가정에 대해 갖는 그리움은 분명하다. 그 감정은 너무도 자연스러운 것이고, 그저 태어났을 뿐인 한 사람이 평생 감내해야 할 몫이라기엔 너무 잔인하고 부당하다. 일생의 슬픔이 첫 단추가 제대로 끼워지지 않은 것에 연유한다면, 보호출산제는 답이 될 수 없다. 대신 임신·출산에 대한 전폭적인 지원, 아동의 존재론적 지위를 존중하는 정책이 설계되어야 한다. 그 결과는 피임과 임신·출산 등 여성의 성적 권리와 재생산 정의의 실현, 출생등록을 통해 자신의 정체성을 확립하고 안정된 가정 환경에서 자라는 아동의 권리 실현이라는 중층적인 변화로 이어질 수 있다.

요즘 학교에서는 각종 갈등이, 때로는 지나치게 격화되고 사법 분쟁으로 이어지는 경우가 꽤 많이 발생한다. 코로나19 팬데믹 3년 차이던 2022년, 한 초등학교 5학년 담임 교사가 학생에게 폭언을 공개적으로 행사하였고, 문제가 원만하게 해결되지 않던 중 학교의 아동학대 신고로 수사 및 재판이 진행된 사건이 있었다. 이 사안에서 담임 교사는 학기 초부터 전화나 학교 알리미 앱을 통해 해당 학생의 수업 태도에 개선이 필요하다는 의견을 수차례 가정에 전달했고, 부모는 매번 아이를 단속하고 다그쳤다. 자녀가 학교를 갈 때마다 오늘 하루는 무탈하길 바라며 가슴을 졸이던 나날이었다. 그러던 어느 날 학교에서 아이가 잔뜩 겁먹은 채 귀가했고, 곧이어 담임 교사가 학교에서 일이 있었으니 방문해 달라는 연락을 취해 왔다. 마침 온라인 교육 일정으로 집에 머물던 엄마는 아이를 진정시킨 뒤 담임 교사를 찾아갔고, 담임 교사로부터 전반적인 상황과 자신의 감정이 격앙되면서 부적절한 태도를 보였다는, 그에 대한 유감의 의사를 들을 수 있었다. 그러면서 담임 교사는 학생의 태도 문제가 심각하고, 자신은 도저히 이 학생을 지도할 수 없어 학급 교체만을 바란다고 밝혔다. 이후로 학생에 대한 사과도 없었고, 극심한 충격을 받아 2주 만에 어렵게 등교한 학생을 투명 인간처럼 대했다. 심지어 이 일이 아동학대로 사건화되자, 학생의 태도가 반복된 교육 활동 침해라는 이유로 교

아동인권이 모두의 인권인 이유

권보호위원회 개최를 요구하였고, 교권보호위원회에서는 "명예에 관한 죄, 공무 방해, 반복적 부당한 간섭" 등을 이유로 교육 활동 침해를 인정하며 "학급 교체"를 결정하였다. 당시 피해자 변호사로 조력했던 나는 아동과 보호자를 설득하면서 어떻게든 수사 단계에서 중재안을 찾아보려고 애썼다. 피해 아동은 이 학교를 계속 다녀야 하고, 2명의 동생도 같은 학교에 다니는 등 아동학대 사건 자체로 가장 큰 불이익이 염려되는 당사자이고, 학교에서 발생한 일이니만큼 사법 분쟁이 아닌 교육적·비사법적 방법으로 갈등을 조정하는 것이 최선이라고 판단했기 때문이다. 학급 교체는 학교 봉사, 사회 봉사, 특별 교육 이수 또는 심리 치료, 출석 정지 다음으로 중한 처분이고, 그간 피해 아동이 했다는 교육 활동 침해가 그 정도로 과하다고 보기 어려움에도(교사가 있는 자리에서 친구에게 욕을 하거나, 교사에게 반항적인 태도를 보였다는 내용), 교권보호위원회 조치를 행정심판으로 다투는 것조차 일단은 만류했다. 그러면서 교육청의 학생인권옹호관과 교권 담당 장학사를 통해 담임 교사와 소통해 보려고 했고, 경찰청에서 운영하는 회복적 경찰 활동을 이용해 보려고도 했다. 하지만 담임 교사 측은 모든 제안을 거부했다. 그리고 경찰과 검찰 수사 과정에서 일관되게 생활지도였을 뿐 아동학대는 하지 않았다고 주장하였다.

당시 이 사건은 아동보호사건*으로 송치되었고, 마지막으로 제출된 담임 교사 측 의견서는 학대를 인정하며 반성한다는 진술이 담겨 있었다. 1회의 심리 기일로 끝나는 아동보호사건에서, 재판 직전에야 반성 취지의 의견서를 제출하다니 진의가 의심스럽긴 했다. 하지만 이때라도 관계를 회복하려는 노력이 시작된다면 법적 판단으로 끝나는 것보다 나을 수 있다는 생각에 사과를 받아들였다. 대신에 담임 교사가 아동보호전문기관의 교육을 받고, 교육청의 중재 절차에 참여하는 조건의 합의서를 법정에서 작성하였고, 담임 교사는 불처분 결정을 받았다. 대개 이러한 합의문에 집행력은 없는데, 듣기로 담임 교사는 교육을 받지 않았고, 학생에 대한 사과도 끝내 없었다고 한다.

부모와 자녀 관계도 언제나 좋을 수 없고, 그냥 싫은 사람도 있듯, 담임 교사와 학생도 기질적으로 조화롭지 않아 관계가 도무지 나아지지 않을 수도 있다. 그러나 사유가 어떠하든 사람 사이에 폭력은 허용될 수 없다. 여기서 학생의 태도가 바람직했는지는 중요하지 않다. 수업 태도에 요구되는 가치는 친구와 교사에

---

* 아동보호재판은 18세 미만인 아동에 대한 보호자의 학대 즉, 아동의 건강 또는 복지를 해치거나 정상적 발달을 저해할 수 있는 신체적·정신적·성적 폭력 등으로부터 피해아동을 보호하는 재판 절차이다. 아동학대범죄에 법원이 관여하는 절차로는 학대 행위자를 처벌하는 형사 절차와 학대 행위자에 대한 아동보호사건, 학대아동을 위한 피해아동보호명령사건이 있으며, 아동보호사건에서는 행위자가 피해아동 또는 가정 구성원에게 접근하거나 전기통신을 이용하여 접근하는 행위의 제한, 보호시설에의 감호위탁이나 의료기관에의 치료위탁, 피해아동에 대한 친권 또는 후견인 권한 행사의 제한 또는 정지 등의 보호처분을 할 수 있다.

대한 존중이고, 그 정도를 벗어났을 때 상대의 존엄과 자존감을 훼손하지 않는 방식으로 적절히 교육하는 것이 교사의 역할이다. 이 사안에서 담임 교사는 학생의 태도가 자주 불량했다고 평가했지만, 객관적으로 표현하면 또래 간 언어 사용 문제, 교사가 불쾌할 수 있는 방식으로 불만을 표현하는 문제들이었다. 학생이 상대의 기분을 상하게 하는 행위를 했다면, 교사는 어른이면서 교육적 전문 지식을 갖춘 사람으로서 상황에 맞는 적절한 반응을 보일 수 있도록 학생을 지도해야 한다. 교사도 사람인지라 부적절한 모습을 보였다면, 이를 인정하고 반성하며 사과를 건네는 것이 반복된 실수를 예방하면서 학생에게 가르침을 전하는 태도가 아니겠는가. 특히 후자가 중요한 이유는 학교라는 권위주의적 환경, 교사와 학생 간의 위계 때문이다. 이미 교사는 절대적으로 우위를 점하고 있고, 그만큼 자신보다 취약한 상황의 학생을 함부로 대하지 않도록 주의할 것이 요구된다. 게다가 2020년 팬데믹이 도래하면서 갑작스러운 온라인 수업 전환 등으로 2~3년간 학생과 교사 간의 상호작용이 현저히 줄어들었던 시간은 학생만이 아니라 교사의 학교 적응, 학생 적응도 저해했을 것이다. 이 사안의 담임 교사가 20대 후반의 젊은 남성이라는 점을 함께 미루어 볼 때, 결국 교사의 역량이 제대로 발휘되도록 전방위적인 지원이 부재했던 교육 당국의 허점이 학생의 인권 침해 가능성을 높이고 발생시키는 연쇄 반응을 일으킨다고 할 수 있다. 2023년 가장 큰 사회적 화두였던 "교사의 권리 보호"는 "학생인권"과 연결되어 있고, 궁극적으로 학생의 인권이 실현되는 교육 환경이 교사의 권리도 존중되는 여건이라는 설명은 논리적으로 타당하다. 교권 보호를 말하기에 앞서, 더 약한 학생의 권리는 안녕한지를 되묻는 담론이 필요한 이유이다.

아동·청소년이 말하는 "집"에 대한 의미도 나누고 싶다. 학위 논문 작성을 위해 공동생활가정이나 청소년회복지원시설에서 지내거나 살았던 청소년들을 만난 적이 있다. 이들은 공동생활가정의 "왁자지껄(함)"을 떠올리며, "시끄러워도 혼자서 외롭지" 않은 그곳이 좋다고 하였다. 부모가 부재하거나 일을 하는 등으로 홀로 머물렀던 집에 대한 기억과는 대비되는 답변들이었다. 또한, 집을 말할 때 가족, 특히 부모의 존재를 함께 떠올렸는데, 여기에는 뿌리를 모르는 것과 같은 관계의 단절에서 오는 상실감, 세상의 차별적 시선의 영향 등이 추정된다. 그럼에도 이들이 머물렀던 소규모 생활 시설에서 함께 지냈던 이들을 가족이라 평가하고, 시설 종사자에 대한 신뢰를 표하는 모습은 관계가 갖는 중요성을 시사한다.*

아동탈시설연구모임의 주도로 기획한 2024년 2월 '아동·청소

---

* 김희진(2024), 〈원가정을 상실한 아동의 권리로서 "집"의 의미 : 아동의 소규모 생활시설 경험을 중심으로〉, 성공회대학교 박사 학위 논문.

년 탈시설 로드맵의 원칙과 추진과제' 국회 토론회에는 아동양육 시설 생활 청소년들을 발표자로 섭외하기도 했다. 발표를 요청하면서, 이들에게 낯설 수 있는 탈시설에 대한 의견을 묻기보다, "내가 바라는 집"에 대한 생각을 전해 달라고 했었다. 당시 이들은 아동양육시설에서 거주하던 중 2023년 시범 사업으로 추진된 소규모 공동생활가정에서 1년간 지냈던 경험을 비교하는 내용으로 발표를 준비했다. 한 발표자는 방 사이의 방음 문제, 외로움, 거주지의 위치 등을 이유로 모든 걸 만족할 만한 거주지는 없다는 것을 느끼면서, 익숙한 환경에서 생활하는 게 낫다는 생각이 들었다고도 했다. 이어 다른 발표자는 양육시설은 공동체 의식을 기를 수 있고 지원의 기회도 더 많은 장점이 있는 것에 반해, 사생활이 보장되지 않고 원치 않는 룸메이트와 방을 공유하는 어려움 등이 있다며, 편안하게 쉴 수 있는 집의 구조, 배려하며 이해해 주는 공동체, 방음이 잘 되는 개인 방과 공동으로 쓸 수 있는 장소 모두가 충분한 공간, 숙소 선생님들이 일에 쫓기지 않고 아이들과 더 자주 소통하며 어울려 여행도 가고 다 같이 외출도 하면서 즐거운 추억도 많이 쌓는 그런 집을 원한다고 하였다.

어떤 집이어야 하는지에 대한 정답은 없다. 팬데믹 시기에 특히나 위험한 장소였던 시설이라는 형태는 "집에 대한 권리" 실현에 부합한다고 보기 어렵지만, 어쨌든 집에 대한 소속감과 결속력은 그곳에서 어떠한 관계를 맺고 어떠한 기억을 쌓느냐에 따라 달라진다는 점을 알 수 있다. 이때 다양성을 존중하는 세상의 시선은 더욱 다채로운 집의 형태를 구현하는 데 도움이 될 것이다. 아동기부터 훈련된 비차별의 관점이 더욱이 중요한 대목이며, 이를 위해서는 아동의 이익을 최우선으로 고려하는 것만이 아니라, 아동이 직접 정책 결정 과정에 참여하는 것도 중요하다. 아동이기에 더 크게 갈망할 수 있는 바람을 존중하고, 경험한 적 없어 꿈꿔본 상상의 현실성을 함께 점검해 본다면, "시설도 괜찮은지"를 논하는 것을 떠나, "아동이 주체적 당사자인 집"의 모습을 만드는 과정이 되지 않을까. 그 끝은 결코 시설이 집이 될 수 없다는 명제의 확인일 것이라 믿는다. 장애인, 미혼모, 노인의 탈시설화에서 이미 확인된 가치들이다. 아동도 다르지 않다.

"저는 시설에서 나온 후에야 저의 기준들이 높아졌습니다. 시설 안에서 살 때는 사소하고 당연한 권리들도 항상 미안하고 감사한 마음으로 받아야 했고, 외부 사람들로부터 안쓰러운 눈길도 많이 받아야 했습니다. 동등한 사람 대 사람이 아닌 나약하고 불쌍한 존재여서 받는 거 같았습니다. (……) 보호와 자유는 둘 중 하나만 선택할 수 있는 것이 아닙니다. 보호를 받기 위해서 자유를 포기해야 하거나, 자유를 얻기 위해 위험을 감수해야 하면 안 된다고 생각합니다. 어떤 이유가 있든 누구나 보호와 자유 모두 당연하게 보장받아야 한다고 생각합니다. 그리고 그 누구나에 시설에 살고 있는 사람들도 포함되어야 한다고 생각합니다."*

모두에게 위로이면서, 세상에 온기가 되는 "아동인권"

앞서 나는 특히 부모님과의 관계가 서툴다고 말했다. 대학을 진학하며 분리되었을 때 느꼈던 자유로움은 해방감에 가까웠고, 이전에도 어려웠던 부모님과의 소통은 더 나아지지 않았다. 아마도 가장 큰 이유는 "해 보지 않아서"인 듯하다. 질문을 받고, 답을 하고, 그 견해를 더 정교하게 다듬을 수 있는 주고받음의 기회가 많지 않았다. 나는 대체로 부모님이 옳다고 생각하는 방향으로 살았다. 의견이 다를 때도 있었지만, 논리적으로 설득했다기보다는 한 번의 발언 후 침묵으로 대항했다. 부모님도 나를 더 설득하려거나 나의 설득을 받아 보려고 하지는 않았고, 포기하지 않는 한 나의 욕구는 대체로 성취할 수 있었다. 그 다름의 정도가 부모님 기준에 파격적인 수준이 아니었기 때문도 있겠지만, 분명 부모님은 나를 사랑으로 키워 주셨다. 하지만 나의 자율성을 지

---

* 코기(2020), 〈더 많은 사람들이 걱정 없이 탈시설 할 수 있어야 합니다〉, 《탈시설의 법적 근거, 시설을 넘어 존엄한 삶으로》, 국회 토론회 자료집, 2020년 11월 5일, 155쪽.

지했다고 보기는 어렵다. 굳이 분류하자면 부모의 책임을 다하는 쪽에 가까웠달까.

아동과 맺는 관계에서 갈등이 없다는 것은 두 가지 의미가 있을 수 있다. 갈등은 당사자 간의 부정적 감정이 표출되지 않는 상황을 말하는 것이니, 서로 불만이 없는 때도 있겠고, 누구 한 사람이 더 참게 될 때도 있을 것이다. 후자의 경우, 특히 아동과 손윗사람의 관계에서는 아동이 참거나 수용하게 되는 경우가 대다수이다. 이는 아동이 감정 조절에 우월해서가 아니라 그래야 한다는 암묵적인 관념이 작동하기 때문이다. 어른의 말이 더 맞거나, 어른을 공경해야 한다거나, 그 이유가 어떻든 아주 어린 시절부터 우리는 "대화"보다는 "순응(순종)"의 기술에 더 우위를 둔 가르침을 받아 왔다. 어떤 말이나 행동에 대응하여 자신의 견해를 형성하고 표현하는 태도는 결코 자연스럽게 발현되지 않는다. 아이가 세상에 태어나 걷기를 배우고, 말하기를 배우고, 사회적 의사소통의 기술을 배우는 것처럼, 대화하고 토론하고 조정하는 기술도 해 보면서 더 나아질 수 있다. 이 과정에 아동이 어떤 연령과 상황에 있건 "대등한 당사자"라는 신호를 건네는 것이 존중이라 생각한다.

부모님과 좀 더 많이 부딪혀 봤다면 어땠을까 싶다. 서로의 생각이 같아도 그 이유에 차이가 있을 수 있고, 지향하는 목적이 다를 수도 있다. 생각이 같지 않다면 그 이유는 크게 다를 것이고, 그래도 도달하려는 결과는 유사할 수도 있다. 각자의 위치에서 갖고 있는 의견을 드러내고, 조정하고, 맞춰 가는 과정이 가장 가까운 가족 관계에서 있었다면 지금의 나는 좀 더 포용적인 사람이 되어 있지 않았을까. 존중을 받고 싶은 마음은 누구나 갖는 자연스러운 바람이지만, 무엇이 존중받는 것이고, 어떻게 하는 게 존중하는 태도인지는 경험해 봐야 알 수 있다. 초·중·고, 대학과 직업 생활의 경험 이상으로, 가장 내밀하고 사적인 공간인 집에서 겪는 존중의 경험은 평생의 자양분이 된다.

　이러한 아쉬움을 담아, 자주 과거의 나를 떠올린다. 나는 그때 어떤 시간을 겪었고, 무슨 생각을 했고, 왜 그리 행동했는지 반추해 본다. 세상에 의문을 품지 않고 저항적이지 못했던 옛 모습에 부끄러움을 느끼기도, 분명한 이유를 찾지 못한 채 상실감을 느끼거나 상처가 되었던 순간들에 위안을 건네기도 한다. 그렇게 나도 문제라고 여기며 맞닥뜨렸던 상황은 빠르게 해결해야 할 과제로 두어 전투력을 발휘하고, 문제로 인식조차 못했던 사안들은 아동·청소년과 어떻게 참여할 수 있을지 고민한다. 특히 변호사 자격증을 가급적 승패가 있는 투쟁의 수단이 아니라, 조정과 협치의 가치를 실천하는 데에 쓰려고 애쓴다. 아동은 멈춰 있는 존재가 아니니, 시간이 흐른 뒤에 이들에게 어떠한 영향을 미칠지 가늠하다 보면 다툼은 최후의 방안이라는 결론에 거듭 닿는다. 아동인권을 이해하면 이 생각에 공감하는 이들이 많아질 것이고, 과거에 위로가 되는 순간들이 쌓이며 더 나은 사회적 변화도 조금은 더 빠르게 다가오리라.

또 한편 지금의 나는 두 아이를 키우는 엄마라는 확장된 시기를 지나는 중이기도 하다. 이론적으로 학습하기는 했지만, 너무도 당연하게 아이들은 생의 첫 순간부터 맹렬히 말을 건넸다. 자고 싶고, 배가 고프고, 기저귀나 옷차림이 불편하고, 춥거나 덥고……. 울음이 다 같은 울음이 아니라는 것을 알아내는 것은 가장 가까이 있는 양육자의 몫이었다. 그러다 걷고, 언어로 말하고, 더 다양한 방식으로 생각과 감정을 표출한다. 조만간 나와 같은 수준의 어휘와 표현력도 행사할 것이다. 매 순간 자라는 아이와 함께하는 동안 (매번 성공적이진 않더라도) 노력하는 부분은 아이의 말을 듣는 것이고, 드러나지 않는 생각을 들으려는 것이다. 들린 소리가 있더라도, 내가 이해한 내용이 맞는지 되물어 확인하려는 것이다. 정확하게 아이의 의사를 알고, 만약 나와 맞지 않는 부분이 있다면 서로 협의하려는 것이다. 아무래도 몸집이 더 큰 엄마라는 존재가 만드는 위계가 없을 순 없기에, 의도하지 않더라도 강요나 압박이 되는 순간도 있다. 소소하게, 퇴근과 하원 후 아이와 함께 있는 그 길지 않은 늦은 오후에, 나는 설거지를 하느라, 청소기를 미느라, 빨래를 너느라 등의 이유로 분주해하며 아이에게 건성으로 반응하는 경우가 꽤 있는데, 그때마다 아이는 대체로 화내지 않고 기다려 준다. 좀 기다려 달라며 짜증 섞인 목소리가 튀어나오는 경우는 내가 더 많다. 여기서도 엄마의 존재감이 더 크게 작동하는 영향력이 있을 것이다. 이 모든 가능성을 조심하며 소통하는 것은 오롯이 내 몫임을 알고 있다. 존중의 경험은 받고 해 보는 관계 속에 익숙해지는 것이고, 그 핵심이 될 "아동도 나와 같은 사람"이라는 명확한 자각이 있으니 그나마 다행인 터이다.

더하여, 아동의 삶의 질은 양육자의 노동 환경, 여성의 사회적 지위, 빈곤에 대한 사회 정책적 변화 없이 달라질 수 없다는 점을 말하고 싶다. 늦게까지 일해 피곤한 상태로 아이들을 잘 돌보기는 어렵다. 돈을 벌어야만 아이를 키울 수 있는 사회에서 아이의 존재는 부담이 되기 쉽다. 아동과 함께 지내는 시간을 귀하게 여기며, 임노동 이외의 모든 노동을 가치롭게 여기는 시선이 필요하다. 사회적 역량을 경제 활동으로만 평가하지 않는 구조적 변화가 절대적으로 중요하지만, 이를 위해 아동과 함께 살고 있는 이들의 연대가 더 커지면 좋겠다. 한 명의 배우자, 부모님, 보육 시설이나 여타 기관에 아이를 맡기는 것을 당연하게 여기지 않고, 함께 키우고 함께 일하는 것이 나와 아이의 행복을 위한 길이라고, 그렇게 외쳐 주길 바란다. 이것은 여성운동, 노동운동, 반빈곤운동이기 이전에, 아동인권 옹호를 위한 목소리이다.

그러니까 아동인권을 안다는 것은 아동만을 위한 지식이 아님을 전하고 싶다. 특히 어른이 아동인권을 안다는 것은 더 큰 힘을 가진 사회적 존재로서 아동을 위해 행동하려 노력할 수 있다는 것이고, 나와 자녀, 이웃 아이들의 지속가능한 미래를 단단히 다지는 과정이며, 한편으로 나의 어린 시절에 위로를 건네는 시간이기도 하다. 아동인권 옹호를 삶의 중심적인 가치에 두는 만큼, 교권 보호라는 명분으로 일어나는 학생인권 보장 체계의 붕괴, 장애 아동의 통합교육 후퇴, 성 착취 피해 청소년을 범죄자로 인식하는 수사 관행과 사회적 인식, 보호출산제의 도입, 계속되는 이주 구금과 이주민 통제, 형사미성년자 연령 하향 요구, 우범소년 제도와 같이 보호주의로 포장된 청소년 통제와 감시 등 예나 지금이나 크게 달라지지 않은 현실과 심지어 후퇴하는 모습들에 좌절하기도 하지만, 그래도 기나긴 역사의 기록 속에 조금씩 달라진 지점을 목격하면 큰 안도를 느낀다. 계속 나아갈 수 있다는 희망을 얻는다. 이는 세상사가 다 나와 연결되어 있다는 관계를 감각하는 능력이라 할 수 있는데, 그렇게 인간의 온기를 개인적 수준을 넘어 타자를 위해 느낄 수 있는 것도 아동인권이 주는 큰 선물이 아닐까.

김희진 2015년 변호사 시험에 합격하고, 2021년까지 아동인권옹호 NGO인 국제아동인권센터에서 활동했다. 법학적 시각에 한계를 느끼며 사회학을 공부하게 되었고 "집에 대한 아동의 권리"를 주제로 2023년 졸업 논문을 썼다. 《아동인권》 저자이며, 《생일 없는 아이들》, 《우리의 상처가 미래를 바꿀 수 있을까》에 공저로 참여했다. 그 밖에 아동인권과 관련된 각종 일들을 하며 살고 있다.

무슨 일이 있으면
책으로 달려와!

어린이, 책과 문학

김지은(아동청소년문학평론가)

0에서 시작하는 마음

처음으로 시작하는 마음은 어떤 마음일까? 어린이를 이해하려면 우리는 이 기분에 대해 상상해 보아야 한다. 태어나서 삶은 가지를 한 번도 먹어 본 적이 없는 어린이가 처음 가지를 씹을 때 그 물컹거림을 받아들이기까지 필요한 참을성이라든가, 언제나 뒤로 돌아 무릎을 꿇고 기어 내려가던 아기가 처음으로 앞을 보고 서서 계단을 내려가는 순간의 떨림 같은 것 말이다. 철학자 르네 데카르트는 나와 내 주변의 세계가 수용하는 것처럼 보이는 사실들을 무조건 정확하다고 믿지 말고 어떤 질문이든 처음부터 묻고 생각해 보라고 권한다. 남들에게 내가 무엇을 알고 있는지를 말하기 전에 그 앎에 대해서 나의 언어로 설명하고 입증할 수 있는지 돌이켜 보라는 것이다. 그러다 보면 생각하는 나의 존재의 확실성까지 의심하기에 이른다. 이것이 데카르트식의 철학하는 방법이다. 대부분의 어른들은 처음으로 돌아가서 생각하기를 내켜 하지 않고 저항한다. 이미 알고 있는 것을 왜 또 생각해 보아야 하는지 모르겠다는 것이다. 하지만 어린이는 다르다. 그들은 날마다 수많은 처음과 마주친다. 바둑돌을 놓듯이 질문을 내놓는다. 생각의 길을 잘못 들었다고 생각하면 바둑판을 깨끗이 비운다. 처음부터 다시 질문하면 된다. 철학을 하는 일은 우리 스스로를 잠시라도 이러한 어린이의 상태로 만들어 보는 일이다.

우리는 누구나 어린이였다. 이 말은 우리는 누구나 철학자였다는 말이기도 하다. 어리고 성실한 철학자들은 역사적으로 자신을 희화화하려는 무수한 시도에 맞서 왔다. 예를 들어 아이들은 아직 어려서 이게 무슨 뜻인지 이해하지 못할 거라면서 어린이 앞에서 어린이를 놀리는 어른들이 있다. 시작하는 사람의 서툰 동작을 흉내 내고 그들의 진지한 시행착오를 웃음거리로 만들어 버리기도 한다. 몸집이 작아서 안 보일 것으로 짐작하고 뻔한 자리에 아이가 아끼는 물건을 감추고 시치미를 떼기도 한다. 특정한 행동이 어린이에게 일시적으로 큰 두려움을 안겨 줄 수 있다는 것을 알면서도 어린이에게는 그런 행동을 하고 장난이었다고 가볍게 지나가는 경우도 있다. 상대가 어른이었다면, 그중에서도 힘을 가진 어른이었다면 절대로 하지 않았을 일들이다. 이처럼 어린이를 동등한 인간으로 인정하지 않는 태도는 오랜 습관처럼 이어져 내려온다. 어른들은 별로 중요하지 않은 자신들끼리의 대화에 열중하느라 어린이의 중요한 의사 표현을 못 본 척 지나치기도 한다. 어린이들이 더 이상 견딜 수 없어서 자신들의 방식으로 어른들을 괴롭게 할 정도가 되어야만 원하는 것이 있으면 진작 말하지 그랬느냐고 대꾸하는 어른들을 자주 본다. 어린이는 한참 전부터 말하고 있었는데도 말이다.

어린이는 오늘도 0에서 시작하고 있다. 그것은 우스운 일도 아니고 귀여워할 만한 장면도 아니다. 어린이는 도전하고 있다. 어른의 눈으로 보기에 그 모습이 사랑스러울 수 있겠다. 그러나 어른이 보기에 사랑스러운 도전만 해야 한다는 것은 어린이의 자유를 제한하는 일이다. 어린이를 대등하게 존중하고자 한다면 어린이가 어른의 귀여움을 받기 위해서 존재한다는 착각으로부터 벗어나야 한다. 내키는 대로 귀여워할 수 있는 강자는 없다.

어린이를 사랑하세요?

2024년 서울국제도서전에서 있었던 일이다. 동화를 쓰는 신인 작가들이 독자를 만나는 북 토크 시간이었다. 어른 관람객이 주로 찾는 도서전이지만 동화 작가가 등장한다는 소식에 열서너 명 남짓한 어린이 독자가 둥글게 모여 앉았다. 작가들은 동화 작가를 꿈꾸고 이 직업을 갖게 된 계기와 작업하면서 부딪힌 어려움에 대해서 솔직하게 고백했다. 신인으로서 출간 기회 한 번을 얻는 일이 하늘의 별 따기 같은 출판 현실이나 애써 기회를 얻는다 해도 창작 활동 인세만으로는 경제적 자립을 이루기 쉽지 않은 여건에 대해서도 감추지 않고 말했다. 그럼에도 자신들이 어린이들에게 사랑받는 좋은 작품을 쓰기 위해서 얼마나 열심히 노력하고 있는지 진심을 담아 전했다. 얼마 전 출간된 자신들의 신작을 반짝거리는 표정으로 소개하며 어린이 독자들의 관심을 당부하기도 했다.

작가들의 강의를 주의 깊게 듣던 관람객들에게 질문의 시간이 돌아왔다. 사회자는 "어린이 관람객의 질문을 우선으로 받겠다"고 말했고 기다렸다는 듯이 초등학교 4학년이라는 한 어린이가 손을 들었다.

"책을 좋아해서 도서전에 와 봤더니 어른들의 책에 대해 이야기하는 시간만 많아서 심심했어요. 그런데 여기서 우리들의 책에 대해서도 이야기해 주셔서 고마워요. 작가님들이 우리를 위해 재미있는 책을 써 주시는 것도 감사해요. 그런데 하나 궁금한 게 있어요. 작가님들은 어린이를 사랑하세요?"

순간 장내가 조용해졌다. 어린이를 사랑하느냐는 질문을 듣자마자 자리에 있던 어른들은 자기 자신을 돌아보고 있었을 것이다. 복잡한 마음이 들었다. 우리 사회가 어린이를 대하는 태도에 대해서 평소 어떻게 느끼고 있었으면 이 질문을 던지게 됐을까? 예리한 질문이다. 젊은 작가들은 이 질문을 듣고 진지하게 멈춰 섰다. 한동안 침묵 속에 생각을 하다가 한 사람 한 사람 정직한 마음을 꺼내 놓았다. 자신이 왜 아동문학을 하는지 그 질문과 함께 되새겨 보게 된 것 같았다. 어떤 말로도 어린이들의 신임을 얻기는 어렵겠지만 성심껏 대답하는 작가들과 그 답변을 집중하여 경청하는 어린이들의 모습은 2024년 서울국제도서전에서 잊지 못하는 장면 중 하나다.

어린이는 자신이 이 세계 안에서 얼마나 존중받고 있는지 본능적으로 안다. 약자이기 때문이다. 어린이는 어른보다 몸집도 작고 힘도 약하며 경험도 적다. 가족 안의 의사 결정권부터 사회적 발언권, 정치적 투표권까지 모두 갖고 있지 못해 어른들에게 의탁해야 한다. 사회가 불안정할 때 방임과 학대, 폭력에 가장 먼저 노출되는 것은 어린이다. 하루가 멀다 하고 터져 나오는 아동 대상 폭력 사건에 맞서서 어린이는 자기 자신들을 지키기 어렵다. 그런데 어른들은 그 공포를 어린이의 마음으로 체감하지 못한다. 약자의 고통은 축소되고 그 해결은 늘 후순위로 밀린다.

어린이를 위한다고 드러내 놓고 말하는 사람들 중에는 어린이를 통해 얻는 이익을 사랑하는 사람이 적지 않다. 그동안 상업적으로 '어린이'는 밑질 것이 없는 기획이었다. 선거철만 되면 어린이와 어린 동물을 동반한 정치인 사진이 늘어난다. 어떤 정치인도 자신의 이미지를 돋보이게 하려고 뱀이나 코뿔소를 동반하고 사진을 찍지 않는다는 점에서 어린 동물과 어린이 모델의 역할을 짐작할 수 있다. 정치인에게 부드럽고 온화한 이미지를 보태 주는 수단으로 쓰이는 것이다. 출생률이 낮아지면서 한 명의 어린이가 생일을 맞으면 그 어린이에게 선물하는 어른이 6인 이상이라며 고가의 어린이 용품이 주목받던 때도 있었다. 그러나 이제는 어린이가 마케팅 수단으로도 환영받지 못하는 상황이 되었다. 성장 과정에서 우리들도 그랬고 지금의 어린이들도 표현할 수밖에 없는 거친 면들, 예를 들면 동작이 크다거나 소리를 잘 조절하지 못한다거나 하는 부분이 어른 소비자들에게 불편의 요소로 지목되기 시작했다. 어린이로부터 조금도 방해받지 않는 공간으로 가야겠다는 사람이 생겨나고 "나는 어린이와 무관하다"고 주장하는 일도 많아졌다. 어린이와 어른 누구나 즐길 수 있는 식음료를 파는 곳인데도 어린이 입장 금지 규정을 제시하는 업소가 늘었다. 드러내 놓고 "여기는 어린이가 없습니다"라는 표지를 내걸고 수익 증가를 기대하는 상황까지 왔다. 요즘은 온라인 부동산에 집을 내놓으면서 놀이터에서 멀리 떨어진 동이라고 표시하거나 여행지 숙소를 연결해 주는 사이트에서 '어린이가 숙박하지 못하는 곳'임을 광고에 쓰는 경우가 눈에 띈다. 어린이가 시야에서 사라지는 일은 미래가 소멸되는 일이라는 사실을 알면서도 그렇게 한다. 눈앞의 편익을 추구하는 태도가 내일과 모레의 절망을 예고한다는 점에서 어린이의 위기는 기후 위기와 닮았다. 심각함을 알면서 외면한다는 점도 비슷하다.

다시 그날 국제도서전의 북 토크 현장으로 돌아가 보자. 경기 고양시에서 왔다는 한 어린이가 작가에게 이렇게 요청했다. "저는 작가님이 쓰고 있는 그런 동화들이 좋아요. 우리가 학교랑 집에서 어떻게 지내는지 생생하게 얘기해 주니까요. 하지만 제가 앞으로 읽고 싶은 동화는 우리를 이 꽉 막힌 현실에서 더 먼 곳으로 데려다주는 이야기예요. 여기처럼 답답하지 않고 우리가 하고 싶은 일을 마음껏 해 볼 수 있는 상상의 세계 이야기를 더 듣고 싶어요. 그런 판타지, 그런 통쾌하고 시원한 이야기를 쓰실 생각은 없으세요?"

아동문학이 작품 안에 환상적 공간을 들여오는 것은 바로 이런 이유 때문이다. 문학 이론을 배운 적이 없었을 어린이 독자는 그것을 정확하게 알고 있었다. 도서전에 함께 있었던 어른 작가, 편집자, 양육자 관람객들은 오늘의 어린이가 가슴으로부터 꺼내 놓는 말을 듣고서 고개를 숙일 수밖에 없었다.

책과 어린이가 만나면

국제도서전을 찾은 어린이 관람객이 "우리를 꽉 막힌 현실에서 멀리 데려다주는 책"을 원한다고 말했지만 지금 그들의 책상에 가져다 놓는 책은 대부분 학습서나 문제집이다. 어린이책의 초창기는 어땠을까. 되짚어 살펴보면 어린이의 손에 책을 쥐어 준 것 자체가 그렇게 오래되지는 않았다. 그러나 책과 어린이의 만남은 어린이 권리에 대한 문제의식의 성장에 중요한 역할을 했다. 책을 읽은 어린이는 책을 통해 비로소 자기 자신을 정확하게 이해한다. 그리고 세계를 향해 발언하고 행동하기 시작한다.

'어린이 인권 선언'은 우리나라에서 먼저 태동하였으며 1922년 천도교 소년회를 통해서 발표된 〈어린이날 선전문〉이 그 효시다. 정확한 기록은 남아 있지 않지만 이 문안은 천도교의 김기전 선생이 쓴 것으로 추정하며 어린이 운동의 선구자였던 방정환 선생의 생각이 깊이 반영된 것으로 본다. 이는 공동체가 어린이를 어떻게 생각해야 하는지에 대한 바탕을 마련해 준 중요한 계기가 되었는데 "어린 사람을 헛말로 속히지 말아주십시오."라는 조항으로 시작한다. 어린이가 세상의 진실을 알게 하자는 것이 첫 번째 조항이었던 것이다. 그러려면 어린이에게 글자를 가르치고 진실이 적힌 책을 자유롭게 읽을 수 있도록 품에 안겨 주는 일이 우선이었다.

이 선언이 널리 알려지고 나서 1년 뒤인 1923년 5월 1일에는 조선소년운동협회가 세계 최초의 '어린이 인권 선언'이라 할 수 있는 〈어린이날 선언〉(소년운동의 선언 세 가지 조건)을 천명한다. 한국방정환재단 홈페이지에 수록된 '어린이날의 약속'을 보면 "어린이에게 잡지를 자주 읽히십시오. 어린이에게는 다달이 나는 소년잡지를 읽히십시오. 그래야 생각이 넓고 커짐은 물론이요, 또한 부드럽고 고상한 인격을 가지게 됩니다. 돈이나 과자를 사 주지 말고 반드시 잡지를 사 주도록 하십시오."*라고 적혀 있다. 어린이가 읽을 수 있는 책이 드물던 시절 어린이 잡지는 어린이들의 해방구 역할을 했다. 그 무렵 방정환 선생이 펴낸 월간 《어린이》는 큰 인기를 모았다. 전국 각지의 소년회가 이 잡지를 구독 신청해 읽고 공부했다. 1925년 서울 인구가 30만 명이었는데, 《어린이》의 당시 판매량이 10만 권이나 되었다는 것은 인기의 규모를 보여 준다. 이렇게 성장한 어린이는 자신들의 권리를 이야기하기 위해 어린이날이면 한자리에 모였다.**

서구에서는 에글렌타인 젭 여사가 1923년에 〈아동권리선언〉 초안을 마련했고 이 선언이 1924년 국제연맹(현 유엔)에서 〈아동권리에 관한 제네바 선언〉(〈제네바 선언〉)으로 채택되었다. 〈제네바 선언〉은 어린이의 권리보다는 어린이 보호에 중점을 둔 내용

---

* 한국방정환재단 홈페이지 참조. children365.or.kr
** 국사편찬위원회 우리역사넷 홈페이지 참조. contents.history.go.kr

으로 구성되어 있다. 아마도 어린이에 대한 보호와 구제가 시급했던 1차 세계대전 직후의 현실이 반영된 것으로 보인다. 에글렌타인 젭 여사는 아동인권을 지키는 국제기구인 '세이브 더 칠드런'의 창시자이기도 한데 이 단체가 창립된 1919년부터 지금까지 심혈을 기울이는 활동이 바로 어린이와 책을 연결해 주는 일이다. 어린이의 도서 접근성을 높이는 것이 단체의 중요한 목표다. 어린이가 살아가는 세계 곳곳의 벽지에 이동식 도서관을 세워 운영하고 있으며 전쟁터에도 생존 필수품과 함께 어린이를 위한 책을 보급한다. 어린이에게서 책을 빼앗고 대신 총을 들게 하는, 잔혹한 현실을 바꾸는 길은 어린이가 다시 책을 읽게 하는 것이다. 어린이가 책에 접근할 수 있다면, 그 다음부터 어린이의 생각과 마음은 우리의 손이 닿지 않는 곳까지 성장한다.

책과 어린이가 만나는 안타까우면서도 희망적인 장소 중의 하나가 이탈리아의 람페두사 섬이다. 이탈리아 최남단, 지중해 한복판에 있는 이 섬은 거리로 볼 때 이탈리아보다 북아프리카의 튀니지와 더 가깝다. 만성적으로 물이 부족해서 누구도 정착하지 못했고 오가는 배들의 중간 기착지 정도로만 쓰였던 이 섬이 지금은 난민들의 집단 거주지가 되었다. 전쟁과 기아를 피해 살아남기 위해 이 섬에 도착하는 사람들은 대부분 인원이 규정보다 한참 더 많이 탑승한 낡은 보트나 목선을 타고 온다. 따라서 섬에 닿기도 전에 생명을 잃는 경우도 많다. 난민의 대부분은 여성과 어린이다. 어린이들은 안전한 삶을 찾아 람페두사에 왔지만 언어도 다르고 법적 지위도 얻지 못해 대개 어떤 교육도 받지 못한 채 방치되어 있다. 국제아동청소년도서협의회IBBY: International Board on Books for Young people는 람페두사 섬의 어린이들을 위해서 각국의 그림책을 모아 그곳으로 보내고 있다. "언제 어디에서 어떤 상황에 놓여 있든, 어린이는 문학적으로나 예술적으로 수준 높은 이야기를 접할 권리가 있다."는 협의회의 기본 정신에 따라 다양한 국가의 뛰어난 그림책을 람페두사의 어린이들에게 기증하는 '소리 없는 책: 종착지는 람페두사Ibby Silent Books: Final Destination Lampedusa'라는 프로젝트를 진행하고 있다.

여기서 '소리 없는 책'이란 글이 없는 그림책을 말한다. 각국에서 모인 난민 어린이들은 사용하는 언어가 서로 다르며 글자를 익힐 기회를 갖지 못한 경우도 적지 않다. 따라서 그들이 언어의 장벽과 문화의 다양성을 넘어 책을 통해 세계를 만날 수 있도록 람페두사 어린이도서관에 글 없는 그림책을 제공하고 있는 것이다. 해마다 각국의 IBBY 지부에서는 자신들의 나라에서 출간된 글 없는 그림책 가운데 뛰어난 작품을 선정해 이탈리아 지부로 보낸다. 이탈리아 지부에서는 이 책들을 바탕으로 '소리 없는 책 명예상'을 시상하고 람페두사의 어린이들이 이 책을 읽으며 고립을 딛고 성장할 수 있도록 독서 활동을 지원한다. 우리나라도 2013년부터 이 활동에 참여하고 있다. 이수지 작가의 세계적인 걸

작 《파도야, 놀자》부터 최덕규 작가의 볼로냐국제아동도서전 라가치상 수상작 《커다란 손》까지 수십 권의 우리 창작 그림책들이 람페두사 섬에서 난민 어린이들을 맞이하는 중이다. 책과 어린이가 만나면 거기서부터 그동안 상상한 것과 다른 미래가 열린다. 그런 믿음이 어린이들이 살아가는 세상을 바꾸어 왔고 어린이를 길러 왔다.

어린이와 책이 만나는 곳, 도서관의 중요성

아직 뚜렷한 법적인 지원이 마련되지 않았다 해도, 람페두사 섬에 온 어린이라면 누구나 환영하는 도서관이 그들을 기다리고 있다는 것은 작지만 중요한 희망의 근거다. 도서관은 모든 어린이에게 평등하고 자유롭게 그들만의 책이라는 '하나의 우주'를 선사하는 장소다. 그렇다면 그 도서관에 있는 책은 과연 어떤 책이어야 하는가를 고민하게 된다. 도서관을 책임지는 어른들은 자신들이 어린이가 아닌데도 어린이가 좋아할 만한 책을 잘 찾아낼 수 있을까? 어린이에게 필요한 책과 어린이가 원하는 책 사이에 거리가 있다면 어떻게 조정하는 것이 좋을까? 어린이 사서들만 근무하는 어린이도서관이 있다면 그곳에서는 어떤 책을 권할까? 도서관이 어린이에게 자유로운 공간이 된다는 것은 어떤 의미일까? 어린이가 바라는 문학의 모습을 존중하면서 그들이 아직 짐작하지 못하는 새로운 예술적 경험을 안겨 주기 위해서 도서관은 어떤 노력을 해야 할까? 어린이도서관은 어린이를 사랑하는 사람이라면 누구나 운영할 수 있을까? 어린이를 둘러싼 공동체가 어린이도서관의 전문성을 인정하는 일은 왜 중요할까?

1999년 봄, 미국에서는 흥미로운 사건이 하나 있었다. 당시 샌프란시스코 공공 도서관에 11세 어린이인 존 오코너가 찾아왔다. 그는 자기보다 더 나이 어린 도서관 이용자들에게 책을 읽어 주는 자원봉사를 하고 싶다고 했다. 나름대로 구체적인 계획도 내놓았다. 마법사 망토를 입고 가짜 안경을 쓴 채 도서관에 출근해 책 읽기가 생소한 어린이들의 관심을 끌겠다는 것이다. 처음에 도서관 운영진은 그 소년의 제안을 거절했다. 어린이 전문 사서로 교육받지 않은 사람은 어린이에게 책을 읽어 줄 수 없다는 규정 때문이었다. 그러나 여론은 소년의 편이었다. 이 소식을 들은 샌프란시스코 시장은 소년을 어린이 사서로 위촉했다. 이후 존 오코너 어린이는 시청에서 책 읽어 주기 봉사를 맡기도 했다.*

당시 이 사건은 두 가지 방향에서 파장을 일으켰다. 어린이에게

---

* 시카고 트리뷴에 게재된 다음의 기사 참조. "Mayor makes way for boy to cast his reading spell", Chicago Tribune, May 13, 1999. www.chicagotribune.com/1999/05/13/mayor-makes-way-for-boy-to-cast-his-reading-spell

책을 읽어 주는 일은 상당한 전문성이 필요한 일임에도 샌프란시스코 시장을 비롯한 일반인의 여론이 그것을 인정하지 않았다는 도서관 종사자들의 비판이다. 도서관 자원봉사자가 되겠다고 지원한 소년의 꿈은 멋진 것이지만 그는 해당 업무에 필요한 전문적 교육을 받지 않았다. 어린이책에 관한 자격을 갖춘 전문 사서들은 만약 그 '스토리 타임'이 어른 이용자들을 위한 업무였다면 이처럼 선뜻 규정을 바꾸었겠냐고 반문했다. 시민들도 시장도 어린이에게 책을 읽어 주는 일의 전문성을 존중하지 않고 가볍게 여겼기 때문에 이 문제를 너무나 낭만적으로 진행시켰다는 것이다.

　또 하나의 방향은 어린이 이용자가 도서관에서 능동적인 역할을 할 수 있도록 교육을 시작하자는 움직임이다. 로스앤젤레스 공공 도서관은 1988년부터 '할아버지, 할머니와 책GAB: Grandpatents And Book'이라는 프로그램을 운영하고 있었다. 조부모 세대에게 어린이책에 대한 이론 교육과 도서관 활동가가 되기 위한 전문적 워크숍을 진행하여 스토리텔링 자원봉사자를 양성하는 일이다. GAB 프로젝트는 성공적이었으며 세계 각국으로 보급되었다. 이 모델을 어린이에게도 적용하여 어린이 사서들이 어느 정도의 전문가 교육을 받고 자원봉사자로 도서관에서 활약하게 하자는 의견이 대두되었다. 물론 이것은 어린이 이용자에게 참여의 즐거움을 주는 정도의 시도이지 간추려진 교육을 받는다고 해서 어린이가 '어린이를 위한 책 읽기'의 전문가가 될 수 있는 것은 아니다.

도서관은 본래 어른들만 드나들 수 있는 공간이었다. 서구의 경우 진보적인 교육운동가들이 어린이를 위한 공중 보건 시스템이나 사회 복지의 필요성을 이야기하면서 도서관에도 어린이를 위한 공간이 마련되어야 한다고 주장했지만 이런 인식이 널리 공유되기까지는 상당한 시간이 걸렸다. 1896년에 미국의 프랫 인스티튜트 도서관과 프로비던스 공공 도서관에서 최초로 어린이 이용자의 특성을 배려한 공간을 별도로 마련하고 '어린이실'이라고 명명했다. 사람들은 비로소 도서관이 어린이를 특별한 방식으로 환영할 수 있음을 깨달았다. 초창기 어린이도서관을 세우고 운영한 사람들은 몇 가지 기본적인 믿음을 갖고 있었다. 어린이 개개인의 뛰어남에 대한 믿음, 아동과 청소년이 독서를 하는 과정에서 개인 선택의 결정적 중요성에 대한 믿음, 어린이의 힘과 서고의 회복 탄력성에 대한 확신, 독자들에게 평등한 서비스를 제공하는 책의 공화국으로서 어린이도서관에 대한 믿음, 개인만이 아니라 집단과 공동체, 국가 사이의 이해를 도모하는 긍정적인 힘을 갖는 문학에 대한 믿음, 어린이를 향한 다정하면서도 감정에 휘둘리지 않는 큰 언니 같은 태도에 대한 믿음, 어린이 전문 사서가 그들의 전문적 업무를 수행하는 데 있어서 역경을 이겨 낼 것이라는 가정이 그것이다.*

우리나라에도 어린이와 책의 연결고리를 만들어 간 수많은 개척자들이 있었다. 1978년 서울양서협동조합의 어린이책 독서 연구 모임에서 시작하여 1980년 5월부터 지금까지 활동을 이어 오고 있는 사단법인 어린이도서연구회는 어린이 곁에는 책이 있어야 하고 그 곁에는 동화 읽는 어른들이 함께하고 있다는 믿음을 40년 이상 변함없이 실천해 오고 있다. 1990년대 중반부터는 작은 도서관 운동이 활발하게 일어나 지역의 어린이와 어린이를 기르는 양육자들이 독서 문화를 풍성하게 누리는 데 기여했다. 2001년 4월에는 '책읽는사회만들기국민운동'이 시작됐다. 이 운동을 계기로 만들어진 '책읽는사회문화재단'은 기적의 도서관 설립, 북스타트 운동 등을 펼치며 어린이책 관련 사회운동을 이끌었다. 특히 2003년 1월 MBC와 함께 시작했던 기적의 도서관 건립 운동은 어린이 전용 도서관의 필요성과 의의를 지방자치단체에 설득하고 어린이도서관에 대한 사회적 공감대를 넓혔다. 드디어 2006년, 최초의 국립어린이청소년도서관이 개관했다.

한국의 어린이책 창작과 출판 역량도 꾸준히 성장했다. 2020년에는 백희나 작가가 아스트리드 린드그렌 추모문학상을 수상했고 2022년에는 이수지 작가가 한스 크리스티안 안데르센상 그림

---

* Hearne, B. & Jenkins, C.(1999), Sacred texts: What our foremothers left us in the way of psalms, proverbs, precepts, and practices, *Horn Book*, 75, pp. 552–558.

무슨 일이 있으면 책으로 달려와!

작가 부문의 수상자가 되었고 2024년에는 이금이 작가가 글 작가 부문 최종 후보에 올랐다. 세계적인 아동문학상을 연달아 수상할 정도로 우리나라의 어린이책이 두각을 나타냈지만 이에 대한 정책적 지원이나 사회 문화적 후원 시스템이 존재했는가를 묻는다면 아직 매우 초보적인 단계라고 말할 수밖에 없다. 그 영광은 꿀벌처럼 이야기를 향해 날아오고 책을 사랑하며 어린이와 책을 이어 주고자 애썼던 독자와 작가, 교사, 도서관의 운영자, 출판인들이 다 함께 만든 것이다.

어린이와 책 사이의 바리케이드

어린이와 책 사이를 연결하는 것이 아니라 오히려 특정한 책에 대해서 강력한 바리케이드를 세워야 한다고 주장하는 사람들도 있다. 이들은 어린이책 가운데 일부를 학교나 도서관에서 금서로 지정하는 일에 앞장선다. 몇몇 어린이책을 특정해서 이 책을 도서관 서가에서 퇴출시키라는 민원을 접수한다. 민원의 대상으로 특정된 도서들은 어린이 독자들의 사랑을 받으며 독서 현장에서 잘 읽히고 있는 책이 대부분이고 다른 나라에서 수십 년째 고전 명작으로 읽히는 작품인 경우도 많다. 그런데 하루에도 수십 차례 항의 전화를 걸고 도서관을 운영하는 지방자치단체의 담당자를 지속적으로 압박한다. 몇몇 지역의 도서관과 학교가 이러한 민원 공세에 무릎을 꿇고 도서관 서가에서 표적이 된 도서들을 꺼내 폐기했다. 자신들이 금서로 지정하기를 바라는 책에 대해서는 희망 도서 신청은 물론 검색조차 되지 않도록 시스템에서 삭제해 달라는 것이 그들의 요구다.

금서 지정 사유를 물으면 해당 도서가 "어린이에게 위험하다"고 답한다. 금서 지정을 요구하는 목록을 살펴보면 공통점이 있다. 책 소개나 분류 항목에 "성, 인권, 어린이, 평등"이라는 말이 들어가는 책들이다. "어린 학생들의 무분별한 성적 호기심, 일탈까지 초래할 수 있기 때문에 아동과 청소년을 보호하기 위해서 이 도서들을 유해 도서로 지정하라"고 소리를 높인다. 금서 목록에는 미국 연방 대법원에서 27년간이나 재직했던 여성 재판관 루스 베이더 긴즈버그의 전기도 있다. 이 책에는 어린 시절 자신의 행동과 옷차림이 숙녀답지 않다며 질책을 들었던 긴즈버그가 성차별적인 교육 현실에 움츠러들지 않고 법조인으로 당당하게 성장하는 이야기가 실려 있다. 그는 어른이 되어 "세상을 바꾼 대법관"이라는 평가를 받으며 역사를 진보시키는 중요한 판결을 이끌었다.

토끼와 펭귄이 가족을 이루어 토펭이라는 귀여운 아기를 낳고 행복하게 사는 이야기를 다룬 번역 그림책도 금서로 지목당했다. 이 책의 내용을 보면 토펭이는 토끼 엄마와 펭귄 아빠를 골고루 닮았다. 숲의 어른 동물들은 어느 쪽에도 정확히 속하지 않는 토펭이를 편견에 가득 찬 눈으로 바라보지만 어린이 동물들은 토펭이와 친구가 되어 차별의 벽을 허문다. 차이를 가진 사람들이더라도 얼마든지 친구가 될 수 있다는 메시지를 유쾌하게 전하는 동물 의인화 그림책이다. 그런데 이 작품을 퇴출시키라고 민원을 넣은 이들은 책을 통해 어린이들이 '이종 간 성 교배'를 자연스럽게 여기게 된다고 주장했다. 성에 대한 어린이들의 인식에 악영향을 끼친다는 것이다. 이 사랑스러운 서사에서 도대체 무엇을 상상하고 있는 것인지 그 민원인들에게 되묻고 싶다. 역사적으로 동화는 아동 소설과 구분되는 의미에서 과장, 환상, 의인화의 요소를 자주 활용하며 비현실적인 이야기가 서사의 중심을 차지할 때가 많다. 토펭이 서사는 겉모습이 조금만 달라도 차별하고 무리에서 소외시키는 이 사회의 단면을 되돌아보게 만드는 훌륭한 어린이 서사다. 토펭이가 동물의 숲에서 사랑받게 되는 과정은 이주 배경을 지닌 가정의 어린이를 우리 사회의 동료로 이해하는 과정과 닮았다. 다문화 공동체로 나아가는 우리에게 꼭 필요한 이야기인 것이다.

10대들이 학교 화장실에 공공 생리대를 비치하자는 논의를 벌이고 그 아이디어를 지방 정부에 제안하는 과정을 다룬 책도 금서 목록에 올랐다. 이 책의 어떤 점이 금서 지정 활동을 펼치는 이들의 심기를 건드렸는지는 명확하지 않다. 금서 민원인들은 금지를 요청하는 책이 각각 어떤 이유로 유해 도서라는 것인지 뚜렷하게 밝히지 않는 경우가 많다. "유해하다"는 말만 되풀이한다. 그에 비해 금서로 언급된 어린이책을 읽은 어린이 독자들의 답변은 구체적이며 선명하다. 다움북클럽에서 펴낸 《오늘의 어린이책 3》을 보면 어린이들의 토론 기록이 실려 있다. 생리의 의미를 다룬 위의 도서를 읽고 "월경을 할 때 혼자 정해진 틀에 갇혀 생각하지 않고 친구들에게 도움을 요청할 수 있다"는 점에서 마음의 안정감을 느꼈다고 평가한다. 어린이들은 이 책이 금서가 되어야 한다고 주장하는 어른들이 있다고 알려 주자 "우리에게 필요한 책을 주로 금서로 지정하나 보죠?"라고 되묻기도 했다. 이왕이면 금서로 지정된 그 책들을 학교에서 더 구입해 줄 수 없냐고 묻는 학생도 있었다. 이러한 움직임은 "누구나 어디서나 무엇이든지 읽을 권리가 있다"는 시민들의 금서 읽기 운동으로 이어졌다.

책의 자유가 어린이의 자유를 만든다

2023년의 금서 민원들을 거슬러 올라가면 2019년에 벌어졌던 '나다움어린이책' 사건이 등장한다. 행정부인 여성가족부와 민간단체, 민간기업의 사회공헌재단이 합동으로 진행한 성평등 어린이책 문화 사업이 당시 일부 민간단체와 한 국회의원의 공격으로 전격 중단된 일이다. '나다움어린이책'이라는 이름으로 어린이의 자기 긍정, 다양성 공존을 주요 가치로 제안하며 도서 선정, 연구, 토론회, 포럼, 교육프로그램 개발 등을 진행했던 이 프로젝트는 결국 좌초되었다. 금서 민원이 낳은 안타까운 결과다.

금서 민원처럼 도서관의 운영과 독서에 대한 독자들의 권리를 위협하는 사건들은 책 읽는 문화를 후퇴시키고 작가들의 창작 활동을 가로막는다. 책의 자유를 지키려면 어떻게 해야 할까. 어린이와 책의 상호작용에 대한 실질적인 관심이 커져야 한다. 어린이에게 어떤 책이, 어떤 문학이 필요한지에 대한 논의가 더 활발해져야 한다. 민원 소동으로 이 멋진 책들이 폐기되는 폭력적인 상황은 어린이책에 대한 무관심한 태도 때문에 가능하다. 어린이와 동행하는 어른 독자들이 부지런히 생각을 나누고 어린이의 책에 애정을 갖고 함께 목소리를 낸다면 어린이책의 분서갱유를 막을 수 있다. 귀중한 책이 금서로 내몰리는 것을 막기 위해 몇몇 독자들은 금서를 상호대차 할 수 있는지 온라인으로 정보를 주고받으며 금서의 퇴출 대응 운동을 펼치기도 했다. 예약 대출이나 상호대차가 왕성해지면 도서관이 이 책들을 함부로 다룰 수 없게 되기 때문이다. 일부 인터넷 서점과 독립 서점은 이른바 금서 특집을 기획하기도 했다. 금서 퇴출에 항의하는 도서관 이용자들이 모여 토론회를 열고 지금 우리 어린이들에게 이 책들이 필요한 이유에 대해서 이야기했다.

책이 자유롭지 않으면 어린이의 자유는 불가능하다. 어린이책에서 검열이 시작되면 다른 도서에 대한 검열로 이어질 가능성이 높다. 검열에 익숙해진 어린이는 검열을 받아들이는 비자율적 어른으로 자란다. 성평등 도서에서 시작된 검열은 다양한 철학과 사회 문화를 다루는 다른 도서에 대한 검열을 불러오게 될 수 있다. 검열주의자들은 왜 어린이책을 검열의 첫 번째 표적으로 삼는 것일까? 독자로서 발언의 기회가 적은 어린이가 독서 문화의 생태계에서 가장 고립시키기 쉬운 조건에 놓여 있기 때문이다. 어린이는 자신을 둘러싼 검열의 시도를 잘 알지 못한 채 사랑하던 책이 어느 날 갑자기 서가에서 사라진 것을 통해 이 사태를 깨닫는다. 몇몇 행정 조치를 통해 순식간에 그가 아마도 읽고 싶었을 책, 장차 즐겁게 읽게 되었을 책의 존재 자체와 격리되어 버린다. 통제된 독서 환경 속에서는 어린이들을 세계 시민으로 기를 수 없다. 어린이에게 책은 민주주의와 다양성을 배우는 교실 그 자체다.

책에는 담이 없어

윤슬의 단편 동화 〈갈림길〉에는 유나와 아연이, 두 명의 어린이가 등장한다. 아빠와 엄마가 이혼하고 아빠를 따라 낯선 동네에서 살게 된 아연이에게 가장 가까운 이웃은 동갑 유나다. 그런데 아연이는 유나와 친해지면 친해질수록 그에게서 정체를 명확히 알 수 없는 불안을 느낀다. 외딴집에 사는 유나를 불안하게 만드는 사람은 누구일까. 어쩌면 유나의 가족일까. 아연이는 유나와 나눈 몇 마디 말들을 곱씹어 보며 친구의 안위를 걱정하면서도 그 마음을 선뜻 꺼내 묻지는 못한다. 그러다가 이렇게 말한다. "혹시 무슨 일이 있으면 우리 집으로 달려와. 우리 집엔 담도 없어."

독자는 책을 읽으며 유나는 어쩌면 가정폭력에 노출된 어린이일지도 모른다고 예감한다. 아연이가 손을 내밀지 않았으면 아마 누구에게도 쉽게 털어놓지 못했을 유나의 아픔은 '폭력'이라는 글자로 명시되지 않았으나 독자에게 와서 닿는다. 문학은 이렇게 글과 말 너머의 아픔을 만지는 힘이 있다. 독자는 담도 없는 아연이네와 믿음직한 아연이의 아빠가 유나의 이웃에 살아서 그래도 참 다행이라고 생각한다. 유나와 비슷한 처지의 어린이가 이 책을 읽었다면 자신의 아픔을 가까운 이에게 알릴 용기를 얻게 될 수도 있다. 문학은 이렇게 글과 말 너머의 사람에게 희망의 단서를 건넨다.

어린이에게 책은 담이 없는 세계다. 그 안에 들어가면 새로운 모험에 뛰어들 수 있고 어떤 어려움이 닥치더라도 책 속 인물과 함께 이겨 낼 수 있는 상상의 들판이 펼쳐진다. 책을 덮고 나서 단숨에 일상으로 돌아오는 순간 어린이는 깨닫는다. 책을 읽기 전과 후에 다른 사람이 되었다고. 책을 읽으며 조금 더 자란 작은 영웅은 그렇게 귀환하고 다시 문학 속으로 들어가기를 청한다. 앞으로도 혹시 무슨 일이 있으면 책과 의논해야겠다고, 책 속으로 달려가야겠다고 마음먹으면서 지금보다 더 어려운 길을 택할 줄 아는 더 멋있는 사람으로 자란다. 책에게 이해받으면서 세계를 이해하는 법을 배운다. 좋은 책을 읽은 어린이는 장차 좋은 사람들을 발견할 줄 알게 된다. 그들과 자신의 일을 의논하며 풀어 갈 수 있는 사람이 된다.

《20세기는 어린이를 어떻게 보았는가》라는 책에서 혼다 마스코는 "이 세상에는 어린이가 혼자서 살아가는 예도 없으며, 어린이가 혼자 단독으로 성장해 가는 일은 더욱 불가능하다"라고 말한다. 우리는 이 간단한 진리를 자주 잊는다. 어린이 곁에는 더 많은 어른이 필요하다. 어떤 어른이 필요할까. 어린이책과 함께하는 어른이다. 바로 당신과 나 같은.

김지은 서울예술대학교 문예창작전공에서 학생들과 함께 어린이책을 읽고 어린이책에 대한 글을 쓰며 연구한다. 평론집 《거짓말하는 어른》, 《어린이, 세 번째 사람》을 펴냈고, 그림책 《나는 강물처럼 말해요》, 《마일로가 상상한 세상》, 《무엇이든 언젠가는》, 《우리 집에 놀러 와》, 《헨리에타, 우리 집을 부탁해요!》 등을 번역했다.

함께하는
그 모든 순간에 자란다

서로돌봄의 교육학

김중미(작가, 기찻길옆작은학교)

"노는 것도 공부야"

초등학교 때, 운동회 때마다 하는 달리기가 그렇게 싫었다. 출발선과 도착점이 딱 정해져 있고 일등, 이등, 꼴등을 가리는 것도 싫었지만, 출발을 알리는 총소리도 싫었다. 중·고등학교 때 벌칙으로 종종 하던 선착순 달리기는 지금 생각해도 머리털이 쭈뼛쭈뼛 설 만큼 싫었다. 나 때문에 우리 편이 지는 이어달리기도 무서웠다. 그러나 희한하게 오래달리기는 좋았다. 오래달리기는 옆 친구들과의 경쟁이라기보다 자신과의 싸움이라는 생각에서였는지 모르겠다.

어려서부터 나는 편을 나누어 노는 놀이를 별로 좋아하지 않았다. 특히 박치에다 몸치라 고무줄놀이는 영 실력이 늘지 않았고 그래서 제대로 즐기지 못했다. 음악 교사였던 외할머니 밑에서 자란 데다 수학 영재였던 엄마는 박치인 나를 답답해했고, 동네 아이들 사이에서 깍두기를 면치 못하는 것도 속상해했다. 그러나 나는 깍두기가 싫지 않았다. 잘하지 못해도 이편저편 다 될 수 있는 깍두기가 좋았다. 친구들은 얼뜨고 굼뜬 나를 따돌리지 않고 잘 데리고 놀아 주었다. 사실 우리 동네에서는 장애가 있건 없건, 남자건 여자건 그냥 다 같이 놀았다. 학교에서는 성적 때문에 좀 주눅이 들어 있더라도 동네에만 오면 대장 노릇을 하는 아이도 있는가 하면, 학교에서는 모범생으로 칭찬받던 아이도 동네에서는 그저 동네 아이였다. 그 시절 우리는 같이 놀면서 서로의 차이를 자연스럽게 이해하고, 서로 배려하는 법을 배웠다. 엄마는 내가 방에 틀어박혀 책을 보면, 등을 떠밀며 말했다.

"노는 것도 공부야. 나가서 놀아."

1988년부터 기찻길옆공부방 큰이모로 사는 동안 나는 '노는 것도 공부'라는 엄마의 말을 기억하며 아이들이 잘 노는 걸 가장 중요하게 생각해 왔다.

서로돌봄의 정치

올해 어린이날을 앞두고 전국의 지역아동센터가 문을 닫고 있다는 기사가 나왔다. 저출생 심화로 돌봄 대상인 아동 숫자가 줄어드는 것이 가장 직접적인 원인이라고 한다. 거기에 늘봄학교까지 시범 운영하면서 오랫동안 저소득층 아동 돌봄을 담당해 왔던 지역아동센터가 타격을 받는 모양새다. 정부가 적극 추진 중인 늘봄학교 정책에는 지역아동센터, 청소년방과후아카데미, 다함께돌봄센터, 진로 체험 기관, 민간기업과 지역 대학의 우수한 인적 물적 인프라, 한국과학창의재단, 체육 관련 단체, 한국문화예술교육진흥원, 지역 문화 재단, 박물관과 도서관, 과학관까지 활용 또는 협력하게 하겠다는 원대한 이상이 들어 있다. 정부의 늘봄학교 정책은 1980년대 중반부터 빈민 지역에서 시작한 공부방이 해 온 활동을 전문성으로 포장한 '종합 선물 세트'로 만들었다. 가장 큰 문제는 저 모든 것을 학교 안에서 하겠다는 것이다.

처음 공부방을 시작하고 몇 달이 지나 부모회를 열었을 때, 보호자들이 조심스럽게 물었다.

"이모·삼촌은 돈도 안 받고 여기서 왜 이런 걸 해? 우리야 무료로 공부 가르쳐 주고 아이들 봐 주니까 좋지만."

우리는 그냥 거저 아이들을 봐 주는 것이 아니라 역할 분담을 하는 거라고 말했다. 보호자들이 일터에서 일하며 사회에 기여하는 것처럼, 우리는 아이들을 돌보며 사회에 참여하고, 후원자들은 우리 공부방에 나눔을 하며 이 사회에 도움을 주는 것이라고 설명했다. 그러자 가난한 엄마, 아빠, 할머니도 후원자가 되었다. 다달이 내는 후원금이 5천 원이든, 5만 원이든 똑같은 후원자일 뿐이었다. 우리는 그렇게 아이들이 건강하고 당당한 시민으로 살아가게 돕는 공동체를 만들어 왔다. 여성교실, 남성교실을 만들어 함께 공부하고 주민 도서실도 꾸렸다. 선거 때면 가난한 노동자, 도시 빈민을 위한 후보가 누구인지 살피고 지지 운동을 하기도 했다. 우리는 아이들에게 좋은 본보기가 되기 위해 노력했다. 그래서 공부방 운영도 상근자만이 아니라 대학생인 자원 교사들과 함께했다. 여럿이 함께 살림을 꾸려 나가려니 모임과 회의가 많았다. 그걸 보고 자란 아이들 역시 언제부턴가 자기들 사이에 의견 차이가 생기면 둥그렇게 앉아 회의를 열었다. 공부방 초기부터 지금까지 가장 주체적이고 민주적인 그룹은 초등부다. 사소한 것도 함께 의논하고, 갈등이 생기면 다 같이 둘러앉아 시간이 얼마가 걸리든 풀고 헤어졌다. 그러던 아이들이 중학생이 되면 자신이 주체라는 사실을 의심하고, 회의하고, 반항했다. 다행히 고등학생이 되면 생각이 깊어져 또다시 주체의 자리로 돌아왔다. 그 모든 시간이 성장 과정의 일부라는 것을 알기에 이모·삼촌들은 아이들 곁을 묵묵히 지키고, 때로는 개입하며 함께 성장했다.

2024년 봄, 36년을 이어 온 기찻길옆작은학교에 비상이 걸렸다. 3월이 되도록 신입생 문의가 오지 않았다. 돌봄교실 때문에 1, 2학년 학생들이 가뜩이나 적은 편인데 늘봄학교가 시작된다니 더 문의가 없는 것 같았다. 전학 간 아이들과 중등부로 올라가는 아이들이 빠지자 초등부가 12명으로 줄었다. 아이들이 적으나 많으나 공부방은 늘 하던 대로 한 해 계획을 세웠지만, 남은 아이들이 풀이 죽었다. 늘봄학교 영향만이 아니라 지역 재개발과 저출생 등으로 인근 초등학교도 학생 수가 줄어든 상황이었다. 이모·삼촌들의 고민이 깊어졌다. 그래도 학생 모집 홍보지를 돌려 보기로 했다. 공부방 바로 앞에 있는 LH 임대주택 단지와 인근 아파트 단지의 광고판에도 이용료를 내고 홍보지를 붙이고, 화수·화평동에 있는 빌라까지 홍보지를 돌렸다.

신입생 모집 홍보지를 돌린다는 걸 들은 중학교 1학년 친구들은 공부방에 오면 초등부 신입생이 왔는지 수시로 물었다. 중학교 1학년 친구들은 초등부 졸업을 앞두고부터 큰 걱정을 했다.

"우리 졸업하면 4, 5학년 애들이 3학년, 2학년 잘 데리고 놀지 모르겠어요."

"송이*가 전학 가서 6학년에 남학생만 둘인데, 철이랑 용만이

---

* 이 글에 등장하는 아이들의 이름은 가명이며, 허락을 받은 경우에는 실명을 사용했다.

가 잘할까요?"

"철이랑 용만이는 잘할 텐데 5학년이 경희 혼자잖아."

"맞아, 경희는 오히려 다른 애들이 도와줘야 하는데."

경희가 이주배경을 가진 한부모 가정에서 자라고, 느린 학습자라는 것을 아는 언니, 오빠들의 걱정이 컸다.

"경민이가 철이 말을 안 들을 거야. 철이가 좀 단호해야 하는데, 지금 6학년이 너무 착해요."

"이모 큰일 났네요, 초등부."

형, 누나들 없이 오빠, 형이 된 6학년도 걱정이 태산이었다.

"이모, 6학년에 여학생 한 명만이라도 오면 좋겠어요. 공부방이 너무 썰렁하고 뭘 해도 재미가 없어요."

아이들의 걱정에 홍보를 시작했지만 큰 기대는 하지 않았다. 그런데 며칠 뒤부터 전화가 오기 시작했다. 그동안 학원조차 다닐 수 없었던 아이들이 곳곳에 숨어 있었다. 조손 가정, 이주 가정을 비롯해 어려운 상황에 놓인 위기 가정들이 적지 않았다. 그래서 초등부 공부방 아이들이 다시 20명이 되었다. 그동안 여학생들이 적어 걱정이었는데, 학년마다 여학생이 들어왔다. 6학년 아이들의 입이 귀에 걸리고, 동생들 걱정으로 날마다 신입생이 몇 명이 왔는지 묻던 중학교 1학년 얼굴도 환해졌다.

돌봄 논의에 '어린이'는 없다

공부방에 오래 다닌 아이들은 공부방만의 약속에 익숙하다. 귓속말하지 않기, 간식 가져오지 않기, 놀 때 다 같이 놀기, 욕하지 않기, 스마트폰 꺼내지 않기, 타인의 말에 귀를 기울이기, 마음 나누기, 느린 친구들을 기다려 주기, 양보하기, 다툼이 일어나면 함께 대화로 해결하기 등. 물론 수시로 까먹고 어겨 서로 다시 확인하는 것이 공부방의 일상이다.

새로운 아이들이 오면 이모·삼촌들은 아이들을 파악하기 위해 노력한다. 신입생을 받기 전 보호자 상담을 하지만, 첫 만남부터 가정 형편을 솔직하게 말하는 경우가 드물어 아이들을 보며 살펴야 한다. 아이들이 노는 모습을 보면서 관계에 어려움은 없는지, 의사소통을 비롯한 언어 이해력이 부족하지는 않은지, 정서적인 면에 어려움을 겪고 있는 것은 아닌지를 세심하게 파악한다. 그 뒤 아이가 겪는 어려움을 돕기 위해 주 보호자와 상담하거나 학교 안팎의 여러 자원과 연결하기도 한다.

그러는 사이 아이들은 학원이나 학교와는 다른 공부방의 공동체 수업 방식에 적응해 간다. 공부방에서 하는 다양한 프로그램은 아이들의 재능을 키워 주기 위해 하는 것은 아니다. 성적이 오르고, 미술 실력이 늘고, 노래 실력이 늘고, 운동 실력이 늘고, 자신이 잘하고 좋아하는 것과 재능을 깨닫는 것은 공부방 생활을 하면서 얻는 결과물일 뿐이다. 공부방에서 하는 다양한 프로그램을 보고 외부에서는 "대단하다", "놀랍다"고 말하지만, 우리의 목표는 공부방을 통해 아이들이 서로 돕고, 나누고, 함께하는 법을 배우게 하는 것이다. 아이들은 그 과정을 통해 자신감이나 자존감을 회복하고, 뜻밖의 재능을 발견한다. 무엇보다 내가 무엇을 하든 오롯이 혼자 힘만으로는 할 수 없다는 것을 깨닫는다. 예를 들어 공부방 앞에서 공놀이를 재미있게 오래 즐기려면, 지고 이기는 것보다 친구들과 서로 양보하고 서로 돕는 것이 더 중요하다는 것을 배우게 된다. 공부방 주변에는 놀이터라 할 만한 공간이 따로 없으니 골목에서 놀아야 해서, 이웃 할아버지나 아주머니들이 시끄럽다고 혼내는 소리를 듣지 않으려면 눈치를 보기도 해야 한다. 친구들끼리 놀면서 눈치를 배우는 것도 중요한 공부다. 놀다 보면 넘어져 다치고, 상처가 나기도 하고, 원하지 않더라도 술래를 해야 하고, 친구들 사이에서 갈등과 오해가 생길 수 있다는 것을 알아야 한다. 그 갈등을 해결하기 위해 내 생각과 감정을 타자에게 말하고, 상대방의 말에 귀 기울이고 이해하는 법도 배운다. 아이들은 놀면서 또래의 규칙을 배우고, 상호작용을 배우고, 사회성을 배운다. 아이들에게 필요한 것은 프로그램이 아니라 '놀이'다. 놀지 않고 자라는 아이들이 어디서 사회성을 배우고, 타자와 관계 맺고, 배려하는 법을 배울 수 있을까. 교실 안에서 벌어지는 학교폭력 뒤에는 갈등을 또래들끼리 해결하는 법을 배우지 못하는 현실이 있다.

공부방 아이들은 어려움이 있을 때 언제든지 도움을 청하러 갈 곳이 있다는 것을 안다. 공부방에 가면 이모·삼촌들이 항상 맞아 주고, 문제를 해결하기 위해 함께 애를 써 주는 것을 초등학교 저학년 때부터 경험하기 때문이다. 그래서 고등학생 때나 대학생이 돼서도 스스럼없이 자신의 어려움을 나눈다. 오래전 우리가 골목에서 노는 동안 이웃 어른들의 보살핌을 받았던 것처럼, 마을 공동체의 보살핌을 받았던 것처럼 말이다. 아이들이 어른의 존재를 잔소리만 하는 귀찮고 무서운 존재가 아니라 자신들을 지지하고 지켜 주는 존재로 기억하는 것도 중요하다.

그런데 이제 그 모든 것을 학교에 욱여넣고 그곳에서 다 해결하라고 한다. 아이들은 그저 돌봄의 대상이 되고 어디서도 주체가 되지 못하고 시민이 되지도 못한다. 2020년에도 돌봄교실을 교육청이 맡아야 할지, 지자체가 맡아야 할지로 논쟁이 있었다. 그때나 지금이나 그 모든 논쟁에 당사자인 어린이가 없다는 것은 가장 큰 문제라고 생각한다. 저출생 대책으로 나온 늘봄학교에도 어린이는 없다. 어린이가 어떤 환경에서 어떤 사람들과 어떻게 살아가는지, 어린이가 바라는 것은 무엇인지, 어린이의 발달 단계에 맞는 돌봄과 지원, 교육은 무엇인지에 대한 고민이 없다. 정책을 만드는 이들은 어린이들이 행복해지는 일에는 아예 관심이 없는 것 같다.

모든 돌봄이 그렇지만 아동 돌봄은 특히 돌보는 사람과 돌봄을 받는 사람 사이의 관계가 중요하다. 돌봄은 어른들이 없는 시간에 아이들이 단지 안전하게 어딘가에 있는 것을 뜻하지 않는다. 모든 인간은, 아니 생명을 가진 모든 존재는 서로 의존하지 않으면, 누군가의 돌봄을 받지 않으면 살아갈 수 없다. 돌봄의 과정은 사회화 과정과 일치한다. 사실 돌봄과 교육은 칼로 두부 자르듯이 정확히 선을 그을 수도 없다. 지금 국가에서 한다는 돌봄, 그리고 교육의 공통점은 그 안에 '인간'이 보이지 않는다는 것이다. 나는 돌봄은 학교 담장 안에 갇혀서는 안 된다고 생각한다. 아이들은 자신이 살아가는 공간 안에서 보호받으며 공화를 배워야 한다. 그러면서 시민으로서 자랄 수 있다.

날마다 노는 날

어린이날, 90명 가까이 되는 기찻길 식구들이 강화 공부방으로 모였다. 새로 들어온 친구들은 강화에 모인 식구들을 보고 눈이 휘둥그레졌다. 6학년 신입생인 가빈이가 수연 이모에게 청년부들을 보며 누구냐고 물었다.

"공부방 졸업생들이야."

"어? 대학생 돼서도 공부방에 다녀요?"

"아니, 젊은 이모·삼촌 중에는 학생뿐 아니라 직장에 다니는 이모·삼촌도 있어. 중고등부 담당도 있고, 멀리 있거나 사정이 안 돼서 이런 행사 때 함께하는 이모·삼촌도 많아. 가빈이 너도 나중에 이모·삼촌이 될 수 있어."

순간 아이의 눈이 반짝였다.

"저도 그러고 싶어요!"

어린이날은 늘 그렇듯이 오전에는 강화 공부방 주변의 풀, 꽃, 나뭇잎, 곤충과 함께 자연 놀이를 하고, 중고등부는 청년들과 함께 피구와 발야구를 했다. 점심을 다 같이 먹고는 양도초등학교에 모여 작은 운동회를 열었다. 운동회를 진행하고 간식을 준비하는 이모·삼촌들을 빼고, 모두 여섯 모둠으로 나눠 다양한 경기를 했다. 모든 경기가 단체 놀이라서 나 혼자 잘한다고 이길 수 없고, 져도 기분이 상하지 않는다. 경쟁에 익숙한 신입생들은 처음에는 지고 이기는 것에 예민하지만 점점 결과에 상관없이 놀이 자체를 즐기게 된다.

작은 운동회의 꽃은 일곱 살부터 청년들까지 다 같이 하는 이어달리기이다. 첫 주자는 가장 어린 아이이고, 장애가 있거나 아파서 잘 뛰지 못하는 친구들도 청백 팀에 골고루 들어가 뛴다. 이어달리기의 마지막 주자들은 항상 고등부와 대학생이다. 아이들은 팀을 대표해 전력 질주하는 마지막 주자를 목청 높여 응원한다. 청백 중 누가 우승할지 마음을 졸이지만, 늘 동시에 들어온다.

미리 약속하는 것은 아니다. 그저 오랫동안 해 와서 모두 즐거워지는 법을 몸에 익혔을 뿐이다. 어렸을 때 그런 이어달리기를 알았다면 나도 이어달리기를 좋아했을 거다.

이어달리기가 끝나고 간식까지 먹고 나서도 아이들은 삼삼오오 모여 논다. 초등부, 중고등부, 대학생이 섞여 축구를 하고, 더러는 나무 의자에 앉아 이야기꽃을 피운다. 누군가 혼자 있으면 동생이든, 친구든, 언니든, 형이든 곁에 가서 말을 걸고 장난을 친다. 그러면 쭈뼛거리던 아이도 금세 환하게 웃는다. 대학생들은 입시나 취업 문제로 고민하는 고등부 동생들의 이야기를 들어준다.

공부방 어린이날에는 좋은 음식, 비싼 선물 따위는 없다. 이모·삼촌들이 마련한 선물 주머니에는 성탄절과 다름없이 과자와 양말 몇 켤레가 들어 있다. 그런데도 아이들의 얼굴이 청명한 날씨만큼 밝고 맑다. 경쟁에서 이기지 않아도 행복하다는 경험이, 아무런 대가 없이 서로 돌보는 것이 가능하다는 것이 아이들의 몸과 마음에 새겨진다. 종일 놀고도 지친 기색이 없는 공부방 아이들을 보면 아이들이 원하는 것은 좋은 선물이 아니라 존중받고 사랑받는 행복이라는 것을 알 수 있다.

전국교직원노동조합(전교조)이 어린이날을 맞아 〈2024년 어린이의 삶과 또래놀이 실태조사〉를 발표했다. 하교 후 친구들과 노는 장소를 물었더니 '놀지 않는다'고 답한 학생이 38.3%에 달

했다. 도시 지역은 '동네 놀이터'(40.9%)에서, 농어촌 지역은 '학교 운동장'(43.1%)에서 주로 놀았다.

그러나 공부방에서는 날마다 논다. 아파트 단지가 아니라서 놀이터도 없지만, 공부방 앞에서 다방구를 하고, 야구 놀이를 하고, 얼음땡을 하고, 소꿉놀이를 한다. 그렇게 찔끔찔끔 놀다가 여름 캠핑과 겨울의 '함께자기' 때는 며칠을 내리 놀기도 한다. 올해도 7월 26일부터 29일까지 3박 4일간 80명이 훌쩍 넘는 인원이 충북 괴산의 솔뫼농장에 가서 놀다 왔다. 디지털 기기 사용이 금지돼도 아이들은 금단 현상을 겪지 않는다. 농장에 도착해 짐을 풀자마자 농장 주변으로 흩어져 놀고, 언니, 오빠, 형, 누나, 이모·삼촌과 섞여 발야구, 축구를 하고, 논 가 도랑에서 논다. 다 같이 점심을 해 먹고 나서는 개울로 가 오후 내내 물놀이를 한다. 숨 막히는 더위에도 지치는 줄도 모르고 놀던 아이들의 표정에 아쉬움이 깃드는 순간은, 마지막 날 밤, 캠프파이어에 이어서 하는 포크 댄스 시간 때다. 포크 댄스가 캠프의 마지막 이벤트라는 것을 알기 때문이다. 4박자 노래에 맞춰 초등부, 중등부가 큰 원을, 고등부와 청년들, 이모·삼촌들이 작은 원을 만들어 돌아가며 추는 포크 댄스는 캠프의 꽃이다. 어린 동생들은 자신을 위해 몸을 낮춰 주는 언니, 오빠들, 이모·삼촌들과 함께 춤을 추며 행복에 겨운 웃음을 감추지 못한다. 그렇게 몇 바퀴를 돌고 나면 고등부와 이모·삼촌은 지쳐 쓰러질 지경이지만 어린 아이들은 몇 바퀴를 더 돌아도 상관없다는 듯 달보다 환한 표정을 짓는다. 아이들은 작다고, 약하다고, 조금 늦다고, 조금 다르다고 손가락질당하거나 따돌림받지 않는 평화로운 시간을 몸에 새긴다. 포크 댄스를 하고 잠자리에 누운 초등학교 1학년 순아가 말했다.

"이모, 나 대학생 될 때까지 공부방에 다닐 거예요."

그러자 6학년 현이와 온유가 맞장구를 쳤다.

"나도, 나는 꼭 대학생이 돼서 이모가 될 거야."

마지막 날 밤, 눈꺼풀이 내려앉는데도 아이들은 쉽게 잠들지 못하고 계속 수다를 떨었다. 재잘재잘, 깔깔깔, 웃음소리가 그치지 않는 아이들을 보며 작년 늦여름의 한 장면이 떠올랐다. 다른 곳에 강연을 갔다가 가느라 저녁때를 놓쳐 급하게 샌드위치라도 먹으려 편의점에 들어갔다. 내가 샌드위치를 사서 먹는 동안 초등학교 5, 6학년쯤으로 보이는 남학생 둘이 매운볶음면과 삶은 계란, 스트링 치즈를 사서 조리를 하더니 편의점 밖 탁자로 갔다. 그러고는 스마트폰을 세워 '먹방' 유튜브를 틀어 놓고 각자 화면을 보면서 볶음면을 먹었다. 둘은 먹방 영상을 보며 각자 키득거릴 뿐 대화가 없었다. 먼저 다 먹은 아이는 먹방을 끄고 게임을 시작했다. 끝내 둘 사이에 대화는 없었다. 요즘 아이들은 다 그렇게 논다고, 그렇게 누군가와 함께 있는 것만도 다행이라고 할 수 있겠지만, 대화가 없는 친구, 같이 있으면서도 같이 놀지 않는 아이들을 보며 슬펐다.

초등학교 교사인 공동체 후배들은 아이들이 방과 후에 운동장에서 놀지 않은 지가 이미 오래되었다고 했다. 수업이 끝나자마자 교문 앞에 대기하고 있는 노란 승합차에 나눠 타고 흩어져 각자의 학원으로 가야 하기 때문이다. 그렇다고 점심시간에 운동장에서 노는 것도 아니란다. 운동장에서 놀다가 다툼이 일어나면 곧장 민원이 들어오고 학교폭력위원회를 열어야 하기에, 운동장에서 자유롭게 노는 시간이 없도록 점심시간과 수업이 끝난 뒤, 방과후교실에 가기 전까지의 비는 시간에 따로 프로그램을 만들어 운영한다고 했다. 학교폭력위원회로 상징되는 일그러진 평화 교육과 내 아이만 소중하다는 지나친 자녀 사랑이 아이들 스스로 갈등을 해결하고, 양보하고, 타인을 이해할 기회를 빼앗아 버렸다. 여전히 어린이와 청소년들에게 친구는 양육자나 가족만큼, 어쩌면 그보다 중요한 존재다. 그런데 어린 시절 친구들과 싸우고 화해하며 쌓는 관계를 경험하지 못하니 대학생이 돼서도 친구들과 관계 맺고, 우정을 유지하는 데 서툴 수밖에 없다.

"내 친구의 집은 어디인가"

한국 사회는 불평등한 사회다. 그 불평등이 겉으로 드러나는 것이 주거 환경이다. 특히 만석동이나 화수동처럼 빈곤의 모습이 그대로 보이는 곳에서는 아이들에게도 지역에 대한 이해와 애정이 필요하다. 그래서 공부방에서는 지역에 관련된 다양한 프로그램을 마련한다. 2018년에는 초등부와 '내가 사는 지역은 어떤 곳인지, 어떤 사람들이 살고 무슨 일을 하는지, 내 친구들은 어디에 살고, 그 집에는 어떤 추억이 깃들었는지'를 알아보는 '내 친구의 집은 어디인가'를 한 학기 동안 진행했다. 공부방 아이들이 사는 만석동이나 화수동은 일제강점기 때 일본인 관사와 한국인 노동자들의 사택 나가야 주택이 곳곳에 남아 있다. 또 높고 낮은 언덕으로는 6.25 한국전쟁 때 피란 온 이들이 지은 판잣집들이 게딱지처럼 붙어 있다. 2000년대 이후 인근에 아파트가 들어섰지만 그렇다고 형편이 나아진 것은 아니다. 아파트에 사나 다세대주택에 사나 형편은 다 고만고만하다. 어디든 선주민과 이주민이 섞여 있고, 대부분 인근에 있는 공장의 노동자이다.

그 동네가 이런저런 이유로 '원래 거기 있던 건물들이 사라지고, 아이들의 추억이 깃든 곳도 사라진다. 동네를 밀고 고층 아파트가 들어서는 화수동뿐 아니라 만석동도 몇 년 사이 지역의 모습이 달라졌다.'* 그래서 '내 친구의 집은 어디인가'를 기획했다. 우선 공부방 아이들이 주로 사는 동네를 세 구역으로 나눠 모둠을 만들었다. 공부방이 있는 만석동 6번지, 9번지 일대, 만석 LH

---

* 유동훈(2018), 《내 친구의 집은 어디인가》, 문화공간 칙칙폭폭.

아파트와 그 주변 동네, 그리고 학교 뒷문 쪽 화수동과 송현동까지. 그 동네에 사는 아이들이 자기가 사는 동네의 길잡이를 맡았다. 아이들은 세 동네를 다니며 우리 동네와 우리 집을 소개하고, 친구네 집, 친구네 동네를 방문했다. 그 결과물을 글과 미니어처로 남기고 글은 책으로 묶었다. 그 프로젝트를 진행하는 동안 이모·삼촌들은 여러 번 놀랐다. 길잡이들이 친구들을 이끌고 간 곳은 대개가 어른들은 이미 잊었거나 미처 알지 못하는 아이들만의 공간이었다. '일 나간 엄마와 만나 떡볶이를 사 먹던 포장마차가 있던 자리', '학교 가던 지름길', '처음으로 친구가 된 자리', '배놀이터' 등등.

"우리 할머니 집은 원래는 정말로 안 좋은 집이었다.

근데 할아버지가 집을 싹 고쳤다.

창고, 샤워실, 할아버지 방, 또 앞에 있는 할아버지 친구 집 모두 할아버지가 고쳤다."

"벤치는 보리 형의 보물을 채워 준 한 가지다.

벤치는 계속 쓸쓸하다.

벤치는 사람이 앉는 곳이지만

그 벤치는 사람이 별로 안 앉는다.

그건 보리 형의 추억 중 한 가지여서

나에게도 소중한 추억이다.”

“처음 어떻게 하늘이 오빠를 만났는지 기억이 난다.
횡단보도를 지나가고 두산 인프라코어 쪽에 있는 CU가 보인다.
거기에서는 공연 연습하러 갈 때 CU에 가서 하늘이 오빠랑
밥을 먹은 게 생각이 난다.”

“주말이 되면 놀던 뒷놀이터가 보인다.
거기서 옛날 때 아는 오빠와 여동생이랑
같이 축구하거나 배드민턴 같은 것을 한 게 생각난다.
그리고 수경이가 유진이랑 뒷놀이터에서
불량식품 파티를 했다고 한 걸 떠올리면 재미있다.”

“골목으로 들어가면 큰 도로가 나오는 동네
창문을 열고 서로 이야기하는 동네
집에 사람이 안 살고 버려진 집이 있는 동네
횡단보도에서 서로 친해지는 동네
편의점에서 같이 저녁 먹는 동네
신기한 골목이 사라져 버린 동네”

“우리 동네는 아파트 단지여서 골목도 없고

신기한 곳도 없어서 다를 것 같았는데

내가 알지 못하는 곳도 있어서

우리 동네를 더 많이 알게 된 것 같아서 좋았다.”

지금 공부방 아이들이 사는 집과 동네는 골목에 사람이 넘쳐
나고, 일터와 집이 가깝던 때와는 다르다. 그래서 아이들의 가난
이 더 도드라지고, 가난한 사람들은 더 쪼그라들었다. 우리는 아
이들에게 가난하고 추레한 이 동네를 어서 벗어나라고 등 떠밀지
않는다. 너희도 높이와 넓이로 행복을 가늠하는 대열에 서야만
한다고 부추기지 않는다. 그보다 우리 동네와 우리 지역의 역사와
현재를 알게 하고, 나와 내 이웃의 가난과 불평등의 문제를 인식
하도록 돕는다. 아이들이 결핍으로 인해 좌절하고 무기력해지지
않으려면, 개인의 노력으로 채울 수 있는 결핍과 여러 사람이 함
께 목소리를 내야만 채워지는 결핍을 가려낼 수 있어야 한다고 믿
는다. 그 분별은 학교에서 교과서로 배우는 것이 아니라 아이들이
성장하는 ‘여기’에서 배우는 것이다. 혼자가 아니라 여럿이 함께.

함께 먹고, 함께 놀고, 함께 자는 모든 순간에 자란다

코로나19 팬데믹 3년 동안 30년 동안 해 왔던 정기 공연을 하

지 못했다. 엔데믹이 된 뒤에도 달라진 공연장 예약 환경, 경제적인 어려움, 공동체의 변화 등으로 예전처럼 공부방 전체가 모여 반년 가까이 공연을 준비하는 일은 가능하지 않았다. 그런데 아이들이 먼저 꿈틀거렸다.

"이모·삼촌, 인형극 안 해요?"

2019년 초등부 아이들이 '춘천인형극제'에 나가 아마추어 인형극 경연대회에서 최우수상을 받았다. 그때 저학년이던 아이들이 다시 춘천인형극제에 나가고 싶다고 했다. 처음에는 초등부 담당자들 위주로 쉽고 가볍게 해 보자 했다. 그런데 아이들은 형, 누나가 했던 것과 같은 관절 인형에, 세밀한 소품과 멋진 무대를 가진 인형극을 원했다. 아이들이 겪은 팬데믹을 담은 소박한 인형극을 생각한 이모·삼촌과 달리 우크라이나 전쟁, 기후 위기까지 담자고 했다. 초등부 담당자들은 어쩔 수 없이 대본을 계속 수정해야 했다. 그리고 그 인형극이 2022년 춘천인형극제 아마추어 인형극 경연대회에서 대상을 받았다. 대상을 받은 아이들은 상금을 우크라이나 어린이들에게 보내자고 했다.

공부방에서는 아이들이 살아가는 세상이 어떤 세상인지를 잘 알아야 한다고 생각한다. 그래서 지역에 닥친 재개발 문제, 보호자들의 노동 문제, 팬데믹의 원인과 기후 위기, 우크라이나에서 일어난 전쟁에 대해 배우고 토론했다. 그 과정에서 아이들은 스스로 자각하든 못 하든 세계 시민으로 자라며, 세상의 문제가 바로 자기의 문제라는 것을 깨닫는다.

　2023년에도 아이들은 당연히 인형극을 할 준비가 되어 있었다. 주제를 무엇으로 할지 회의하는데 3학년과 5학년 친구가 2022년 성탄절에 함께 읽은 그림책 《존엄을 외쳐요》를 바탕으로 인형극을 만들자고 했다. 《존엄을 외쳐요》는 〈세계인권선언〉을 쉽고 아름다운 우리말로 번역한 그림책이다. 이모·삼촌들과 아이들이 머리를 맞대고 '느린 학습자' 이야기, 변호사가 된 시각장애인 진영 삼촌의 이야기와 자신들의 일상을 담았다. 그리고 다시 춘천인형극제에 나갔다.

　인형극 경연대회에서 무사히 공연을 마치고 무대 조명이 꺼졌는데, 마이크 전원이 내려가지 않았는지 관객석으로 무대 뒤 아이들의 목소리가 들렸다.

　"괜찮아, 인준아. 대사 빼먹은 거 티 안 났어. 잘했어. 괜찮아."

　"맞아, 잘했어. 괜찮아."

　"나, 진짜 떨렸어."

　3학년 인준이와 하준이, 6학년 의령의 대화였다. 관객석에 있던 나는 순간 뭉클했다. 아이들은 상을 기대했겠지만, 상을 받지 않아도 충분했다. 우리가 원한 무대는 서로서로 존재감을 느끼고 행복해지는 것이었으니까. 그런데 기적처럼 2년 연속 대상을 받았다. 대상을 받고 인천으로 돌아오는 길에 3학년 아이들이 물었다.

　"큰이모, 우리가 세계 최초죠?"

"뭐가?"

"춘천인형극제에서 연속으로 대상 받는 거요. 그거 세계 최초 죠?"

뭐라고 대답해야 할지 몰라 웃음을 참고 있는데 다행히 5학년 아이가 말했다.

"세계는 몰라도 대한민국에서는 최초일걸?"

그제야 나도 대답했다.

"맞아. 형 말이 맞아. 대한민국에서는 최초일 거야."

인형극이 끝나고 상범 삼촌이 6학년 아이들을 인터뷰해 영상 을 만들었다.

"그때 지헌이랑 만약 상을 타게 되면은 무슨 말을 할까 얘기했 거든요. '내가 첫 막 때 지팡이를 떨어트려서 상을 못 받을 줄 알 았다, 그래서 우리 극단한테 미안했다' 이 말을 꼭 하려 했는데 대 상을 받아 버린 거예요. 그래서 시상식 때 그 말을 까먹었어요. 시 간을 되돌려서 그 말을 꼭 하고 싶어요."

"어린애들은 힘이 약하다 이런 편견이 있잖아요? 우리는 그런 편견을 깨부수고 우리가 같이 대본 만들고, 인형 만들고, 조작 합 맞추고, 성우 합 맞추고 그런 게 다른 극단보다 더 크다고 생각 해요. 그리고 우리는 인형극을 통해 존엄을 외치잖아요."

"우리 인형극은 조작이랑 성우가 호흡을 맞춰 가는 게 맛이잖 아요. 그래서 내가 조작하는 거랑 성우, 인준이랑 호흡이 잘 맞았을 때 그때가 가장 좋았어요."

"예를 들어 이걸 못하면 다 못할 거라 생각하지 않고, 여러 가지 방향으로 잘하는 걸 찾아 주고, 또 그 역할을 할 수 있게 도와주는 게 좋은 것 같아요. 성우를 못하면 조작으로 가서 잘하는 게 있는지 보고, 또 아니면 소품으로 가서 소품을 더 잘하는지 보잖아요. 더 못하는 게 아니라 더 잘하는 걸 따지는 것 같아서 좋아요."

"공부방 인형은 혼자 하는 게 아니라 다 같이 하는 거잖아요. 그러니까 자신만의 부담이 아니라 모두의 부담이라는 게 가장 큰 거 같아요. 그냥 하다 보면 친구들, 동생들, 형들이랑 다 같이 좀 더 친해지고. 그래서 그냥 인형극만 하는 것이 아니라 다 같이 더 친해지는 게 좋은 거 같아요."

아이들은 자신들이 한 말을 곧 잊을지 모른다. 그러나 함께 인형극을 하면서 느꼈던 순간순간의 기쁨이, 그리고 함께 상을 받으며 느꼈던 공동체가 몸과 마음에 새겨져 쌓일 것이다. 아니 쌓이지 않아도 상관없다. 혼자가 아니라 여럿이라는 벅찬 감동으로 행복했던 그 순간만으로도 충분하다.

2024년 인형극 준비는 중등부가 하기로 했다. 초등학생 티를 벗기 전인 3월까지도 의욕과 기대가 넘치던 아이들은 새로운 학교생활에 적응하면서 인형극이 귀찮아지거나 하찮아졌다. 준비하는 과정에서 사소한 일로 티격태격하고 불협화음도 자주 생겼다. 그러다 방학 때 여름 캠핑을 다녀오면서 아이들의 눈빛이 달라지기 시작했다. 소비와 디지털에 빠져 있던 아이들이 다시 몸을 부딪치고 뒤엉켜 놀기 시작하고, 끝도 없는 수다를 풀어놓기 시작했다. 더욱이 캠핑에서 함께 노는 맛을 맛보고 오자, 같은 목표 아래 함께 힘을 모으던 짜릿한 순간들을 기억하기 시작했다. 2024년 8월 3일, 춘천인형극제 아마추어 인형극 경연대회에서 25분간의 공연을 마친 도담이가 무대에서 내려오며 말했다.

"상 못 받아도 돼요. 우리가 다 같이 최선을 다했어요. 이제 다 됐어요. 충분해요."

함께하는 힘만큼 강한 것은 없다. 즐기면서 하는 것만큼 힘이 있는 것은 없다.

아이들은 경쟁에 이겨 부자가 되기 위해, 미래 역량을 갖춘 창의 융합 인재, AI와 코딩 전문가가 되기 위해 태어나지 않았다. 아이들은 사랑받고 존중받기 위해 태어났다. 어린이가 청소년이 되고, 청년이 되어서도 죽지 않고 살아남으려면 타인들과 살아가는 법을 배워야 한다. 넘어지고 자빠졌다가 스스로 일어나고, 웅덩이에 빠졌다가 누군가가 내민 손에 의해 빠져나오기도 하고, 무릎 꿇고 일어나지 않는 누군가에게 손을 내밀 줄 알아야 한다. 무엇이 되는 것보다 누구와 함께하는가가 더 중요하다.

우리나라는 어디든 '세계 최고', '명품' 따위의 낱말을 붙인다. 교육에도, 도시에도, 하다못해 돌봄 정책에도. 그런 말을 들을 때마다 얼굴이 화끈거린다. 지금 필요한 것은 세계 최고가 아니라 아이들이 모든 순간에 우선이 되고, 행복해지게 돕는 것이다. 팬데믹 이후에도 우리 사회는 신자유주의의 무한 경쟁 기조를 바꾸지 않았고, 기후 위기에 대한 위기의식조차 없다. 다양성은 사라지고, 형식적인 민주주의마저 흔들린다. 이런 상황에서도 아이들은 자라고 머지않아 어른이 될 것이다. 그들이 살아갈 사회가 민주주의가 훼손되고 공화가 깨진 사회일까 두렵다. 각자가 불행하다고 생각하며 하루하루 살아가게 될까 두렵다. 그래서 공부방 아이들과 함께하는 일상에 대한 고민이 점점 더 깊어진다. 두렵다고 손을 놓을 수는 없다. 그래서 아이의 말에 귀 기울이고, 아이의 몸짓에서 아이가 말로 하지 못하는 아픔과 슬픔, 욕구를 읽으려 애쓴다.

우리가 하고자 하는 돌봄은 그저 어린이를 안전하게 보호하는 것이 아니다. 아이들이 생명을 가진 역동적인 존재이며 사회적 존재임을 잊지 않으며, 아이들이 성장하는 모든 순간에 기쁨과 행복을 느낄 수 있도록 돕는 것이다. 아이들은 공부방 안에서도 넘어지고, 다치고, 아프고, 흔들릴 것이다. 그때마다 곁에 있는 어른이 손을 내밀어 준다면 다시 일어날 수 있을 것이다. 그것이 내가 이해하는 돌봄이고 교육이다. 내가 어렸을 때 가정에서, 동네에서, 지역 사회 안에서 받은 돌봄과 교육이 그랬다. 나는, 그리고 우리 공부방 식구들은 우리가 어린 시절 어른들에게서 받고 배웠던 것을 지금 여기의 아이들에게 나눠 주고 있다. 공부방 막내 순아와 6학년 현이와 온유가 올해 캠핑에서 말한 것처럼 언젠가는 그 아이들이 자신들이 받은 사랑과 돌봄의 풍요로움을 자신의 후배들에게 나누어 줄 것이다. 그것이 우리가 바라는 행복한 미래다.

김중미 1987년 인천에서 빈민활동을 시작했다. 그때 만난 3학년 아이가 공부방을 원해서, 1988년부터 '기찻길옆공부방'을 시작했다. 그때의 3학년 아이는 20년째 공부방 이모로 함께하고 있다. 2000년 《괭이부리말 아이들》로 작품 활동을 시작해, 《종이밥》, 《꽃섬 고양이》 등의 어린이책과 《조커와 나》, 《모두 깜언》, 《나의 동두천》, 《곁에 있다는 것》, 《너를 위한 증언》, 《느티나무 수호대》 등의 청소년 책을 썼다.

닫으며

어린이날에 태어난 산골 할아버지가
어린이들에게 띄우는 편지

자연을 잃어버린 어린 벗들에게

서정홍(시인, 산골 농부)

도시에서 살 때는 내가 잘하는 게 무언지, 내가 무엇을 좋아하고, 어떤 일을 하면 신바람이 나는지, 내가 하는 일이 세상에 어떤 영향을 끼치는지, 깊이 생각할 틈도 없이 바쁘게 살았다. 어린 자식들 먹여 살리느라 바쁘게만 살았다. 공장에서 사무실에서 잔업에 특근까지 죽자 살자 일해서 집주인에게 월세를 주고 주택부금, 정기적금, 국민연금, 건강보험, 갖가지 세금 한 푼 떼어먹지 않고 부지런히 살았다. 도시에선 가만히 나를 돌아보거나 외로울 틈조차 없었다. 가끔 하늘을 우러러보는 것조차 사치라는 생각이

들 만큼 바쁘게 살아도 살림살이는 나아지지 않았다. 더구나 상사들한테 밉보여 일터를 잃지는 않을까 걱정이 되어 약삭빠르게 자리 지키며 불안한 마음까지 끌어안고 살았으니 어찌 자유로울 수 있으랴.

봄꽃이 흐드러지게 피던 어느 날, 빛나는 젊음은 간데없고 여기저기 쓸 만한 모서리까지 닳고 해져서 어느새 둥그스름하게 변해 버린 초라한 나를 보았다. '내 모습이 이게 아닌데, 이게 아닌데' 하면서도 여기까지 와 버렸구나 싶었다. 갑자기 새처럼 훨훨 자유롭게 살고 싶었다. 가진 게 없어도 하루하루를 내가 내 삶의 주인이 되고 싶었다. 그 꿈을 이루기 위해 도시 삶을 정리하고 산골 농부가 되었다. 세상에 태어나서 드디어 내 삶을 스스로 선택할 수 있는 농부가 된 것이다. 마흔여섯, 젊지도 늙지도 않은 나이였다.

어느덧 세월이 강물처럼 흘러 농부로 산 지 스무 해가 되었으니, 농부 나이로 스무 살이 되었다. 스무 살이라, 이제 조금씩 조금씩 철이 들어 갈 나이다. 농부로 살아오면서 보고 듣고 겪고 느끼고 깨달은 이야기를, 도시에 사는 손자 '서로'에게 들려주고 싶어 이 글을 쓴다. '서로가 자라 청년이 되면, 할아버지가 쓴 이 글을 읽고 사람과 자연을 살리는 숲(농촌)으로 돌아와 주면 얼마나 좋을까?' 간절한 바람으로 이 글을 쓴다.

서로야, 네가 어느새 자라 초등학생이 되었다는 말을 듣고 얼마나 기뻤는지 몰라. '이제 산골 할아버지랑 말이 통할 나이가 되었구나' 생각하니 밥맛이 꿀맛이야.

서로야, 요즘 서울 밤하늘은 어때? 오늘은 별이 반짝반짝 빛나는지 몰라. 지난해 네가 할아버지 사는 산골에 와서 그랬잖아. "할아버지, 여기는 별이 빛이 나요. 서울에는 별이 없어요." 별이 없다는 그 말이 곧, 별은 있어도 매연으로 뒤덮인 잿빛 하늘과 높은 빌딩 숲에 가려 잘 보이지 않는다는 뜻이겠지. 할아버지도 가끔 서울에 가잖아. 그런데 서울에 있으면 어쩐지 숨이 막히고 가슴이 답답해. 코도 맹맹하고 잠도 깊이 들지 않아. 할머니도 나랑 똑같은 말을 해. "하이고, 여기서는 그저 살아라 캐도 못 산다야. 이 복잡한데 사람이 우찌 살겠노."

할아버지는 서로를 생각하며 늘 이런 꿈을 꾸고 있어. '별이 반짝반짝 빛나는 산골이 구경거리나 쉼터가 아니라 삶터가 되면 얼마나 좋을까.' 그날이 하루빨리 오면 좋겠어. 서로는 어때? 그날이 오면 좋겠지?

"아빠들은 바쁘다. 그냥 바쁜 게 아니라, 정말 미치도록 바쁘다. 이렇게 바쁘게 일하는데 세상이 좋아지지 않는다는 게 함정이다. 이토록 오래 실컷 일하는데도 세계는 점점 구려지고 있다. 이게 함정이다."

이 글은 서로 아빠가 쓴 《두 번째 페미니스트》 책에 실려 있는 내용이란다. 이 글 가운데 "이토록 오래 실컷 일하는데도 세계는 점점 구려지고 있다"는 부분을 읽으면서 가슴이 무척 아팠단다. 아빠 쉬는 날만 기다린다는 서로 생각이 나서 더 많이 아팠단다. 할아버지는 그 아픈 마음으로 지금, 이 글을 쓰고 있어.

58년 개띠

58년 개띠 해
오월 오일에 태어났다, 나는

양력으로는 어린이날
음력으로는 단옷날

마을 어르신들
너는 좋은 날 태어났으니
잘 살 거라고 출세할 거라고 했다.

말이 씨가 되어
나는 지금 '출세'하여
잘 살고 있다.

이 세상 황금을 다 준다 해도

맞바꿀 수 없는

노동자가 되어

땀 흘리며 살고 있다.

갑근세 주민세

한 푼 깎거나

날짜 하루 어긴 일 없고

공짜 술 얻어먹거나

돈 떼어먹은 일 한 번 없고

어느 누구한테서도

노동의 대가 훔친 일 없고

바가지 씌워 배부르게 살지 않았으니

나는 지금 '출세'하여 잘 살고 있다.

　이 시는 할아버지가 서른 살에 쓴 시야. 어느덧 36년이나 흘렀네. 그때는 할아버지도 서로처럼 도시에서 살았지. 도시에서 부지런하게 쉬지 않고 일만 하고 살았지. 하루라도 일하지 않으면 안 되는 줄 알았지. 여유와 낭만이 뭔지도 모르고, 마치 일만 하려고 태어난 사람처럼 말이야.

그런데 왜 그때나 지금이나 도시에서 살아가는 "아빠들은 바쁘다. 그냥 바쁜 게 아니라, 정말 미치도록 바쁘다. 이렇게 바쁘게 일하는데 세상이 좋아지지 않는" 걸까? 할아버지는 일하면서 가끔 때론 자주 '어떻게 살아야 사람답게 살 수 있는 걸까?' 이런 생각을 했어. 그래서 숲(농촌)으로 돌아간 스승이 쓴 책을 읽고 스승을 만나러 다녔어. 반드시 길이 있을 거라 생각했거든. 이오덕 선생님, 권정생 선생님, 윤구병 선생님, 김종철 선생님, 도법 스님, 허병섭 목사님, 정호경 신부님 들을 만나면서 '나도 더 늦기 전에 숲으로 돌아가 농부가 되어야겠다'고 마음먹었어.

그때나 지금이나 학교 안에서도 배우고 깨칠 게 있지만, 학교 밖에서도 배우고 깨칠 게 많거든. 그래서 서로도 엄마랑 아빠랑 가끔 여행을 떠나잖아. 집 밖에서도 배우고 깨칠 게 수두룩하니까 말이야.

할아버지는 마흔여섯 살에 숲으로 돌아와 농부가 되었어. 할머니가 응원해 주고 함께해 주어 얼마나 큰 힘이 되었는지 몰라. 낯선 산골 마을에 들어와 남의 집과 논밭을 빌려 농사지으며 뿌리내린다는 게 쉬운 일이 아니잖아. 돈벌이가 안 될 줄 뻔히 알면서도, 봄이면 논밭을 갈고 씨를 뿌리는 할아버지를 믿고 산다는 게 아무나 할 수 있는 일은 아니지.

동지

마을 회의 갔다가 늦게 돌아와

혼자서 밥을 먹는데

아내는 내게 온 우편물을 뜯어서 읽어 줍니다.

여보, 월간《작은책》독자 늘리기 한대요.

이번 기회에 당신도 몇 사람이라도 늘려야지요.

몇 년 전, 며칠 만에 독자 팔구십 명 늘렸잖아요.

어, 그때 십 년 만에 첫 시집 냈다고

우리 집에 찾아온 그 시인이 뇌졸중으로 쓰러졌대요.

그래서 입원비 모금 운동을 한대요.

농협 계좌 번호 적혀 있으니 지금 보낼까요?

좋은 일은 미루지 말고 지금 바로 해야 복을 받는대요.

참, 사람 일이란 진짜 알 수 없는 거네요.

다음 주 일요일, '희망연대' 일일 호프집 연대요.

가거들랑 술 많이 먹지 말고 빨리 와요.

이제 나이도 생각해야지요.

항상 젊은 줄 알고 착각하는 것도 큰 병이에요.

재정 마련을 위한 일일 호프집 같은 데는

티켓만 사 주고 안 가는 게 도와주는 거라던데…….

와아, 보리출판사에서 이렇게 좋은 책을 선물로 주네요.
제목이 '글짓기 조심하소'이니 당신한테 딱 맞는 책이에요.

아내는 내게 온 우편물을 뜯어보면서
내게 일어난 모든 일이
마치 자기에게 일어난 일처럼
기뻐하고 때론 안타까워하고
의견도 묻고 대책도 다 세웁니다.
철딱서니 없는 남편 하나 믿고 살아온 아내는.

이 시는 할머니를 생각하면서 쓴 시란다. 목적이나 뜻이 같은 사람을 '동지'라 하지. 할머니는 혼인하고부터 지금까지 마흔 해가 넘도록 같이 밥을 먹고 같이 일을 하고 같이 잠을 자는 동지란다. 서로도 할머니를 많이 좋아하잖아. 더구나 할머니는 요리를 잘하시지. 할머니 손만 가면 현미잡곡밥, 김치, 된장찌개, 잡채, 미역국, 멸치볶음, 시금치나물, 콩나물 가리지 않고 척척 나오거든. 할아버지는 다시 태어나도 요리만큼은 할머니를 따라갈 수 없어.

사랑이라 그래

녹두 농사짓는 할머니는 알지

녹두 농사짓는 할머니는 알아

노란 녹두꽃이 하나 둘 피면
어느새 풀빛 꼬투리가 달려

여름 볕에 풀빛 꼬투리가 새까맣게 변하면
꼬투리 속에 든 녹두가 여물어

그런데 꼬투리는 새까맣게 변해도
녹두는 다 여물어도 풀빛이야

풀빛 녹두 한 알 한 알 품어 살리려고
꼬투리는 제 몸 새까맣게 되는 줄도 몰라

녹두 농사짓는 할머니는
그걸 사랑이라 그래

　해마다 녹두 농사를 짓는 할머니가 말하는 '사랑'이야. 우리
집 식구들이 가끔 먹는 녹두죽은 할머니가 농사지은 녹두로 끓
였지. 녹두에 할머니 손맛과 사랑까지 더했으니 얼마나 몸에 좋겠
어. 할머니는 녹두 농사를 지으면서 서로를 생각했을 거야. 그렇

지 않고서는 '그걸 사랑이라' 말하지 못할 테니까.

할머니는 어릴 때나 지금이나 밥상 앞에 앉기만 하면 마음이 편안하고 기분도 좋다고 해. 죽고 사는 게 모두 밥상에서 나오잖아. 그러니까 이 세상에서 밥상보다 더 훌륭하고 좋은 의사가 없지. 그래서 할머니는 오늘도 콧노래 부르며 밥을 짓고 밥상을 차려.

산골 마을에 살면서 할머니 손으로 차린 밥상을 헤아리면 말이야. 하늘의 별만큼 많을지도 몰라. 밥상 앞에서 밥 잘 먹는 사람이 가장 멋있게 보인다는 할머니가 가끔 그래. "명품이 어디 따로 있는 게 아니라 내가 차린 밥상이 바로 명품"이라고.

닳지 않는 손

날마다 논밭에서 일하는
아버지, 어머니 손.

무슨 물건이든
쓰면 쓸수록
닳고 작아지는 법인데
일하는 손은 왜 닳지 않을까요?

나무로 만든

숟가락과 젓가락도 닳고

쇠로 만든

괭이와 호미도 닳는데

일하는 손은 왜 닳지 않을까요?

나무보다 쇠보다 강한

아버지, 어머니 손.

할아버지가 산골 농부가 되고 처음 맞이하는 어느 가을 아침
이었지. 그날 아침 따라 어쩐 일인지 얼굴을 씻는데 갑자기 얼굴이
작아졌다는 생각이 들었어. 아무리 거울을 보고 또 보아도 얼굴
은 작아지지 않았어. '그런데 왜 작아졌다는 느낌이 들까?' 이런저
런 생각을 하다 문득 손을 보았단다. 나도 모르는 사이에 손바닥
과 손가락에 굳은살이 생기면서 단단하고 굵어졌다는 걸 알았어.
그래서 얼굴이 작아졌다는 느낌이 들었구나 싶었어.

농부들은 바쁜 농사철이 되면 해보다 먼저 일어나 어스름이 짙
어 갈 때까지 일을 하잖아. 아무튼 일을 하면 할수록 손바닥과
손가락이 단단해지고 굵어지는 건 너무나 당연한 일이지. 그런데
그 당연한 일을 농부가 되고서야 깨닫다니!

그날 아침, 내가 내 손을 만져 보면서 참으로 신비스럽고 고
맙다는 생각이 들어, 농사일 마치고 돌아와 쓴 시가 〈닳지 않는

손〉이야. 이 시를 쓰고 나서 문득 이런 생각을 했어. '농부가 쓴 시가 교과서에 실리면 얼마나 좋을까. 이런 깨달음을 학생들과 나눌 수 있게 말이야.' 몇 해가 지난 어느 날, 그 꿈이 이루어졌어. 중학교 2학년 교과서 《생활국어》에 이 시가 실렸다는 소식을 들었어. 시를 써서 가난한 살림살이에 보탬이 되기도 하지만, 그 무엇보다 농부의 마음을 학생들과 나눌 수 있어 무척 기뻤단다.

어느 날, 이 시를 읽은 국어 교사 한 분이 편지를 보내왔어. "산골에서 태어나 한평생 농사만 지으며 살아오신 할머니의 거칠고 투박한 손이 떠올라 하염없이 울었어요. 오늘 이 시를 학생들에게 읽어 주고는 숙제를 내 주었어요. 집에 가서 어머니, 아버지 손을 만져 보고 그 느낌을 써 오라고요." 할아버지는 그 편지를 읽으면서 나도 모르게 눈시울이 뜨거워졌어.

서로가 엄마, 아빠에게 이 시를 천천히 읽어 주면 어떨까? 그리고 살림살이 꾸려 나가느라 손바닥에 굳은살 박인 엄마, 아빠 손을 가만히 만져 보면 좋겠어. 아침 밥상 차리고 돌아서면 점심 밥상 차려야 하고, 돌아서면 저녁 밥상 차려야 하는 그 손이 얼마나 거친지 말이야. 그리고 하루 세 끼, 단 하루도 거르지 않고 날마다 밥상을 차리는 엄마, 아빠 손을 만져 보고 시 한 편 써 보면 좋겠어. 밥상을 차리는 일보다 더 위대하고 훌륭한 일이 어디 있을까? 그 손이 있어 하루하루 먹고살았으니 어찌 그 손이 자랑스럽지 않을까?

할아버지가 도시에서 살았다면 이런 시를 쓸 수 없었을 거야. 그 생각을 하면 농부가 되기 참 잘했다는 생각이 들어. 그래서 시를 쓰는 일이 기쁘고 보람도 있어. 시를 쓰지 않았으면 이런 소중한 경험을 다른 사람들과 나눌 수가 없잖아. 시는 하고 싶은 말을 짧게 쓴 글이라 바쁘게 살아가는 사람들도 쓸 수 있지. 서로도 할아버지처럼 시를 쓰면 좋겠어. 그랬으면 좋겠어. 하고 싶은 말이 있는 사람은 누구나 좋은 시를 쓸 수 있거든.

아래 글은 〈닿지 않는 손〉을 읽고 한경옥 할머니와 이웃 마을에 사는 김수연 청년 농부가 쓴 감상 글이야. 읽다 보면 산밭에서 김매는 할머니와 청년 농부 얼굴이 떠오를지 몰라.

"도시에서 태어나 도시에서만 살다가, 철없는 남편 하나 믿고 산골 마을에 뿌리내린 지 10년이란 세월이 바람처럼 후딱 지나갔다. 지난해 내가 심고 가꾼 농작물을 생각나는 대로 적어 본다. 감자, 고구마, 고추, 수수, 녹두, 약콩, 호랑이눈콩, 울금, 생강, 토란, 배추, 무, 양파, 마늘, 옥수수, 땅콩, 호박, 오이, 가지, 박하, 여주, 토마토, 상추, 케일, 부추, 미나리, 시금치, 대파, 쪽파, 더덕……. 농사는 지을수록 신비롭다. 그런데 더 신비로운 것은 이 많은 농작물을 심고 가꾸는 내 손이다. 하루 종일 산밭에 쪼그려 앉아 호미로 풀을 매는데도 닿지 않는 내 손이다. 손톱 밑에 낀 흙과 손등에서 묻어 나오는 풀 냄새가

좋을 걸 보니 나도 이제 '촌년'이 다 됐다."(한경옥)

"어렸을 때, 조그만 내 손에 견주면 아버지 손은 뭐든지 할 수 있을 것처럼 커 보였다. 언젠가 나도 아버지처럼 손이 커지면 뭐든지 할 수 있을 거라 생각했다. 어느덧 내 나이 열아홉, 아버지 손보다 훨씬 커진 내 손을 보며 〈닳지 않는 손〉을 읽었다. 이 시를 읽는 내내 부끄러운 마음이 드는 까닭은, 아직 부모님 마음을 다 헤아리지 못했기 때문이라 생각한다. "무슨 물건이든 / 쓰면 쓸수록 / 닳고 작아지는 법인데" 왜 부모님 손은 닳지 않을까? 내 손이 이렇게 커질 때까지 든든한 버팀목이 되어 주었기 때문이 아닐까?"(청년 농부 김수연)

내가 가장 착해질 때

이랑을 만들고

흙을 만지며

씨를 뿌릴 때

나는 저절로 착해진다.

할아버지는 여태 살아오면서 말이야. 스스로 착해진다는 생각을 해 본 적이 없어. 그런데 농부가 되고 나서 처음으로 내가 착해진다는 생각이 들었어. 내가 하고 싶은 일을, 기쁜 마음으로 하면 저절로 착해진다는 걸 알았지. 서로도 스스로 좋아하는 일을 찾으면 좋겠어. 천천히 쉬엄쉬엄 찾아봐도 괜찮아.

할아버지 욕심이지만 말이야. 서로가 자라서 농부가 되면 좋겠어. 농부가 되면 신비롭고 놀라운 일을 날마다 보게 될 거야. 밭에서는 헤아릴 수 없이 많은 식물이 자라지. 봄, 여름, 가을, 겨울, 저마다 다른 모양과 빛깔과 냄새와 맛을 빚느라 하루가 어찌 지나가는 줄도 모를 거야.

식물은 동물처럼 움직이거나 소리 지르지는 못해도, 동물보다 먼저 사철이 바뀌는 줄 알지. 연둣빛 새순은 언제 틔워야 하는지, 뿌리는 어디까지 뻗어야 하는지, 꽃은 언제 피워야 하는지도 알아. 나비와 벌이 찾아오면 무엇을 나누어야 하는지, 세찬 비바람에 이파리 찢기거나 상처가 나면 어떻게 치료해야 하는지, 그리고 씨앗은 언제 퍼뜨려야 하는지도 다 알아. 신비롭고 놀라운 일이지. 날마다 할아버지 혼자 보기에는 가슴이 벅찰 때가 많거든.

텃밭에서

고구마는 달게

땅콩은 고소하게
고추는 맵게

오이는 길쭉하게
방울토마토는 둥글게
감자는 울퉁불퉁하게

똑같은 땅에서
똑같은 햇볕 아래
똑같이 자랐는데
똑같은 건 하나도 없습니다.

　할아버지는 아침에 일어나 산밭에 서서 가만히 머리 숙이고 절부터 해. 왜냐고? 이 세상에서 땅에 견줄 수 있는 훌륭한 보물은 없다고 생각하기 때문이야. 컴퓨터보다 스마트폰보다 에이아이AI보다 수천수만 배 더 놀라운 일을 해내는 땅을 보면 저절로 머리가 숙여져.

　땅은 어찌 알고 식물들의 모양과 빛깔과 냄새와 맛을 가려 키울 수 있는지 생각하면 할수록 놀라워. 서로가 좋아하는 사과, 배, 포도, 복숭아, 무화과, 감귤, 오이, 당근, 배추, 무, 옥수수와 같은 먹을거리가 다 땅에서 나오잖아. 할아버지는 아무 말 없이 생명을 품어 키워 주는 땅을 보면 눈시울이 뜨거워질 때가 있어. 틈을 내어 땅을 만져 보렴. 서로도 할아버지처럼 고마운 마음이 들어 저절로 머리가 숙여질 테니까.

겨울 햇살에

아흔 살, 인동 할머니
겨울 햇살에 앉아 하루 내내
떨어진 곡식 포대를 깁고 있다.

거저 가져가라 해도
아무도 거들떠보지도 않을 포대를
돈으로 따지면
새것이라도 칠팔백 원밖에 하지 않을 포대를
그리운 자식처럼 끌어안고.

할머니 살아온 세월만큼
여기저기 닳고 해진 낡은 포대는,
생살보다 기운 자리가
더 많은 낡은 포대는
어느새 할머니 동무가 되어

도란도란 이야기를 나누다

겨울 햇살에 스르르 잠이 든다.

할머니 품에 자식처럼 안겨.

　인동 할머니는 할아버지 집 바로 아랫집에 사는 분이야. "거저 가져가라 해도 / 아무도 거들떠보지도 않을 포대를" "생살보다 기운 자리가 / 더 많은 낡은 포대"를 깁고 있는 인동 할머니를 보면 배울 게 너무 많아. 함부로 먹고 마시고 쓰고 버리는 요즘, 이렇게 살아가는 사람은 농촌에서도 찾기가 쉽지 않아. 낡은 곡식 포대 하나 함부로 버리지 않고 살아가는 산골 할머니들의 삶을 보면 하느님, 부처님 말씀을 입으로 따르는 것이 아니라 온몸으로 따르는 진짜 살아 있는 성직자라는 생각이 들어.

　할아버지는 사는 일이 늘 서툴고 모자란 사람이야. 도시에서 살 때는 남이 시키는 대로 그저 하루하루 목숨을 이어 갔지. 이렇게 못난 나를, 흙에 뿌리를 내리고 농사지으며 살 수 있는 슬기와 용기를 준 참스승은 이름난 학자도 아니고, 대통령이나 장관도 아닌, 다름 아닌 산골 할머니였어. 가진 것 없고 배운 것도 없는 산골 할머니들은 가난하지만 마음이 넉넉하고, 아무리 몸이 힘들어도 먼저 이웃을 걱정하는 여유가 있어. 농가 빚에 시달려 괴로워하면서도 땅에 대한 믿음을 잃지 않고, 온갖 자연재해를 입으면서도 희망을 버리지 않아.

할아버지는 묵묵히 농사지으며 살아가는 농부들과 함께 살면서, 내가 도시에서 얼마나 함부로 살아왔는지 깨닫게 되었어. 사람과 자연을 살리는 길이 그렇게 거창하고 어려운 게 아니라는 것을 농부들을 만나면서 절실하게 깨달았지. 그래서 생명을 가꾸는 농부는 시를 쓰지 않아도 훌륭한 시인이라는 생각이 들어. 이웃 마을에 사는 효준이 아버지는, 농부農夫는 별을 노래하는 사람이래.

요섭 할아버지

신부님요, 미사 강론 때 말입니다. 집안에서 신부나 수녀 나오거나 공부 잘해서 판검사 나오면 하느님께 영광이라 하셨지요. 그런데 우리 집안에는 신부나 수녀 한 사람 못 나오고 판검사 그림자조차 없으니 어쩌면 좋십니꺼?

우리 집안은 본디 가난하고 배우지 못해서 큰아들놈은 골짝에서 나랑 농사짓고, 작은아들놈은 공사장에서 일을 합니더요. 딸년들도 제대로 배운 게 없으니 신발 공장과 전자 공장에 다닙니더.

신부님요, 자식놈들 농사짓고 공장에 다니면 하느님께 영광이 안 됩니꺼? 정말 안 됩니꺼? 한평생 죽어라 일만 하고 살아온 죄밖에 없는데……

얼마 전에 농부인 요셉 할아버지가 신부님한테 하시던 말씀을 그대로 써 보았어. 요셉 할아버지 말씀 들으면서 많은 생각을 하게 되었단다. 이상 기후로 머지않아 우리가 사는 지구가 물에 잠기거나 불탄다 해도 하나도 이상할 것도 없는 이 시대, 하느님께 영광을 드리는 길은 무엇일까? 지구 온난화에서 지구 가열화로, 기후 변화에서 기후 위기로, 이젠 기후 비상사태란 말까지 들리는 어지럽고 불안한 세상이지. 우리가 사는 지구별은 대량 생산, 대량 소비, 대량 폐기로 자연 생태계는 큰 몸살을 앓다가 이젠 스스로 일어설 수조차 없게 되었어. 조류 독감, 구제역, 광우병, 사스, 메르스, 코로나19와 같은 무서운 바이러스가 사람과 동물을 못 살게 구는 두렵고 무서운 이 시대에 우리는 '길'을 찾을 수 있을까? 할아버지는 그게 걱정이야. 마땅히 우리 어른들이 앞장서야겠지만, 서로도 좋은 제안을 해 주면 좋겠어. 혼자 꿈꾸면 꿈에 그치지만, 우리가 함께 꿈꾸면 현실이 될 수 있으니까 말이야.

　할아버지는 산골에 살면서 농사만 짓는 게 아니란다. 꿈이 현실이 될 수 있도록 여럿이 어울려 애를 쓴단다. 아무리 잘나고 똑똑해도 혼자서는 할 수 없는 일이거든. 할아버지는 20년 전 농부가 되면서 '열매지기공동체'를 만들어, 사람과 자연을 살리는 가족소농과 유기농업을 실천하고 있어.
　그리고 '열매지기영농조합'을 만들어 함께 어울려 생강을 생산

어린이날에 태어난 산골 할아버지가 어린이들에게 띄우는 편지

하여 생강차를 만들어. 공동 생산하여 공동 분배를 하지. 함께 일하다 보면 가끔 마음 상하는 일도 있지만, 함께하지 않으면 배우고 깨달을 수 없는 큰 공부를 하게 된단다. 돈으로는 살 수 없는 아주 좋은 공부란다. 산골 어르신들이 가끔 말씀하시지. '죄가 따로 있나. 하루하루 사는 기 죄다 아이가." 이 말씀은 이 세상에 실수와 잘못 없는 사람이 없으니까 서로 이해하고 용서하고 사랑하며 살아야 한다는 뜻이겠지. 아무튼 여럿이 함께 부대끼며 일하다 보면 말이야. 사람을 있는 그대로 존중하고 섬기며 살아야 한다는 말씀이 저절로 가슴에 와닿아.

그리고 청년 농부들이 농촌에 뿌리를 잘 내릴 수 있도록 해마다 100만 원씩(3년 동안) 지원하기도 하고, 세 사람 이상 함께 여행을 가거나 행사와 교육을 할 때도 조건 없이 지원을 해. 선배 농부들이 낸 든든한 기부금이 있거든.

할아버지는 오늘도 사람이 사람답게 살아갈 수 있는 세상을 꿈꾸며 살아. 그래서 세 번째 토요일 오후 2시부터 5시까지 담쟁이 인문학교를 열어. 어느덧 10년이 넘었어. 세상을 살아가면서 우리가 꼭 알아야 할 지식과 실천해야 할 주제를 정해 강연을 듣거나 토론을 하지. 학생이든 어른이든 누구나 참석할 수 있어. 8월에는 해질 무렵에 황매산에 올라 '밤숲체험'을 하고, 12월에는 청년들이 모여 노래 공연도 하지. 그리고 한 해 한두 번 밭에서 '숲밭콘서트'를 하기도 해. 토종 종자를 지키고 연구하기도 하고, 자연에서 나는 풀(약초)로 세척제와 샴푸도 만들고, 벌레 물렸을 때 바르는 약(연고)도 스스로 만들어 쓴단다.

사람은 저마다 빛나는 별을 가슴에 안고 다른 빛깔과 향기를 지니고 태어났지. 할아버지는 해도 해도 끝이 없는 공부인 글쓰기를 좋아해. 그래서 10년째 달마다 마지막 금요일 저녁 7시부터 9시까지 청년 농부들과 글을 쓰고 싶은 사람들이 함께 모여 '삶을 가꾸는 글쓰기' 공부를 한단다. 한 달 동안 틈을 내어 써 온 시를 복사해서, 한 편 한 편 소리 내어 읽고 마음을 나누지. 가끔 고치고 다듬을 데가 눈에 띄면 말을 해 준단다. 그걸 '합평'이라 하지. 얼마 전에는 '우리가 꿈꾸는 세상'이라는 제목으로 글을 쓰는 시간을 가졌어. 아래 글은 그날 참석한 학생들과 어른들이 쓴 글이야. 문득 궁금해지네, 서로는 어떤 세상을 꿈꾸고 있는지.

우리가 꿈꾸는 세상

누구나 편안히 잠들 수 있는 세상
바다가 투명하게 보이는 세상
남북이 통일되는 세상
사람이 서로를 죽이지 않는 세상
영어 시간에 '파파고'를 쓸 수 있는 세상
하늘이 초록색인 세상

고래가 많은 세상

어두워도 앞이 보이는 세상

미세 먼지와 유해 물질에 대한 해결책이 있는 세상

서로 헐뜯지 않고 사랑하는 세상

거짓이 없는 세상

자신의 의견을 마음껏 말할 수 있는 세상

서로에게 시원한 그늘이 되는 세상

서로 먼지를 털어 주는 세상

서로 눈물을 닦아 주는 세상

그냥 부둥켜 안아 주는 세상

더 상처받더라도 온 힘을 다해 사랑하는 세상

어머니, 아버지 발을 씻겨 주는 세상

나를 위해 살지 말고, 모두를 위해 사는 세상

욕하고 화내기 전에 세 번 생각하는 세상

부족한 것들을 나눠서 가치 있는 순간을 만드는 세상

서로 마음에 안 들더라도 서로를 위해 기도해 주는 세상

웃음의 가치를 황금보다 귀하게 여기는 세상

가난한 사람이 노래할 수 있는 세상

모두가 가슴 주머니에 유언을 가지고 사는 세상

좋은 사람은 있어도 잘난 사람은 없는 세상

정치가들이 국민의 올바른 대변인이 되는 세상

수세식 변기를 쓰는 것을 미안해할 줄 아는 세상

누구나 언제든 여행을 떠날 수 있는 세상

모두가 자신만의 시집을 가지고 있는 세상

모든 무기가 쓸모없어진 세상

아이들이 자연 속에서 자유롭게 뛰어놀 수 있는 세상

서로 마음을 알아주는 세상

간절하게 바라는 소원은 꼭 이루어지는 세상

마지막 희망만큼은 꺼트리지 않는 세상

그래도 살 만한 세상

농부가 존중받으면서 일할 수 있는 세상

태풍 불 땐 학교와 회사에 가지 않아도 되는 세상

함부로 평가하고 판단하지 않는 세상

남 눈치 보지 않고 내 생각을 말할 수 있는 세상

밥 굶는 사람이 없는 세상

높은 자리와 낮은 자리가 따로 없는 세상

어디에서나 밤하늘의 별을 볼 수 있는 세상

무엇이든 안심하고 먹을 수 있는 세상

하고 싶은 일을 해도 먹고살 수 있는 세상

노력한 만큼 보상받을 수 있는 세상

마음껏 숨 쉴 수 있는 세상

예의를 지키며 가치를 만들어 가는 세상

어린이날에 태어난 산골 할아버지가 어린이들에게 띄우는 편지

할아버지는 '우리가 꿈꾸는 세상'을 함께 쓰고 읽으면서 많은 생각을 했단다. '어떻게 살아야만 자라나는 아이들한테 깨끗하고 고운 세상을 물려줄 수 있을까?' 좋은 상상이 좋은 세상을 만들 수 있다고 하지. 그러니까 오늘부터 좋은 상상부터 해 볼까 해. 그리고 그 상상이 현실이 될 수 있도록 주어진 자리에서 있는 힘을 다해 앞으로 나아갈까 해. 앞으로 나아가다 보면 지치고 힘들 때도 있겠지만, 그때마다 옥수수처럼 쑥쑥 자라는 '서로'를 떠올릴 거야. 돈과 편리함에 빠져 어디로 가는지도 모르고 함부로 살아온 어리석은 어른들이 만든 세상을 바로잡아야 하니까. 어리석은 어른들 속에 할아버지도 들어 있으니까 말이야.

사람답게 살려고 할수록 사람대접 받지 못하는 세상, 날이 갈수록 희망보다는 절망을 행복보다는 불행을 안겨 주는 세상, 사람과 사람이 서로 나누고 섬기는 세상이 아니라 서로 헐뜯고 속이며 서로 견주지 않으면 버틸 수 없는 세상, 자고 일어나면 온갖 범죄와 생각하기조차 끔찍한 사고와 자연재해가 일어나는 세상, 이렇게 매몰차고 뻔뻔한 세상을 만든 사람이 누굴까? 사람들은 날이 갈수록 살기가 불안하고 힘들다고 해. 이 모든 것이 눈에 보이지 않는 욕심 때문에 생긴 일이라는 것을 알면서도 모두 남의 탓으로 생각하지. 꽃이 아무리 아름다워도 뿌리(흙)로부터 멀어지면 죽고 말잖아. 사람도 마찬가지가 아닐까? 세상에 일어나는 갈등은 사람이 자연(흙)으로부터 멀어지면서 일어난 것이 아닐까?

할아버지는 이 글을 쓰면서 다짐하고 있어. 아무리 어렵더라도 먼저 나를 바로 세워야만 세상을 바로 세울 수 있다고. 가장 먼저 지난 잘못을 돌아보고 뉘우치면서 조금 더 가치 있는 삶을 살아야겠다고. 그래야만 우리가 꿈꾸는 살맛 나는 세상을 만들 수 있다고.

서정홍 모름지기 자연 속에서 자연을 따라 자연의 한 부분으로 살아가는 것이 가장 좋은 삶이란 걸 깨닫고 농부가 되었다. 땀 흘려 일하는 사람이 글을 써야 세상이 참되게 바뀐다고 믿으며 글쓰기에도 힘을 기울이고 있다. 펴낸 책으로는 시집 《58년 개띠》, 《아내에게 미안하다》, 《내가 가장 착해질 때》 등이 있다. 황매산 기슭 작은 산골 마을에서 농사를 지으며 '열매지기공동체'와 청소년과 함께하는 '담쟁이 인문학교'를 열어 이웃과 아이들과 함께 배우고 깨달으며 살아가고 있다.

어린이날에 태어난 산골 할아버지가 어린이들에게 띄우는 편지

교육공동체 벗

교육공동체 벗은 협동조합을 모델로 하는 작은 지식공동체입니다.
협동조합은 공통의 목적을 가진 사람들이 모여서 만든
권력과 자본으로부터 독립된 경제조직입니다.
교육공동체 벗의 모든 사업은 조합원들이 내는 출자금과 조합비로 운영됩니다.
수익을 목적으로 하지 않기에 이윤을 좇기보다
조합원들의 삶과 성장에 필요한 일들과
교육운동에 보탬이 될 수 있는 사업들을 먼저 생각합니다.
정론직필의 교육전문지, 시류에 휩쓸리지 않는 정직한 책들,
함께 배우고 나누며 성장하는 배움 공간 등
우리 교육 현실에 필요한 것들을 우리 힘으로 만들고 함께 나누고 있습니다.

조합원 참여 안내

출자금(1구좌 일반 : 2만 원, 터잡기 : 50만 원)을 낸 후 조합비(월 1만 5천 원 이상)를 약
정해 주시면 됩니다. 조합원으로 참여하시면 교육공동체 벗에서 내는 격월간 교육전문지
《오늘의 교육》과 조합통신을 받아 보실 수 있습니다. 출자금은 종잣돈으로 가입할 때 한
번만 내시면 됩니다. 조합을 탈퇴하거나 조합 해산 시 정관에 따라 반환합니다. 터잡기 조
합원은 벗의 터전을 함께 다지는 데 의미와 보람을 두며 권리와 의무에서 일반 조합원과
차이는 없습니다. 아래 홈페이지에서 조합 가입 신청을 하실 수 있습니다.

홈페이지 communebut.com
이메일 communebut@hanmail.net
전화 02-332-0712
팩스 0505-115-0712

교육공동체 벗을 만드는 사람들

후쿠시마 미노리, 황지영, 황정일, 황정원, 황이경, 황윤호성, 황영수, 황봉희, 황규선, 황고운, 홍지영, 홍정인, 홍승희, 홍순성, 홍성근, 홍성구, 홍서연, 현복실, 허창수, 허윤영, 허성실, 허성균, 허보영, 허광영, 합점순, 합영기, 한학범, 한채민, 한진, 한지혜, 한은옥, 한송희, 한성찬, 한석주, 한민호, 한민혁, 한만중, 한낱, 한길수, 한경희, 하주현, 하정호, 하정필, 하인호, 하승우, 하승수, 하순배, 탁동철, 최희성, 최현숙, 최현미, 최화니, 최진규, 최주연, 최정율, 최정아, 최은희, 최은정, 최은숙, 최은경, 최윤미, 최유리, 최원해, 최우성, 최영식, 최현희, 최연정, 최승윤, 최승복, 최수옥, 최선자, 최선경, 최봉선, 최보람, 최병우, 최미영, 최류미, 최대현, 최광용, 최경미, 최경련, 채효정, 채종민, 채민정, 차종숙, 차용훈, 진현, 진주형, 진용용, 진영준, 진냥, 지정순, 지수연, 주예진, 주순영, 조희정, 조현민, 조향미, 조해수, 조진희, 조지연, 조준혁, 조정희, 조윤성, 조원희, 조원배, 조용진, 조영옥, 조영실, 조영선, 조여은, 조성실, 조성배, 조성대, 조석현, 조석영, 조남규, 조경애, 조경아, 조경삼, 조경미, 제남모, 정희영, 정홍윤, 정현숙, 정혜레나, 정한경, 정춘수, 정진영a, 정진영b, 정진규, 정주리, 정종헌, 정종민, 정재학, 정이든, 정은희, 정은주, 정은균, 정유진, 정유숙, 정유섭, 정원탁, 정원석, 정용주, 정예현, 정예슬, 정애순, 정소정, 정보라, 정민석, 정미숙a, 정미숙b, 정명옥, 정명영, 정득년, 정대수, 정남주, 정광호, 정광필, 정광일, 정판모, 정경원, 전혜원, 전지훈, 전유촌, 전세란, 전보애, 전민기, 전미영, 전명훈, 전난희, 장주연, 장인하, 장은정, 장윤영, 장원영, 장시준, 장상욱, 장병호, 장병학, 장병순, 장근영, 장군, 장경훈, 임혜경, 임향신, 임한철, 임하영, 임지영, 임중혁, 임종길, 임정은, 임전수, 임수진, 임성빈, 임선영, 임상진, 임동헌, 임덕연, 임경환, 이회욱, 이희연, 이효진, 이호진, 이혜경, 이해영, 이혜린, 이현, 이혁규, 이향숙, 이한진, 이하영, 이태영, 이태경, 이치형, 이층근, 이진희, 이진혜, 이진주, 이진욱, 이지홍, 이지혜, 이지향, 이지영, 이지연, 이중석, 이주희, 이주영, 이종은, 이정희a, 이정희b, 이재익, 이재은, 이재영, 이재두, 이인사, 이은희a, 이은희b, 이은향, 이은진, 이은주, 이은영, 이은숙, 이은민, 이윤엽, 이윤숭, 이윤선, 이윤미, 이유경, 이유진a, 이유진b, 이월녀, 이원님, 이용환, 이용석, 이용기, 이영화, 이영주, 이영아, 이연진, 이연주, 이연숙, 이연수, 이승헌, 이승태, 이슬기, 이수현, 이수정a, 이수정b, 이수경, 이성철, 이성호, 이성채, 이성숙, 이성수, 이선표, 이선영a, 이선영b, 이선애a, 이선애b, 이선미, 이상훈, 이상욱, 이상직, 이상윤, 이상미, 이상대, 이병준, 이병곤, 이범희, 이민정, 이민아, 이민숙, 이미옥, 이미숙, 이미라, 이문영, 이명훈, 이명형, 이동철, 이동준, 이동범, 이다연, 이남숙, 이난영, 이나경, 이기자, 이기규, 이근철, 이근영, 이규빈, 이광연, 이경a, 이경화, 이경a, 이계상, 이경화, 이경3, 서경, 이경욱, 이경연, 이경림, 이건희, 윤희연, 윤효은, 윤지형, 윤종원, 윤영백, 윤수진, 윤상혁, 윤병일, 윤규식, 유효성, 유재을, 유영길, 유병준, 위양자, 원지영, 원유희, 원성제, 우창숙, 우지영, 우완, 우수경, 오중근, 오정오, 오재홍, 오은정, 오은경, 오유진, 오수진, 오세희, 오민식, 오명환, 오동석, 염정신, 여희영, 여태련, 엄창호, 엄재홍, 엄기호, 엄기욱, 양현애, 양해준, 양지선, 양은주, 양은숙, 양영희, 양예정, 양선아, 양상진, 양근라, 안효빈, 안창원, 안지용, 안준철, 안정선, 안영빈, 안순익, 안순희, 심은보, 심우향, 심승희, 심수환, 심동우, 심나은, 심경일, 신혜선, 신동일, 신창호, 신창복, 신중취, 신중식, 신은정, 신유준, 신소희, 신성연, 신선옷, 신미경, 신미옥, 송호영, 송혜란, 송한별, 송정은, 송인혜, 송용석, 송아미, 송승훈a, 송승훈b, 송수연, 송명숙, 송경화, 손현아, 손근건, 손정란, 손은경, 손성연, 손민정, 손미숙, 소수영, 성보란, 설은주, 설원민, 선미라, 석원재, 석옥자, 석미화, 석경순, 서지연, 서정오, 서인선, 서예원, 서명숙, 서금수, 서강선, 상형규, 변현숙, 변나은, 백현희, 백승범, 배희철, 배주영, 배경현, 배이상헌, 배영진, 배아영, 배성연, 배경내, 방득일, 방경내, 반영진, 박희진, 박희영, 박효정, 박효수, 박환조, 박혜숙, 박형진, 박현희, 박현숙, 박춘애, 박춘배, 박철호, 박진희, 박진환, 박진수, 박진교, 박지희, 박지홍, 박지원, 박중구, 박정희, 박현희, 박소현, 박세일, 박성규, 박선영, 박상현, 박복희, 박복선, 박미희, 박미옥, 박명진, 박명숙, 박동혁, 박도정, 박대성, 박노해, 박내실, 박기웅, 박고형준, 박경화, 박경이, 박건형, 박건진, 박건오, 민병성, 문호진, 문용석, 문영주, 문연심, 문수현, 문수영, 문수경, 문명숙, 문경희, 모은정, 맹수용, 마숙희, 류창모, 류정희, 류재향, 류우종, 류명숙, 류재형, 도정splash, 도태와 타카유키, 노한나, 노영현, 노경미, 남효숙, 남정민, 남은정, 남유희, 남원호, 남예린, 남미자, 남궁역, 나여출, 나균환, 김희옥, 김흥규, 김훈태, 김효미, 김흥규, 김흥겸, 김혜영, 김혜림, 김현주a, 김현주b, 김현영, 김현실, 김현택, 김헌용, 김해경, 김필임, 김태훈, 김태원, 김찬영, 김찬, 김진희, 김진주, 김진숙, 김진, 김지훈, 김지혜, 김지원, 김지은, 김지연a, 김지연b, 김지광, 김중미, 김준연, 김은파, 김은아, 김은식, 김은수, 김윤주, 김윤자, 김윤우, 김원예, 김원석, 김우영, 김용휘, 김용양, 김용만, 김요한, 김영희, 김영진, 김영주, 김영재, 김영삼, 김영미, 김영모, 김연정a, 김연정b, 김연일, 김연미, 김아현, 김순천, 김수현, 김수진a, 김수진b, 김수정, 김수연, 김수경, 김소희, 김소영, 김세호, 김세원, 김성탁, 김성숙, 김성봉, 김성보, 김선희, 김선철, 김범기, 김민석, 김민섭, 김민선, 김민곤, 김민결, 김미향, 김미진, 김미선, 김문숙, 김무영, 김묘선, 김명훈, 김명섭, 김동현, 김동일, 김동원, 김도석, 김다연, 김남철, 김나혜, 김기훈, 김기연, 김규태, 김규빛, 김광백, 김광민, 김고종호, 김경일, 김가연, 길지현, 기세라, 금현진, 금현옥, 금명순, 권혜영, 권혁천, 권혁기, 권태윤, 권자영, 권유나, 권용수, 권미지, 국찬식, 구자숙, 구완회, 구본홍, 구수연, 구본회, 구미숙, 구미화, 광흥, 곽혜영, 곽현주, 곽진경, 곽노현, 곽노근, 공현, 공진하, 공영아, 고순식, 고진선, 고은경, 고윤정, 고영주, 고영실, 고병헌, 고병석, 고민경, 고미아, 강화정, 강혜인, 강혜주, 강현정, 강한아, 강태식, 강준희, 강인성, 강이진, 강은영, 강윤진, 강유미, 강영일, 강영구, 강순원, 강수돌, 강성규, 강석도, 강서형, 강경모

※ 2024년 11월 13일 기준 752명